U0528375

故事海 × 迷雾海

算账

settlement in dilemma

陈东枪枪 著

海飞 故事监制

作家出版社

目录

1983 年夏　四川　青城山　影山公园附近
......1

2001 年夏　云南　腾冲　南风镇
......4

2011 年夏　四川　青城山　加油站
......352

1983 年夏

四川

青城山

影山公园附近

年轻的父亲倒下的时候，黄昏的第一道霞光刚好从远处涌动着漫延过来，一群蜻蜓在一片草地上方垂直飞行，它们头上晶莹的大复眼顺着年轻父亲的目光，望向正奔向一辆面包车的罗茂生和谢天宝，还有他们怀里正在哭泣的孩子。白色面包车陈旧得快要散架，车身变得一片灰黄，还沾上了大片泥巴。车子在发动机的震颤中，像得了帕金森似的忘乎所以地抖动着。然后车子终于歪歪扭扭地蹿了出去，在蜻蜓的眼里，染上一片夕阳的破车，像一部文艺电影的长镜头一样，慢慢消失。

然后，零星的经过的人群看到这一个黄昏来临时的镜头，发出一声锋利的尖叫。

几分钟前，年轻的父亲还和谢天宝在这条巷道里扭打在一起，因为他们偷了他的孩子。年轻的父亲把谢天宝按在身下，他一共打了谢天宝三拳，就在他举起拳头要砸第四拳的时候，谢天宝掏出了裤袋里的那把袖珍弹簧刀。刀子弧形闪过，父亲脖子上就开了一条口子，血像水龙头的水一样喷洒出来。

他用手捂着自己的脖子，惊恐地望着自己的身体慢慢变成一片血红。年轻的父亲顿时觉得自己的心跳得又快又响，整个人软绵绵地像被抽光了所有的力气。他看到谢天宝惊慌失措的眼,也看到了刚刚开过来的面包车,罗茂生把谢天宝拉上了面包车。车门一关,白色的面包车就像一个醉汉一样摇晃着远去,在他的视线里变得扭曲而缥缈。然后他整个人软倒在自己喷出的一堆血上,那堆血把他浮起来,让他感觉自己在一片红海中浮沉。然后他依稀听见孩子响亮的哭声,像被潮水卷走了似的,突然消失在霞光中。在年轻父亲临终前最后的记忆中,一群蜻蜓在这个初夏的傍晚,变换着各种花样,自由地飞翔在黄昏的夕阳里。

然后,是一长片的黑夜。

2001 年夏

云南

腾冲

南风镇

一

　　罗生门坐在腾冲开往南风的大巴上,他把半颗头伸出窗外,风随即就把他的头发吹得翻转过来,正好露出他额头上生机勃勃的青春痘。

　　罗生门十八岁,在以此往前数的十七个年头里,他从来没有离开过南风镇。

　　南风镇是处在中缅交界线上的一个小镇。可是这里的国界没有山,也没有河,只是在公路上用白粉画一道三寸来宽的线,线以外是缅甸,线以内是中国。

　　南风镇像是罗生门身体的一部分,每一寸他都熟悉得很。

　　就像现在车即将到站,一定会出现一个拉三轮车的傈僳族女人和一个锡伯族的女人为了抢客而吵得仿佛要决一死战,也会有小摊贩、菜贩一边看热闹,一边怂恿她们打起来,打起来。在两个女人扭打在一起的时候,罗生门走下了车,李不空那张熟悉的脸就适时出现在罗生门的面前。李不空是罗生门的邻家小哥，毕业于一所专科警官学校。他虽然穿了一身警服，但罗生门认得出那是辅警的制服。

这身行头却一下就威吓住了正在扭打的两个女人，还有看热闹的人群。在人群像刚刚拍到岸边的潮水，又要退回去的时候，李不空站得歪歪扭扭地抱怨了一句："南风的治安再不管，天下都要大乱了。"

罗生门脸上却露出了笑意，李不空就是这样，虽然是个辅警，却总是以警察自居，还总是一副吊儿郎当，永远站不直的样子。他很像一棵歪脖子树。

罗生门不客气地坐上了李不空那辆巡逻的旧五羊本田摩托车，他说，走！摩托车就突突突地蹦跶着，像一只兴奋的蚂蚱，驮着他们往罗生门家的小卖部驶去。

罗生门家的小卖部就在挨着国界线的南风街9号。如果说南风镇和罗生门的身体几乎融为了一体，那这个小卖部则是罗生门的心脏。但这个小卖部却连个名字都没有，只在当前的屋子里摆了一组玻璃柜，柜台后横纵放了一排货架，就滥竽充数地成为一个小卖部，更成为罗生门一生的牵挂和命脉所在。

在摩托车上，李不空开始扯着嗓子劝诫罗生门，他说："你回去以后不要再跟你爸拗着了。"过了一阵，没有听到罗生门回话，李不空于是又扯着嗓子补了一句："就你那细胳膊细腿，去当兵有什么好的，我怕你拿不动枪。你就老实待在南风，将来哥罩着你。"

　　"南风有什么不好。"李不空用力地补充了一句。

　　而迎面吹来的风，让李不空最后一句话变成了一连串的呜咽。罗生门还是听清了，并且想起了在高考前，父亲罗宽心喝多了酒，红着脸对他吼："你告诉我，为什么正经学不上，要退学去当兵？"

　　罗生门嗫嚅着说了一句："都不当兵，谁来守国门？"

　　话才说出口，桌上的烧酒瓶就在砰的一声里，变成碎片从墙壁上噼里啪啦地掉下来，而刚刚酒瓶就擦着罗生门的耳朵过去，屋里顿时弥漫起劣质烧酒的气味。罗生门的眼泪也簌簌落下来，如同下起了一场没有道理的大雨。

　　罗生门坐在摩托车上，还在车子的颠簸里深陷在回忆中，却突然一头就撞在了李不空那仿佛天生就长歪了的肩膀上。李不空把罗生门放在小卖部门口，回过头来还嘱咐了一句："跟你爹好好说，父子之间哪有隔夜仇。"

等罗生门看着李不空的旧五羊本田消失在视线里，转身走进小卖部时，已经是下午四点钟。站在小卖部的门口，他看到了父亲罗宽心。

这是一个已经四十五岁的中年男人，身材清瘦，不喝酒的时候他永远是安静的、沉默的，显得儒雅而又睿智。而且，已经有八年，他一直在思念他亡故的妻子。可是罗生门注意的却是罗宽心走路时略微往左倾斜的身体，他知道那是父亲刻意在遮掩自己跛腿的事实。

他的心痛了一下。可是他还是把头扎低，故意从迎面过来的罗宽心身旁走过，走过的时候他看到父亲眼里有些沉痛。这场战争，他觉得他胜了。

他快步走过小卖部后面的天井，进入堂屋。罗生门以往出门，回家的第一件事，就是先给供台上"爱妻阮莹"的灵牌上香，然后再给供台上面的佛像上香。现在罗生门也是如此，他从供台上拿起三炷线香点燃后，对着灵牌垂首静默良久，然后才把线香插入香坛里，像打招呼似的对着牌位说了一声："妈，你要保佑我。"

香烟在堂屋内缭绕，罗宽心已经从前面的小卖部走了过来，这回他的手里还端着一碗阳春面。罗生门看到父亲，拿起东西又要走出去，手却及时地被罗宽心拉住："吃完再走。又不是神仙，是喝仙气的。"

罗生门就坐在堂屋里一只瘸了腿的板凳上吃起来。那碗阳春面汤色清亮，上面还卧了一个金黄的荷包蛋，入口每一根面条都很筋道。在他咀嚼的时候，他突然意识到一个问题，于是他端着碗走了出去，果然看见罗宽心坐在门槛上吃着那些已经被温得软趴趴的面条。他立马知道在他还没到家的那段时间，为了能让他吃上爽口的阳春面，父亲一直反复掐算着时间，没回来，就把锅里已经烂了的面条盛起来，再起锅。如此反复直到罗生门跨进小卖部的那一刻。

罗生门一下子就觉得其实是自己输了。他走过去把碗底多出的那个荷包蛋夹进了罗宽心的碗里，顺势就在旁边坐下来说："见者有份，一人一个。"

罗宽心愣了一下，面上随即浮起稍纵即逝的笑意，他责怪似的骂了一声："龟儿子。"罗生门却只热火朝天地吃着他的那碗面，然后补了一句："我是龟生的？"罗宽心看着少年露出狡黠的笑容，知道少年的意思，于是盯着罗生门说："龟挺好，长寿。长寿很重要的。"

罗生门吃完那碗阳春面的最后一根面条时，听到前面小卖部里传来脚步声,罗生门以为是有人来买东西,先父亲一步起身,摇晃着往小卖部走。一进小卖部,罗生门就看到了女人额角仿佛褪了色的红玫瑰文身。

是红姐。

罗生门的表情冷了下去,红姐也顿住了脚,露出了向日葵一样黄灿灿的笑容。"我找宽心。"她说。罗生门没回答,身体却像一道屏障一样拦住了红姐的去路,眼睛直视着红组。直到罗宽心走过来,在他的肩上拍了一下,罗生门才转身收起碗筷,往后院的洗碗池走去。

洗碗池里冒着丰富的白猫牌洗洁精泡沫。水流像一条条透明而凉快的虫子,不间断地爬过罗生门的手背和手指,罗生门的注意力却一直在小卖部门口的两个人影身上。他看到父亲背对着他站着,红姐额角的那朵红玫瑰文身随着她说话的幅度在颤动着。罗生门记得,自小至大,曾经很多个这样的时候,红姐总是借着买一包盐或者买一瓶酱油的空当,把她那略显干枯的身体咚的一声靠在柜台上,然后把头伸到父亲正在记账的账本上,像只鸽子一样叽叽咕咕地和父亲说话。有些时候他走过去,红姐还会从柜台上的塑料罐上拔出一支棒棒糖打发他出去玩。有一天,他玩了一圈回来,小卖部的门被掩上了，于是他趴在门板上，从门缝里他看见红姐的手像一条藤蔓一样缠绕在父亲的腰上，不论父亲怎么撕扯都撕扯不下来。

罗生门突然感到脚上一片冰凉，水池里的水已经溢出来了，爬进他的脚趾缝。他连忙拧上水龙头，眼睛却瞥到门口。红姐不知道说了一句什么话，父亲的后背动了一下，紧接着罗生门就看见父亲把抽了一半的香烟扔在地上踩灭，跟着红姐出门去了。

水还在往脚上淌，看着在太阳下被冲起一层洗洁精泡沫的洗碗池，罗生门有点不耐烦地从池底捞起刚刚洗过的碗，在空气中狠狠地甩了几下水，像要把所有的不快统统甩掉。

然后，罗生门十八岁的暑假就正式来临。

二

在暑假正式开始的下一秒，罗生门从后院看见一个女人鬼鬼祟祟地走进小卖部，像是要偷东西。若干年后罗生门无数次想，如果在这样一个蝉声燥热的下午他可以预知未来发生的事，他一定不会搭理这个突然闯进小卖部，闯进他生命的女人。

可罗生门后来又想，其实这一切都是命运的安排。

罗生门没来得及放下手中正在洗涮的碗，就朝着女人大喊了一声。罗生门走过去，眼睛先从女人布满灰尘的脸上扫过，再扫到女人手里油印的传单，上面印刷着一则寻子的信息。

女人有些神色局促地解释她只是想进来讨碗水喝。罗生门的眼睛就再次扫到女人干裂的嘴唇上，然后他转身从货架上拿下了一瓶矿泉水，递给女人，甚至还搬来了一把椅子，让女人坐在小卖部摇头晃脑的风扇下，一边乘着凉，一边喝着水。

在女人像一匹饥渴的马一样咕嘟咕嘟咽水的时候，罗生门一直看着传单上的照片。女人抹了一把嘴，咧开嘴笑了，冒出一句外乡口音的话："这是他八个月照的，是不是很可爱？"

罗生门没有吭声，女人就又自顾自地说了起来，在女人断断续续的话语里，罗生门了解到女人是四川人，丈夫是十八年前被杀的，儿子也被偷走了，她变卖了一切家财，这些年在全国各个地方寻找自己的儿子，却一直没有找到。

女人说着眼睛突然定在了罗生门的脸上,她说:"我儿子现在也和你一样大了。"

罗生门说:"你要找到什么时候?"

女人说:"只要我还活着,我就会一直找,找到死。"

罗生门说:"那就不怕这辈子会很辛苦吗?"

女人笑了,说:"那是因为你还没有当过父母,有一天你会知道,孩子没了,父母的半条命就没了。"

罗生门不说话了。女人离开小卖部的时候,回过头来叹了口气,说:"如果一直找不到,可能我会死在找儿子的路上。"罗生门望着女人已经有些佝偻的后背,不知道为什么他有一股想哭的冲动。罗宽心却在这时回来,看着眼睛发红的罗生门。他说:"你们刚刚在说什么?"

罗生门还没反应过来,在迟疑了片刻以后,他如实告诉罗宽心他们说了什么。还说,女人说他长得像她儿子。

罗宽心却斩钉截铁地说了一句:"她想儿子想疯了。你是我儿子。"

罗生门接着话头嘟囔了一句:"我知道,我是龟儿子嘛。"然后他的脚就要往外迈,因为他要去见小糖。他去腾冲考试的时候,买了一张周传雄的盗版专辑 *Transfer*,里面收录的《黄昏》已经火遍大街小巷，他想送给小糖。

罗生门因为急着出门，所以他并未看见罗宽心突然灰败下来的眼神，他也未看见，在那个寻子的妇女出门时，罗宽心看到她手里传单上的寻子信息后，眼里一闪而逝的狠厉。

因为没人知道在罗宽心回来之前，他在红姐家的电视上看了一个当地的新闻片段。新闻里，妇女拿着一沓寻子的传单，在屏幕里动情地讲："儿子，妈一直在找你。"

罗宽心抽着阿诗玛的香烟，眼睛一直死死地盯着屏幕。哪怕电视机已经在播报其他新闻，罗宽心还是不停地一支一支抽着烟，直到最后他发现烟盒里的烟都抽完，嘴巴发苦了，他才起身，往回走。

每走一步，他都往回忆走得更深一步。

他想起他以前的名字不叫罗宽心，而叫罗茂生。他还想起那天青城山影山公园的阳光很燥热，他手里一束五彩斑斓的气球都被晒得有点发蔫，仿佛会熔化成一堆塑料。他的眼睛一直在搜寻着可以下手的对象，直到黄昏快要到来的时刻，一对推着铁质婴儿车的夫妻出现在他的视线里。年轻的妻子打着伞，丈夫推着车即将要从他身边走过，他急忙凑过去向他们兜售气球。

年轻的丈夫最后选择了一只红色的气球，他接过钱以后，弯下腰来夸了一句"孩子真可爱"，年轻的妻子甜蜜地笑了，她不知道，这是一句向外传递的暗语。他说完这句话，公园里一个登山客打扮的男人和一个穿红格子裙的女人就开始行动。他就站在公园门口静静地等待着。

在一群蜻蜓从他的眼前飞过的时候，他听到了一声哀号。与此同时，他的嘴角露出了一个不经意的笑意。然后他拽着那束气球，快步跑过去截住那对年轻夫妻，假装询问他们发生了什么，在年轻的母亲有些语无伦次地说出"我们的孩子被偷了"的时候，他的眼角瞥见登山客已经跑出了公园，然后他说："别急，我帮你们一起找。"然后他转身就朝着公园门口的方向追去。

他一边跑一边扔掉手里的那束气球，在气球一飞冲天的那一刻他觉得十分痛快，风把他的头发吹得高高扬起。但如果那天年轻的父亲后面没有怀疑到他，追上来看到他和登山客会合的话，他觉得那天的计划简直是无衣无缝。

一直沉浸在往事里的罗宽心，怎么也不会想到，他会在自己的小卖部撞上那个当年被他们偷了孩子的可怜女人。

罗宽心记得这个女人的脸上也曾经洋溢着幸福的笑容，

现在脸上却尽是风霜和苦楚。他看见女人用她略微发灰的眼睛扫了他一眼，然后平静地收了回去。

而令他担心的是，他知道在不动声色里，女人可能已经认出了他或许就是当年截住她和她丈夫的那个假售货员。

罗宽心抬了一下头，往小卖部外看了一眼，他发现南风镇普通而宁静的日光已经开始往西移。罗生门迈着十八岁的步子，离他越来越远。

蝉鸣在耳边鼓噪，让罗生门都听不清小糖说了什么。

他只能看见小糖的身体像一只考拉一样挂在二楼的水管上，上不去也下不来。如果罗生门能够早一些过来，他就能看见小糖如何当着她舅舅曹良才的面狠狠地扇了自己的傻表哥一个大耳光，让脑子本来就不灵光的表哥只觉得脑仁嗡嗡作响。

傻表哥虽然傻，却有一点是灵光的。他在曹良才要去拿藤条的时候，一把就抱住了曹良才的腿，哭着大喊道："爸，你不要逼小糖，我不娶她了，你不要打，不要打她。"

曹良才狠狠地挣了几下腿，也没从他这个傻儿子粗壮有力的手臂里挣脱。曹良才只能无奈地叹了口气，最后把小糖的双手用绳子反绑，丢进了房间里。

曹良才以为这样，小糖总能乖乖就范。

小糖却用头撞破了房间里柜门上的镜子，鲜血顿时就从她的额角蜿蜒而下，像红色的蚯蚓。小糖舔了一下流到嘴角的血，紧咬着嘴唇。

她要逃。

小糖在碎裂的镜片上快速地切割着手腕上的绳子，哪怕碎片多次割破她的皮肤，她也没有停止。终于她割断了绳子，小心翼翼地推开窗，探出身子，从二楼外的边沿挪到了落水管道上。

无凭无依的水管，像是大海上漂浮的一块木板，让小糖更加孤立无援。小糖抱着水管无声地哭了起来，她想她的父母要是在，她也许就不用过这样的人生。可是她却听舅舅说她那对短寿的父母早在她刚出生没多久，就死在南下打工的一场车祸里。后来是舅舅仁慈，收养了她。可小糖知道，舅舅的这份仁慈是建立在把她当做"童养媳"上的。

小时候别的女孩子可以牵着父母的手，蹦跳着从她面前走过。而她只能站在路边，帮舅舅的冰棍厂卖冰棍，回来还要给大自己十岁的表哥洗澡。

如果冰棍没有卖出去，就少不了一顿藤条鞭打。

这样的日子，总让小糖觉得是永远望不到尽头的，直到她遇到了罗生门。有一天小糖因为没有卖出冰棍，被舅舅打还被饿肚子时，罗生门告诉小糖，等有一天他有钱了，一定带她离开这里。

　　罗生门和小糖并排坐在一小块坡地上，罗生门抱着自己的双膝，望着天边一大片红彤彤的火烧云说："外面的世界很大的，比南风镇大多了。"在罗生门的憧憬中，小糖哭了起来。

　　哭了一会儿，小糖又振作了起来。

　　她要逃，她要和罗生门一起去外面的世界。

　　现在，当她无助地趴在落水管上，像一只夏天青春勃发的壁虎一样时，转头看到了站在楼下的罗生门。这一刻她才觉得自己有一万种委屈，于是泪水迅速地灌满了她的眼眶。

　　罗生门像往常一样叫着她的名字，他的声音仓促中带着惊惶："小糖，抓紧了！"

　　小糖的泪就又一发不可收地流了下来，就好像是攀着木板在海面上漂荡的她，终于等来了营救她的船只。

　　罗生门爬上了那根水管，在他让小糖踩着他的肩膀慢慢到他背上来时，那根落水管却因负重过多，咔嚓一声断成了两截，罗生门在坠落时眼疾手快一只手抓住了窗户下突出的边沿，一只手拉住了掉下去的小糖。在他快要坚持不住的时候，傻表哥从窗户里探出头来，他把一床印着大朵牡丹花的被单扔了出来，罗生门和小糖就顺着被单，缓慢地往下坠去。

快要落地的时候，傻表哥用完了他二十八年积攒起来的全部力气，他手一松，罗生门和小糖一下子扑跌在地面。小糖的脸离罗生门只有分毫之远，他看到小糖突然扑哧一声笑了起来，露出两颗充满稚气的虎牙，他不知为何也跟着一起笑了起来。刚刚水管断裂发出的巨大声响，把曹良才吸引了过来。当他看见地面上抱在一起的罗生门和小糖，生气地就要追下来，傻表哥却一把抱住了曹良才，冲着楼下喊："我抱住我爸了，我力气很大的。小糖你快跑。"

曹良才气得抽出手来狠狠地打了自己的傻儿子一巴掌，恨铁不成钢地大骂道："我怎么生了你这么一个傻货。"表哥看着小糖已经跑远，却乐呵呵地笑了起来，他说："我怎么会傻，你看，我都帮小糖逃走了。"

罗生门拉着小糖的手，沿着南风镇唯一一条公路开始奔跑。此时黄昏的火烧云，在天边猛烈地燃烧着，好似要把天烧出一个窟窿来。

这是罗生门第一次如此认真地牵小糖的手,他的手心里全是幸福的汗。他多么想就这样一直奔跑下去,跑到头发变白。这时候跑得满头大汗的小糖突然大声喊:"你自己说外面的世界很大的,你带我走。"

在小糖爬出窗外之前,窗外就是她的整个的世界。之前,她早已经拿好了钱和身份证,已经做好了彻底离开这个让人一眼就能看到生命尽头的落后小镇的准备。她不要坐以待毙,不要再次被舅舅逼着嫁给自己的表哥,再也不要忍受着帮表哥洗澡的恶心。表哥不爱洗澡,他特别希望一年只洗一次澡,是舅舅逼着小糖给他洗澡,特别是后背。舅舅认真地说,后背上容易起泥。小糖受够了这里的一切,包括南风镇的每一寸空气。

小糖重复了一句:"你带我走!"

罗生门听到这句话,步子明显放慢,最后他们终于在路边停了下来。

小糖看着停下来的罗生门,问:"你想变卦?"

罗生门确实想变卦。

因为小糖虽是他荒芜而短暂人生里的半边天地,可他还有另半边天地,就是他的父亲罗宽心。他很想带小糖离开,但他不能丢下罗宽心。

　　他还记得在他八岁那年，跟着罗宽心一起去赶街，那天天空中飘着细雨，罗生门站在一家玉器铺面前，他觉得放在展柜里的那只玉蝉栩栩如生，就好像晚上一直在天井内西番莲树上鸣叫的那只蝉，罗生门想要把它逮住。罗生门没想到，他的手伸进展柜的时候，一个脸长得像老鹰一样的男人钳住了他的手，那只玉蝉就惶惶地向地面飞去，瞬间破碎了。

　　后来跟着玉蝉一起破碎的还有父亲罗宽心的左腿。罗生门记得那天罗宽心冲进玉器店的时候，外面的雨已经下大了，雨声十分响，灌满了他两只耳朵。他看着罗生门的泪眼，开始了与鹰脸老板的谈判，老板说那是上好的云南"虎皮"，价格最少十万，拿不出来的话那就只能罗生门哪只手拿的，剁掉哪只手。说完老板嘴角噙着笑，往展台上扔了一把刀，刀锋闪着寒光，摆明了是要敲诈。

　　罗宽心看了一眼那把刀，又把眼睛转向罗生门，他问："罗生门，你相不相信爸？"

　　罗生门含着眼泪点了点头。紧接着罗生门就看见罗宽心走了上来，他一只手抓住鹰脸老板的双肩，瞬间就把老板扛摔在地上。老板在地上哼唧，他伸出手拉着罗生门就要出门，一群人不知道从玉器铺什么地方冒了出来，把他们团团围住。

罗生门被父亲罩在怀里，他看不到外面的情况，但是他能听见那群人一共踢了父亲五十六脚，在最后一脚踢下来的时候，罗生门听到一声骨头断裂的声音，然后他看到父亲额角蓄起了一层细密的冷汗，罗生门当即就稀里哗啦地哭了起来。罗宽心冲着怀里的他露出了一个笑容，说："别怕，爸是铜墙铁壁。"一边说一边替罗生门擦掉眼泪。而罗宽心脸上冒出的冷汗更多，嘴唇也变得越来越苍白，他又说："你相不相信爸？"罗生门依然点了点头。

那天罗宽心就一手抱着罗生门，一手撑着地站了起来。他一瘸一拐地往外走着，左右挥过来的拳头不时会让他步伐踉跄，他依然坚定地朝着门外走去。

罗生门望着小糖因为汗液粘在脖子上的头发，他说："小糖，能不能等我治好我爸的腿？"

小糖说："那要等到什么时候？"

罗生门说："等我挣到钱。"

小糖说："那你要挣多少钱？"

罗生门不再说话了。他又想起了那天父亲抱着他走出玉器铺的时候，屋外的雨正好停了，父亲的步伐也停了。他像一棵在风中栽倒的树，直挺挺地栽在玉器铺门口的青石路上。后来医生检测出罗宽心左腿的小腿骨断了，本来应该去大医院打石膏的。罗宽心为了省钱，就在小医院简单处理了一下，最后却落下了终身的腿疾。但罗宽心又极不愿意被人看出他有残疾，平时走路都十分注意，如果不仔细看，根本看不出来他跛腿。罗生门却知道父亲因为腿里的瘀血没有清理出来，现在已经长成了骨瘤，时常刺痛入骨。

罗生门觉得这是他欠父亲的，他必须要还。

小糖见罗生门不说话，再开口问："你到底跟不跟我走？"

罗生门皱了皱眉头："我说了再等等！"

天好似真的被黄昏烧出了一个缺口，小糖望着那个缺口说："我知道了。"小糖就闷着头继续沿南风镇唯一的公路走下去，她知道她必须要走。

罗生门追了上来，他一直跟在小糖一步之后的位置。小糖走，他也走；小糖停，他也停。这种状态一直持续到一群打着呼哨的摩托客从他们身边一掠而过，之后又掉转车头，一个漂移帅气地拦在他们前面。其中一个摩托客一抬下巴，冲着小糖轻浮地说："小妹妹，走路多累呀，要不要哥哥带你一程。"小糖回头看了一眼罗生门，像是挑衅似的，然后回过头就对摩托客说："要。"

小糖把摩托客扔过来的头盔戴在头上，毫不犹豫就跨上了摩托车。这时候罗生门看见小糖的下颌骨被黄昏的余光打得出现模糊的光晕，他突然意识到，小糖是真的要走了。于是他急不可耐地伸出了手，想把小糖从摩托车上拽下来。可小糖看见他伸出的手，却露出了开心的笑容，然后他看见小糖也伸出手来，一把就把他也拉上了摩托车。

在小糖看来，罗生门是想跟自己走的。

罗生门记得小糖在摩托车上不但张开了双臂，还闭上眼睛深深吸了一口气，风从她年轻的脸庞快速地吹过，把她的头发吹得呼呼啦啦。

罗生门觉得那一刻的小糖就是一匹在草原自由奔跑的马，谁也阻止不了她离开。

后来也确如罗生门所料。

三

落在火车站月台上的麻雀在一声"啊"的尖锐号叫里,扑棱着翅膀惊慌失措地逃窜起来,其中一只不明所以跟着飞起的小麻雀朝下看了一眼,它看到刘岩权单脚撑着地,斜斜地靠坐在中日合资制造的雅马哈摩托车上,嘴里正在慢慢地咀嚼着司必林的泡泡糖。在他的面前,罗生门被一个摩托客按在月台前的泥洼里,像一只被猎捕了的狼崽子一样大声哼着气。而小糖的胳膊被那个朝她打呼哨,说要带她一程的摩托客狠狠地拽着,疼痛和惊吓使得小糖发出那声尖叫。

大约三分钟前,小糖和罗生门赶到火车站,在小糖还没来得及说出感谢的时候,一群摩托客就像聚拢的光圈一样围住了他们,五公里向他们讨要两百块的车费。他们不给,罗生门就被打倒在地,小糖这才意识到,他们被宰了。

在南风镇有许多这样专门骑着摩托车宰客的混混,他们把大部分的时间都花在骑摩托车上,离合一踩,油门立马就轰了起来,他们在南风镇无孔不入。

按照辅警李不空的话说,他们就是导致南风镇治安天下大乱的根本源头之一,是颗毒瘤,要铲除。可李不空那辆旧五羊本田的摩托车怎么也追不上毒瘤头子刘岩权的红色雅马哈，所以这颗毒瘤就一直长在南风镇上，并且还有日益恶化的趋势。

刘岩权走过来把泡泡糖粘在了拽住小糖的摩托客的脑门上，并对他说："你放开她。"摩托客乖乖地听话了，小糖却对他怒目而视，她说："两百块我给你，你们放开他。"小糖说完就真的到口袋里去掏皮夹，因为太过慌乱，里面一块、两块、十块的纸币像下了一场雪一样飘洒到地上，这都是她卖冰棍偷偷攒下来的。小糖急忙去捡，刘岩权也蹲下来帮她一起捡，他看到了小糖手腕上被镜片割出的一道道口子。最后他们的手伸向了同一张纸币，刘岩权手快一步，他把那张面值一块的纸币举起来看了看，淡淡地说："没钱还敢坐我们的车。"

小糖站了起来，她把那一把纸币捧在手里，送到刘岩权面前，她说："这里一共是三百零一块，都给你，你们放了他。"

罗生门在泥坑里，只感觉泥水从他的鼻腔里灌进了他的嘴里，他想说什么，全都变成了呜拉呜拉的气泡声，他一挣扎，就被按进更深的泥里。

刘岩权却看都没看那堆纸币，他只在嘴角扯起了一个坏笑，就一把把小糖拽进了自己的怀里，小糖手里的钱再次下起了一场纷扬的雪。刘岩权的个子很高，小糖的额头只能堪堪撞到他的胸膛。顿时周边就响起摩托客们窸窣的笑声，泥地里罗生门的呜咽声更大了。

小糖像是一只受了惊的兔子想要逃离刘岩权的怀抱，刘岩权却一只手死死地箍住了她的腰，另一只手从口袋里掏出了一条叠得整齐的手帕，他捉住了小糖的手，恶狠狠地警告小糖别动，之后就十分仔细地替小糖包扎起手腕上的伤口来。包扎好，他用拇指和食指从小糖的头发上拈下了一张纸币，他告诉小糖现在想救罗生门的话，钱根本就不管用。

小糖问："那什么才管用？"

刘岩权低下头，让自己的视线与小糖保持平齐，他看了小糖一会儿，才弯起嘴角，对小糖一字一句说："除非你亲我一下。"

"做梦。"小糖斩钉截铁地拒绝。才说完，小糖就看见刘岩权往后退了一步，他的眼睛望向了月台下的铁轨，而火车车轮撞击铁轨的声音也由远及近地传来，还没等到小糖大惊失色，那些把罗生门按在泥坑的摩托客就像拔萝卜一样把罗生门从泥里拔了出来,拖向了火车站的月台,他们把罗生门推向了火车铁轨。

"还有十秒钟。"刘岩权提醒小糖。

看着火车快速朝他们跑来,小糖一把揪住了刘岩权的衣领,狠狠地咬住了刘岩权的嘴唇。此时,火车刚好进站,带来的风刮伤了罗生门的眼睛。

刘岩权只想吓唬小糖,他根本不会让火车把罗生门撞死,他也不敢让火车把罗生门撞死。小糖流着泪,依然咬住刘岩权的嘴唇不放,恨不得把刘岩权的整张嘴都咬下来,刘岩权也不动,任凭鲜血从嘴角淋漓地滴落下来。直到罗生门冲上来,一拳就把刘岩权揍倒在地,他们才分开。罗生门和刘岩权厮打起来,愤怒让罗生门根本就听不见周围的任何声音,哪怕是小糖对他说:罗生门,我走了。

在刘岩权跪坐在罗生门身上一拳把他的头打偏的时候,他才看到小糖从车窗里探出来的头。他还看到小糖扯下了手腕上的手帕,用劣质的口红在上面写下了自己偷偷攒钱为出逃而买的诺基亚手机的号码,她扔给了罗生门。

罗生门突然嘴里发出呜呜的声音,他一下就掀翻了刘岩权,追着火车跑起来。

最终刘岩权只看见罗生门蹲在月台尽头抱头痛哭，他走过去拍了拍罗生门的肩膀，把小糖扔下来的那条手帕递给了他。然后他望了一眼列车离去的方向，那里空荡荡的，只余下两条铁轨像两条蛇一样，他下意识地用拇指擦了一下嘴唇上的伤口，觉得自己心也有点空荡荡的。

在这天晚上，李不空那永远都站不直的身体，好像突然站直了，他跟在一群正规警察的后面一起走进了南风派出所。

走在前面的正规警察还在讨论刚刚去办理的溺水案，从他们的话里能听出溺水的是一个四十多岁的妇女，她的尸体被发现的时候，手里还紧紧地攥着一摞传单。后来收集物证的新警员小王想要尝试从妇女的手里取下那一摞传单，却怎么也不行……

进行着的话头突然就被掐断了，前进的步伐也停了下来，跟在后面的李不空一下就撞到了副所长蔡荃的后背上，蔡荃回过头来像在案发现场一样斜了他一眼。在案发现场，李不空一看这个已经被水泡发的女人，就认出她是那个曾因为寻子事迹感动无数人而上了热点新闻的女人。他把这一发现立即报告给副所长蔡荃，蔡荃只是斜着眼睛看着他，对他说：

"这不是你一个辅警该管的事，你的职责是守在警戒带外，你应该摆正你的位置。"李不空于是乖乖退到了警戒带外，他的眼睛却一刻也没有离开过妇女这边，而一件旧事也在李不空的脑海里浮起。也是这件旧事把李不空好似长歪的身体，扳正了过来。

这件旧事就是十八年前，李不空的父亲接到上级命令，前去抓捕一伙贩婴中误杀了人的逃犯。后来传来的却是父亲因公殉职的消息，等父亲的遗体被送回时，头部有一个巨大的缺口，就像一只碗被人磕碎了一个角。后来李不空在念警校期间，查到当年父亲要去抓的，就是杀害了这个妇女的丈夫，拐走她儿子的那伙逃犯。李不空从那时就发誓他一定要亲手将这群人绳之以法。

在蔡荃转头的间隙里，李不空看见罗生门颓唐地坐在接待室外的长椅上，双手捏着一条手帕，他脸上的淤青和鼻血让他看起来像是被人泼了一桶油漆。而刘岩权也满脸挂彩，松松垮垮地仰坐在罗生门的旁边，他把他那两条长度优越的腿宽宽地伸在狭窄的过道里，正是他的这双腿阻止了警察们行进的脚步。

罗生门和刘岩权之所以会出现在这里，是因为下午在刘岩权让手下的小混混把罗生门推到铁轨上去的时候，就已经有人报了警。

刘岩权识趣地把腿抬了起来让警察们过去，李不空没有继续跟过去，因为他看到了正在被警察问话的罗宽心。他踱到了问话警察老马的身边，跟老马打招呼这是他邻家阿叔，罗生门是他邻家小弟，平时上学乖得很，可老马只朝李不空翻了个白眼，继续不苟言笑地问罗宽心你就是罗生门的父亲。

李不空被无视，没皮没脸地笑了一下，眼睛快速从老马的笔录上转了一圈，知道是小问题，就又扭头跟罗宽心说："你放心，罗叔，这都是我兄弟。"说完他眼角瞅到老马又要翻白眼，找了一个借口正要开溜，一转身刚好看到派出所的玻璃门被一个风尘仆仆的中年男人推开，他一身货运公司的衣服，肩膀上不知被什么挂出了一个洞，进来以后急忙摘下手上已经发黑的手套，一边走着一边从上衣的口袋里掏出烟，对着比自己年纪还小一轮的警察叫了声大哥，然后又朝着罗生门他们这边看了一眼，说："我就是刘岩权的父亲刘大茂。"

刘大茂是在高速公路上接到警察的电话的，在电话里他对警察唯唯诺诺地说着是是是，然后说有，有，我有时间过来。等他终于掉转车头从高速公路上赶到警局的时候，迎来的只有儿子刘岩权一句嗤之以鼻的"窝囊废"。刘大茂只难堪了一下，就继续跟警察赔着不是。

罗生门转头看见刘岩权恨恨的表情，感觉像是一头受了伤的小兽。罗生门对他的厌恶，此刻就像一支掉在地上的烟头，被一阵急雨浇灭了。

得益于李不空不遗余力的斡旋，这件事终于在后半夜得到解决。在派出所门口，刘大茂一边又要从上衣口袋里掏烟，一边弯着腰也叫了罗宽心一声大哥，说："今天这事是我们家岩权做得不对，医药费都算我的。"话说完，烟还没有掏出来，罗宽心伸出手来制止了刘大茂，说："烟你留着抽，男孩间打打架很正常。"

刘大茂也就没有动作了，可罗生门却感觉刘大茂好似很怕罗宽心似的，在罗宽心伸出手的一刹那，刘大茂下意识地把头低得很低。

刘岩权却根本没空听刘大茂说这些没用的屁话，他一把套上头盔，人就已经在摩托车旁了，刘大茂立即追了过去，他像一棵被霜打坏的葱一样，嗫嚅着问刘岩权今晚回家吗？刘岩权却像只蚂蚱一样，往摩托车上一趴，紧接着就箭一样快速射出了派出所，余下刘大茂站在原地，被尾气喷得耷拉下来的头发，让他显得更为萧瑟了。

然后罗生门就听见罗宽心说走吧。

罗生门已经止不住要思念小糖。

罗生门与小糖认识，是在一个暑气蒸腾的下午，小糖就站在南风镇与缅甸交界公路旁鲜绿肥大的芭蕉叶下卖冰棍，而罗生门就蹲在国界线旁等国界线外的缅甸摊贩，给他做一碗来自缅甸的饵丝汤。亚热带毒辣的太阳，把罗生门晒得眼前发黑，在小糖跟他说第一句话的时候，为了看清小糖的脸，他把双手窝成望远镜的样子，小糖的脸就渐渐在他的"望远镜"里明亮起来，栗褐色的脸，眼睛眨动的时候像腾冲热海温泉里升腾起来的气泡。后来他又听见小糖脆生生地对他说了一句："我敢打赌缅甸的饵丝跟南风镇的饵丝是一个味道的，你敢不敢赌？"

罗生门第一次碰见这么大胆的女孩子，他没有说话，还是继续窝着望远镜看她，他看到小糖得意的神情，好像在说我就知道你不敢赌。罗生门立马从地上站了起来，他走到小糖面前说："我赌不是一个味道的。"那天下午，罗生门不止在缅甸摊贩那里买了一碗饵丝汤，还在南风镇的摊贩那里也买了一碗。在两个人吃完两碗饵丝汤的时候，罗生门打着饱嗝说:"我就说不一样吧。"

小糖也狡黠一笑,是不一样。罗生门这才意识到自己被小糖骗了两碗饵丝汤。

想到这里罗生门先是笑,后又难过起来。他十八岁暑假的第一天,就失去了他心爱的小糖,他觉得在这个暑假他还会失去更多的东西。

但在失去这些东西之前,他先和罗宽心发生了一次口角。

这次口角是这样的,在走出派出所的时候,红姐那辆宗申牌的农用三轮摩托车就等在黑暗里。罗宽心和罗生门坐在车斗里,崎岖不平的路让他们颠来颠去,罗宽心一句话都没说。到家罗宽心才一脚踹到罗生门的身上,踹得罗生门差点跪倒在地。在第二脚要补过来的时候,罗宽心因为自己的跛腿差点摔倒,还好红姐及时搀扶并阻拦下来。罗宽心在红姐的搀扶下,大声地喘着气,好像这两脚要了他半条命似的。

罗生门先是盯着自己的父亲看了一会儿,他感到有阴霾从父亲的眼里漫过。不知道为什么,罗生门感觉自从上次他提出要去当兵以后,父亲的眼里总会不时漫出阴霾,让他看起来好像完全变了一个人,一个他所不知道的陌生的人。罗生门突然就脱口而出:"爸,你真的是我爸吗?"

这句话好像把罗宽心扎了一下,他抬起头,盯着已经高自己半头的罗生门,罗生门从父亲的眼里好像读出了惊惶、痛苦、不安和难过。红姐好像也被这句话吓了一跳,她适时出手打圆场,说:"说什么傻话,你爸不是你爸,能是谁爸。"

说完打算把罗生门揉走,罗生门却避开了红姐的手,转过头,如针尖一般地说:"这是我们家的事,跟你有什么关系?"

红姐被少年弄得有些尴尬,杵在空气里不知如何是好,罗宽心在这时又上来:"你怎么对你红姨说话?"

"红姨?"罗生门觉得好像听到了一个笑话,轻哼了一声,"我看她是想当我妈吧。"

罗宽心的眼睛瞪直了,罗生门也不甘示弱地拿眼神去撞父亲。红姐知道再说下去情况只会更糟,先大声呵斥了一声"老罗",又走上来打算把罗生门揉到房间去,罗生门再次避开了红姐的手,闷着头往房间走。

可是在罗生门转身的时候,看到父亲的身体好像悬崖上的一棵枯木,轻轻推一下,就会坠到深渊里去。

四

罗宽心坐在小卖部的台阶上,一口一口安静地抽着阿诗玛的香烟。头顶上,蚊虫围着那只有着灯罩的白炽灯不停地打转。红姐走过来,也坐在罗宽心旁边点起了一支烟,可是才抽第一口,她就被呛得咳嗽不已。她突然自嘲起来,这么多年竟然还没有学会抽烟。

罗宽心就伸出手,想从红姐手里把香烟接过来,红姐却十分执拗地坚持要把那支烟抽完。罗宽心说何必呢?

红姐说有些东西不去尝试,怎么知道自己不行。刚才罗生门把话捅开了,红姐说这话的时候眼睛直勾勾地看向了罗宽心,顶上白炽灯昏黄的灯光,把他们的影子融在了一起。

罗宽心回了一句:"你知道我是不能和你在一起的。"

红姐说:"你不要告诉我你是为了那个缅甸女人。你可以骗别人你爱她,但是你骗不了我。"

罗宽心说:"既然你知道,为什么还要……"

没等罗宽心说完,红姐又说:"我只是不明白,为什么你宁愿选择那个缅甸女人,都不愿意选我,她哪一点比我好?"

"她哪一点也不比你好，是我不选你。"

罗宽心的最后一句话，是在沉默了很久以后才说出的，红姐听完眉眼往下一垂，苦涩地笑了一下，然后她把指间的那根香烟扔在地上，狠狠地蹂灭了，就好像能把她对罗宽心的爱意也蹂灭一样。她再抬头的时候，又变成了往日的那个红姐，她告诉罗宽心孩子总有犯错的时候，再生气也不能打孩子。

只是红姐不知道在今天下午，那个拿着传单的妇女，在走出小卖部的一刹那就已经认出了罗宽心的身份。她从小卖部走出的时候，一开始是慢慢走，最后她竟然飞奔了起来，她要去公安局，她要去报警。在她跑到一个湖边的时候，她决定歇一口气再跑，可是没等她歇完那一口气，她就被人轻轻一推滚入了湖里。在她使劲扑腾的时候，她看到了十八年前的那个售货员，他的身材没有很大的改变，他的样貌也没有很大的改变，唯一的改变就是他变老了一些，还有他的眼睛里好像多了一些挂念，然后她就沉了下去。

罗宽心处理完一切回来，却接到派出所打来的电话，他惊慌失措，以为自己所做的一切暴露了。电话里的警察只是淡淡地告诉他，罗生门与人打架了，让他尽快赶去派出所。

他们在南风躲了这么多年，公共场所都不敢去，现在却要堂而皇之地走进派出所，他害怕这是去自投罗网。他也不知道他今天在派出所，有没有被警察发现蛛丝马迹。

红姐听完手不自觉地颤抖起来，她说："你杀了她？"

罗生门抽着烟，望着天上的云层和黑暗在夜空中不断相撞，觉得那不过是比狗吠还无奈的挣扎，他的眼里布满空虚，说："她已经认出我了，她不死，我们就都得死。"

两人就这样静静地在台阶上坐了好久，蚊虫还是前仆后继地往白炽灯上撞去，一会儿的工夫，地上就已经堆积了很多蚊虫的尸首。红姐突然捧起了脑袋，像是敲木鱼似的使劲敲了几下。

罗宽心看着她："头疼又犯了？"

是的，又犯了。自从十八年前从四川逃出来后，她就患上了偏头疼的毛病。

"这是报应！"红姐边敲边说，声音不大，然而罗宽心很快就明白了她的意思。

罗宽心没有说话，红姐最后捧着脑袋站了起来，她再次对罗宽心说不要这样打孩子，是会折寿的。

罗宽心自然知道红姐是在劝他不要生罗生门的气。罗宽心却突然就想起他是在十八年前一个雪夜见到红姐的,那时候红姐怀里抱着一个刚出生没多久的女孩来敲他的门,她说:"你说的我做到了,你就让我加入你们吧。"

因为在这之前的很多天里,罗宽心曾对她说如果你能拐来一个孩子,我就让你加入。

现在红姐把孩子抱来了,罗宽心只看了一眼,照样要把红姐轰走,红姐用手死死地拉住门板,她说你要说话算数。

罗宽心只说天冷了,你回去吧,把孩子也抱回去。便狠狠地把门关上了。等到他半夜起夜开门的时候,红姐还在他门口,她用棉服包住了孩子,自己快要冻成了一根冰棍。红姐看到罗宽心开门,只是木木地看着他,什么话也说不出来。罗宽心快速跑回屋内,把所有床单被子都抱过来,全部都裹在红姐的身上,他说为什么不回去,为什么要那么傻。

红姐冻僵的脸上,却扯出了一个花一样的笑容,她说:"我没有任何地方可以去了,就让我跟着你吧。"罗宽心的心在那一刻溃堤了,他把红姐抱进了屋里。

那时,红姐头上的那道疤还没有好全,上面缝的线,像一条弯弯曲曲的黑蜈蚣,盘踞在她额头上。罗宽心看见气愤地说:"那天我就应该亲手把他打死。"

罗宽心说的这个他,是红姐的丈夫俞寿全。俞寿全是个酒鬼和赌鬼,有一次在他赌输了钱还喝多了酒的情况下,他一酒瓶就砸在了红姐的额头上,当时鲜血就直接覆盖住了红姐的眼睛,让红姐以为自己瞎了。红姐那晚被俞寿全打得半死,第二天自己去买药看大夫的时候,俞寿全却追了来,他告诉红姐那么点小伤,涂点草木灰就能好。说完他粗暴地拽着红姐的头发就要把她拖回家。

　　正在医院物色新目标的罗宽心,在看了一会儿后,走上去就给了俞寿全一拳,精瘦的俞寿全四仰八叉地躺在地上,他不断哎哟着,罗宽心本想再补上一脚,红姐却拦住了。罗宽心只好收回了他的脚,可俞寿全没有死在罗宽心的脚下,却在回家的路上被车撞死了。

　　红姐一直觉得这是因为俞寿全作孽太多,才不得寿全。

　　等罗宽心想完这些的时候,红姐早就离开了,只有地上那个踩灭的烟蒂,还静静地躺在那里。

　　罗生门把小糖的那条手帕叠得整整齐齐地放在枕头底下,枕着它,就会让他觉得小糖还在南风,她根本就没有离开,更没有离开他。

　　房门却在这时被轻轻推开了一条缝,罗生门在这一瞬间选择闭上了眼睛。在外的罗宽心看到罗生门已经睡熟了,又轻轻地关上,罗生门又在这一刻选择睁开了眼睛。

夜总是无尽漫长的,漫长到让李不空觉得都等不到天明。于是他就披挂着夜色,还是那副歪身体,拿了两桶康师傅泡面,踱到正在值夜班的新警员小王身边。小王毕业于中国公安大学,是个高才生,现在在南风派出所实习,负责做收集物证的工作。

李不空伸出头往小王正在看的照片上看了一眼,这些照片上的内容是一篇篇日记。因为今天下午小王从那个溺水妇女身上发现了一个日记本,为了保护物证,里面的内容都已经被拍成了照片。日记里面记满了这些年女人在全国各地寻找自己儿子的点滴,而且在里面还夹了一张妇女儿子的照片。这个日记本被发现的时候被装在一只防水袋里,妥帖地躺在离女人心房最近的里衣衣兜里。

小王感觉头顶上有一片阴影覆盖过来,他用旁边的书本立马盖上了照片,正要抬头,李不空把一桶泡面就搁在了小王的面前,他说:"别那么用功,吃碗面再看也不迟。"

小王抬起头,露出新人那种惯有受宠若惊的眼神,他说:"谢谢李哥。"

李不空一听笑了,他端着他的那碗面,一屁股坐在小王斜对的桌子上。在整个派出所,叫他李哥的小王应该是第一个。

　　李不空现在二十九岁,他来南风派出所也有八年了。可李不空并不是南风人,他的家乡在有着"雾都"之名的重庆,所以在南风的八年里,每次快被南风的烈日烤焦的时候,他就想快点结束这一切,回到那个雾隐隐的城市。

　　李不空还记得他第一次离开重庆来南风派出所谋职的时候,就是副所长蔡荃面试的他,蔡荃对他说:"重庆的小伙子,不适合南风。"后来李不空才知道,当时蔡荃已经收了别人的钱,要把这个岗位预留给别人。

　　可李不空最后还是进入了南风派出所,蔡荃听说李不空在上面有人,并且是所长亲自答应的,为此蔡荃到嘴的钱不但要吐出来,还差点被那人告了黑状,自己的职位都要保不住。从此蔡荃从心里眼里讨厌这个一根嫩葱似的李不空,青光光的脸,身为一个辅警,办案的时候却总冲在第一个,好像有用不完的力气和冲劲。蔡荃想尽了办法让这根嫩葱离开,可李不空却像一块牛皮糖,牢牢地粘在了南风派出所里,不论蔡荃怎么抠都抠不下来。

　　李不空呼啦啦地吸溜着面条,一滴油星子立马就溅在了他的辅警制服上，可他毫不在乎。他一边嚼着面条一边含混不清地说："你们这个案子怎么定性的啊？"

小王吃着面停了下来，他也不知道该说还是不该说，因为蔡荃嘱咐他别跟李不空透露任何与案件相关的信息。看着小王一副欲言又止的样子，李不空已经猜到了原因。他立马把他的屁股挪到了小王的桌子上，他说："这种的说说没关系的，我又不问具体内容。"

小王想了想觉得好像也对，他告诉李不空：经过法医检测，再加上现场的种种迹象表明，女人就是失足落水溺死的。

此起彼伏吃泡面的吸溜声中，李不空好像不经意地问："没有可能是他杀？"

小王突然停下了吃面的动作，转头看了李不空一眼，然后说："证据都摆在那里，不会吧？"小王毕竟只是一个新人，被李不空一说反而心里还有点怀疑。

李不空却突然又说："我就随便说说，快吃面吧。"此起彼伏的吸溜声就又响起，小王吃着却叹息了一声："真可怜，找了儿子这么多年，居然就这样死了。"

李不空没接话，执着地想把漂浮在面汤上的一根碎面捞上来，屡次都失败后他起身顺手就要帮小王把泡面桶也丢掉，小王却按住泡面桶说："不用，李哥，我自己来。"李不空说："顺手的事。"说着又伸手去拿，随后那些照片好像是无意中被拉扯下来的。李不空弯腰去捡，小王急忙拒绝了。李不空只好说："真对不住，泡面桶还是我帮你扔了吧！"李不空就像脚底踩了风一样，迅速走出了值班室的门。那些照片落地的瞬间，有一张刚好落在他的脚背上，他记得那张照片上妇女用娟秀的字体写着"冷空气过敏症"。

　　李不空走到派出所门口的垃圾桶旁，把那两个泡面桶扔了进去。他歪歪扭扭地看到天边已经泛起了鱼肚白。

五

　　这天罗生门就在自家柜台上那座小灵通的电话机旁站了许久，他一直在想他该不该给小糖打一个电话。罗生门不知道小糖离开了多久，他从来不敢去数，他只觉得是很漫长很漫长的时间。在这些时光里他一直在与父亲罗宽心冷战，而且他还听说那天来跟他讨一碗水喝的女人，已经跌入湖里淹死了，可她的尸体还留在南风镇，没有亲人来认领。罗生门刚听到的时候，狠狠地难过了一下，他想人生终究是世事无常的，所以他觉得他必须打一个电话给小糖。可他才拿起听筒按下第一个数字，刘岩权就骑着他的雅马哈出现在罗生门家的小卖部门口。刘岩权帅气地摘掉头盔从摩托上下来，他的脸上好像又挂了新伤，不过罗生门并不在乎。他只觉得刘岩权可能是为了上次火车站的事来找他的碴，他警惕地放下了听筒，盯着刘岩权一步一步走进小卖部。

　　刘岩权一进来就站在柜台前对罗生门说："来一包庐山牌的香烟。"他之所以指定这一种，是因为他曾看他的师傅谢天保抽过，他也很想尝试一下这种来自江西南昌的卷烟到底是什么滋味，为什么每次师傅抽完都一副意犹未尽的样子。可是在他骑着他的雅马哈都快跑遍了南风所有的店铺时，店主都是告诉他："什么，庐山？我们没有。"在南风，男人们都更喜欢抽玉溪和红塔山，因为这是云南本地产的，他们说抽本地烟，会让人有种心安的感觉。没想到今天竟让他在罗生门家这个连个名字都没有的小卖部找到了，然而罗生门接下来的话让他瞪大了眼睛。

　　罗生门站在柜台里面，语气冷淡地对他说："不卖。"

　　这也并非是罗生门非要和刘岩权过不去，因为庐山牌香烟的确是他们店的非卖品。罗生门记得从小时候，这包庐山牌香烟就被父亲罗宽心摆在柜台最显眼的位置，却从来不出售。时间久了，这好像就变成了他们小卖部不成文的规定。

不过刘岩权的眼睛也只瞪了一下，随即竟然露出了一丝得意的笑容，罗生门听见他问："是不是因为是我，所以不卖？"

罗生门还是冷淡地回答："不是。"

可对于刘岩权来说，不管罗生门回答"是"还是"不是"，都是"是"。罗生门也看得出刘岩权今天的心情是很好的，因为他又向罗生门要了几瓶澜沧江啤酒，在罗生门站着不动的时候，刘岩权故意说："你不会啤酒也不愿意卖给我吧？"

这让罗生门尴尬了一下。刘岩权磕开了啤酒，他在另一瓶啤酒上碰了一下，自言自语说："今天值得庆祝一下。"随后他转过了身，他把他的两只胳膊放在柜台上，身体也没骨头似的顺势仰靠在柜台上，眼睛望着小卖部外南风镇晴朗朗的天。桐柏山牌的电风扇在不知疲倦地摆着头，不时吹向罗生门，不时又吹向刘岩权。这一切让生活看起来一派美好的样子。

从后背，罗生门能看到刘岩权一对突出来的肩胛骨，南风镇的阳光早就把他的皮肤晒成栗色,他的脸颊瘦削帅气,让他笑起来总有一丝邪魅痞气。此刻罗生门却觉得他可能是一只蝶,或者是天上的一只飞鸟,突然停落在他的小卖部里,等他喝完这瓶啤酒,他就会骤然飞走。

刘岩权最后真的飞走了,在飞走之前,刘岩权还不忘对他说了一声"谢了"。

三天后,罗生门接到一个莫名其妙的电话,电话里一个男人恶声恶气地对他说你是不是刘岩权的朋友?

罗生门刚想说不是就打算挂掉电话。可是他却从里面听到了一声细微的轻哼。罗生门的头皮立马紧绷起来,因为他听出这是刘岩权发出的,仿佛克制了极大的痛苦。罗生门能想象到刘岩权此刻正被人按在地上,被威胁着发出声来,让家属去救他。

于是罗生门说:"是。"

电话里的男人果然还是恶狠狠地说:"刘岩权现在在我们手里,想救他的话,马上把刘大茂找到金门冻库来,不然就等着他被冻成冰棍。"

罗生门还想说什么,电话已经挂断了。罗生门却站在柜台前愣了一下,他在想这会不会是刘岩权的一个恶作剧。他随即又推翻了自己这个想法，但为了以防万一，他还是没有直接报警。他选择拨打了李不空的手机，李不空此刻正在外面执行任务，没有接到罗生门的电话。

　　罗生门并没有慌张，他给李不空留了纸条塞在门缝上。然后他出发去找刘大茂，货运公司的人表示刘大茂去外县出货去了。罗生门只好先自己去金门冻库探探究竟。

六

　　实际上，刘岩权此刻真的被人按在地上，情况也比罗生门想象的要严重许多。刘岩权那张帅气的脸，已经被打得面目全非，嘴里还不时有血水流出。一个一手按着肚子，嘴里门户上缺了一颗牙的胖男人正一只脚踩在刘岩权的脸上，他的手里拿着一把虎头牌黑漆皮的老虎钳，上面夹着一颗血淋淋的牙齿。男人叫金三，在镇上做冷冻品的生意，因为路子广，钱挣得也多，人家好像都忘了他以前只是南风镇上的一个泼皮，只知道现在他是牙也镶金的三哥。

　　可是就在几天前，金三那颗引以为傲的金牙，却被人打掉了,肚子上还被人狠狠地捅了一刀。而那个人正是此刻被他踩在脚下的刘岩权。

刘岩权那天特意蹲守在金三经常去的夜来香卡拉OK包厢门口,趁着金三喝多了去解手的时候,刘岩权一脚就把金三那肥胖的身躯踹倒在地,金三像只要死的猪一样在地上不断地哼哼,刘岩权却二话不说上去一扳手就敲断了他的金牙。金三疼得抽搐,可是门却被刘岩权反锁了,此刻没人能来救他。可金三毕竟骨子里还是个泼皮,他曾经做下的那些恶事,总有人三天两头来寻仇,他从口袋里悄悄摸出了一把瑞士军刀,在要捅进刘岩权身体的时候,刘岩权先一步发现了,他和金三在地上打滚抢夺起那把军刀来,最后那把军刀却扎进了金三的肚子里。

刘岩权看着地上渐渐不动的金三,心里不由泛起一股恐慌,他失魂落魄地冲出夜来香,然后他就开着他的雅马哈开启了一场狂奔。跑着跑着他渐渐松下了车把,突然他竟然停下来狂笑不止,笑着笑着他竟然笑出了眼泪,他说:"妈,我终于帮你报仇了。"

刘岩权于是也不想逃了,他骑着他的摩托车漫无目的地在南风镇瞎逛,等待警察,最后他逛进了罗生门家的小卖部,在那里喝了一瓶云南特产的澜沧江啤酒。

可他并不知道,在他冲出夜来香的男厕所的时候,在地上一动不动的金三突然又睁开了眼,跟着他的马仔蔡根六神无主地看着他,问他:"三哥,你没事吧?"他哎哟着骂出一句:"你让人捅一刀试试。"接着又哎哟着把他那一脸横肉都挤在了一起,恶狠狠地说:"日娘的,给老子弄死他。"

金三说完这句话后的第三天,刘岩权就被打得像只歪头公鸡一样拖到他面前。金三捏住刘岩权的下巴,刘岩权嘴里那两排整齐的牙齿就露了出来,金三说:"这么好的牙口,我该从哪一颗开始拔起呢?"说完,好像真的犯了难。

在这一瞬间,刘岩权却抬起脚,狠狠地朝着金三裆部踢了一脚,金三立马疼得脸变成猪肝色,很久才缓回神来,他骂了一句"日娘的",就让马仔把刘岩权按住了,随即一把充满铁锈味的老虎钳就伸进了刘岩权的嘴里。老虎钳在刘岩权的嘴里来回寻梭了好几遍,最终才选定了门牙。

在拔牙之前,金三特别吩咐蔡根做了一件事,那就是拨电话给刘岩权的老子刘大茂,金三想让刘大茂听见刘岩权的惨叫声。紧接着金三把刘岩权那颗门牙连根拔起了,但哪怕疼痛已经让刘岩权面部痉挛,他始终一声没吭。

金三喘着粗气，说："你他妈是刘大茂的种吗？刘大茂当年可没你这么有骨气。"说完还有些邪恶地笑起来，周边的马仔也传来意味深长的笑声，刘岩权立马眼睛充血，他挣扎着就要朝金三冲过来。

金三却抬起手一巴掌就甩在了刘岩权的脸上，把刘岩权一下打得扑倒在地，爬了几次也爬不起来，最后他一把把刘岩权抬起的头踩在地上，狠狠地啐了一口："日娘的，想找老子报仇也不掂一掂自己的斤两。"

刘岩权趴在地上，像一只将死的狗一样喘气。在他已经被打得肿胀起来的眼泡里，他看到一株云南黄素馨黄灿灿的花朵正热闹地从窗台上往外挤，窗台内一个穿着一身绿盎盎棉质旗袍的女人，正安静地挂在一台叶扇已经发黄的吊扇上。随后他看到一个男孩哭着跑了进来，他抱住女人的腿，说："妈，妈，你不要丢下我。"

这个女人就是刘岩权的母亲蒋红梅，这个男孩就是八岁的刘岩权。

蒋红梅年轻的时候是陪酒女，她那时候跟还是泼皮的金三打得火热，后来因为1983年严打，金三南上逃往广东没有带走蒋红梅，他们之间就那样不了了之了。

后来蒋红梅在一个喝多了的虫鸣热风撩拨的夜晚,晃荡在马路上时,被开货车夜晚赶着送货的刘大茂差点剐蹭到。刘大茂吓得急忙下车检查,蒋红梅却坐在地上痛哭起来,老实巴交的刘大茂一下就慌了神,木讷地站在旁边等着蒋红梅哭完。蒋红梅突然抬起她妆容全花的脸,看了他一眼,然后在他的裤腿上狠狠地揩了一把鼻涕,说:"开货车的,你撞到了我,怎么不知道哄我一下。"

刘大茂看着蒋红梅眼睛下那两条漆黑的泪痕,他憋了半天也只吞吞吐吐说出了好几个"我"字。蒋红梅看他这副呆相,又扑哧一声笑了出来,她说:"开货车的,扶我起来吧。"刘大茂真的伸手去拉蒋红梅,这一拉就把蒋红梅拉进他的生活,后来他们结婚,生孩子,刘大茂开货车养家,蒋红梅还是干她的老本行陪酒,但是她的心已经不在那些灯红酒绿上,她有了她的小日子。她回家都会退去那一身酒气,一脸素净地坐在桌子旁,叮嘱刘岩权上学要用心,往刘大茂的碗里添菜。

如果蒋红梅没有再次遇到金三,这样的小日子还会一直过下去,过到生命终结的时候。那天蒋红梅还是如往常一样与客人周旋,让他们既能从她这边买酒,手又摸不到她腿上。这时金三撩开歌舞厅门口的塑料垂帘,一歪头,一群人就鱼贯而入了。

蒋红梅一眼就看见了他，金三也看见了蒋红梅。金三一进来，老熟人似的就要揽住蒋红梅的肩膀，蒋红梅却很巧妙地一下就躲开了，客气地叫了一声"三哥"。金三明显是不受用这声三哥的，他一把揽住旁边一个年轻的女孩，嘲讽道："怎么着，几年不见，从良啦？三哥还碰不得了。"

蒋红梅没说话，年轻女孩却开口替她说了："三哥你别为难梅姐了，梅姐早都结婚了，孩子都八岁了。你这样梅姐老公会吃醋的。"

金三嚼着一片橘子，说："是吗？"然后他腾一声站了起来，一下就拽住了蒋红梅的头发，头都没转，对手下的马仔说："去，去把她老公找来，我倒要看看他会怎么吃醋。"

蒋红梅连声说："别，三哥，我陪你喝，现在就陪。"说着抄起一瓶啤酒咕嘟咕嘟喝了下去。金三凶狠的脸上露出了一丝笑容，蒋红梅心一松，金三却一把就拽着她的头发把她抛在沙发上，说："臭婊子，还想立贞节牌坊。去，我倒想看看是哪个男人敢娶她这样的破烂货。"

刘大茂被推搡着进来的时候，蒋红梅正被金三捏着脸不断灌酒，刘大茂却一声不敢吭，哪怕是后来眼睁睁看着蒋红梅被金三和一群马仔拖进了包间。金三就让他站在门外守着，他也乖乖守着，听着包间内蒋红梅发出的哭喊，他泪如雨下，却只能紧紧地攥住了拳头，攥得骨头仿佛要断了。

金三从床上下来的时候，往蒋红梅赤裸的身体上撒了一把钱，然后心满意足地离开房间，走到门口，刘大茂还哈着腰叫了一声"三哥"。金三哈哈笑着，说："蒋红梅真是嫁了一个好男人。"之后一群人又掀开塑料垂帘，鱼贯而出。

后来，刘大茂始终蹲在门口抽烟，背对着客厅，也背对着蒋红梅的泪眼，蒋红梅让他报警，刘大茂不愿意，说这样只会引来金三更严重的报复。到了夜里，蒋红梅的眼泪已经哭干了，她到厨房里拿了一把刀，照着自己手臂上的动脉就割了下去，在鲜血喷溅出来的时候，刘大茂冲了进来，劈手夺下了菜刀，背起蒋红梅就往医院里冲。

那晚，在刘大茂的背上，蒋红梅突然呜呜叫起来，不知道是手腕上的痛还是心里的痛，最终一口咬住刘大茂的肩膀，刘大茂咬了咬牙，继续朝着医院飞奔。

那次从医院回来，蒋红梅就疯了。她经常会突然跑出家门，拽住路上陌生男人的衣服，嘴里念念有词地说："开货车的，你撞到了我，怎么不知道哄我一下。"然后又会突然粗暴地就扑上去抓挠路人的脸，骂道："畜生，我杀了你！"但她的精神时而还会正常，有一天的清晨，蒋红梅坐在刘岩权的床头，在刘岩权的耳边低语，喊他起床，陪着刘岩权吃过早饭后，又送他去上学，最后在校门口告别的时候，蒋红梅还微笑着叮嘱他放学要早点回来。

看着恢复正常的母亲，刘岩权开心地对母亲点了点头。放学以后他飞奔回家，看到母亲挂在风扇上，在桌子上还有一篮她买好的新鲜蔬菜，看起来好像马上就要去做晚饭的样子。悲伤就这样填满了一个少年的胸腔，后来他哭着去找金三报过仇，金三却像拎一只小鸡崽子一样把他丢出来，说："想找老子报仇，等毛长齐了再说吧。"

刘岩权坐在金三家的门口，他发誓长大了一定要找金三把这个仇给报了。

七

蔡根拨给刘大茂的电话，显示已经关机。没有如愿让刘大茂听到他儿子的惨叫声，金三是不满意的，他让蔡根务必要把刘大茂找来,因为他突然想起了十年前刘大茂那副尿包样,想想他都觉得开心。蔡根从刘岩权爱立信的手机电话簿里,只翻到了三条电话号码,一条是刘大茂的,一条是只有一个"糖"字的号码,最后一个就是罗生门的。因为在那天下午刘岩权看到了贴在罗生门家门口玻璃窗上的送货号码,刘岩权开玩笑说如果有下次的话,让罗生门给他送一箱澜沧江上门去。

蔡根选择拨通了罗生门的电话,金三想逼迫刘岩权发声,胶鞋狠狠地在他的脸上踮踩着,仿佛要把刘岩权的头颅踩裂,刘岩权还是没有吭声。

罗生门看着金门冻库外的卷帘门半拉着,他探头望了一眼,就看到了刘岩权的惨状。这时一只手猛然伸出把罗生门从卷帘门外拽了进来,卷帘门随即呼啦一声就被拽下。

罗生门走到金三的面前,金三裹着羽绒服就坐在一个装着从青岛运过来的冻带鱼的木箱上,古巴雪茄的烟气从他那缺牙的牙缝里冒出来,他睥了罗生门一眼,说:"刘大茂呢?"

罗生门说:"没找到,他到外县出货去了。"

金三说:"那就没办法了。"他从裤腰里掏出那把刘岩权把他捅伤的瑞士军刀,外壳上有一层绿色的玻璃胶,看着绿汪汪的，就像腾冲刚刚出水的上好的翡翠。金三一下就把这把刀扔给了蔡根，蔡根让人把刘岩权从地上架了起来，用刀尖在刘岩权的肚子上画圈，圈定位置，在金三摇了好几回头后，最后才选定刘岩权肋骨下的位置。

罗生门知道他们是要动真格的，急忙说："我来之前已经报警了，你们要是动手，警察马上就到了。"

金三听完却像听到什么笑话一样笑了起来，蔡根和其他马仔一听也紧接着笑了起来。罗生门知道自己拙劣的谎言已经被他们看穿了。

金三手一招，蔡根就跑过来，把手上的军刀递给了金三。金三捂住肚子站了起来，他走到罗生门的面前，说："那好，既然警察要来，那你去捅他一刀，这警察应该不会抓我们吧？"

罗生门假装内心没有波澜，他盯着金三的眼睛，保持着镇定说："如果我不捅他呢？"

金三发现眼前的小子虽然长得跟个羔羊似的，眼神却跟一匹狼似的。金三猛然收起眼里的戏谑，露出凶狠来，他又一招手，架着刘岩权的马仔立马照着刘岩权肚子上就是一拳，打得刘岩权吐出一口血来。金三看完又笑了，他说："不捅，今天这刀你就得替他受着。"

刘岩权被那一拳打得清醒过来,他朝金三喊这是他们之间的私人恩怨,金三要是有种就尽管招呼他,跟罗生门半毛钱关系也没有。喊完还让罗生门少管闲事,赶紧滚。金三没有理会刘岩权,他盯着罗生门说:"今天三哥高兴,再给你一个选择,你捅他一刀,如果他还活着,我就放你们走。"说完,金三把刀举到罗生门的眼前。

罗生门看了一眼血水和口涎一起流下的刘岩权,最终拿下了那把绿汪汪的瑞士军刀,走到了刘岩权面前。

金三正笑着准备看好戏,罗生门手里的那把刀却快速割向架住了刘岩权的两个马仔,两个马仔手间动脉上的血,瞬间喷溅出来,罗生门顺势拉住下坠的刘岩权往卷帘门跑去。

因为罗生门在被拽进冻库之前,早已在外面围着冻库转了一圈,他观察到整个冻库的结构就是一个放大版的集装箱,四面都是墙壁,连个窗户都没有。只有那个卷帘门处一个出口,进来之后他又观察到拽他进来的那个马仔只是把卷帘门拉下来了,卷帘门和卷帘门后的冻库大门皆没有上锁。

而且里面的马仔加上蔡根也只有三个人,通过金三捂着肚子和走路困难的模样,罗生门推测出他应该是受了伤。如果他能先伤了架住刘岩权的两个马仔，那对付一个蔡根或许还有逃生的可能。

在罗生门接过金三的刀的时候，他就已经在心里计算好了以怎样的姿势和速度可以快速中伤那两个马仔，所以他在出手的时候毫不犹豫。不过罗生门还是太高估了自己的力量，第二刀割出的时候，只堪堪割破了第二个马仔手上的一层皮。

罗生门最终还是没能带着刘岩权逃出冻库，但他带着刘岩权在一个满是青岛运过来的青蟹的箱子里躲了起来。冻库里放眼望去都是这样规格的箱子，在金三撬开了几个箱子后，他决定放弃。因为他想到更好的办法，那就是把他们锁在冻库里，把冻库的温度调得更低，时间久了他们自己会乖乖出来。

几个小时以后，金三没有听到冻库里传来任何动静，却先听到了李不空的旧五羊本田破壳一样的排气声，因为李不空回家的时候已经看到了罗生门塞在他家门缝上的纸条。金三本来想要隐瞒事实，最后在李不空吊起眼梢假装要从寻呼机里呼叫南风派出所的时候，金三才擦了一把汗，承认他把刘岩权和罗生门锁在了冻库里。

李不空眼梢更吊，金三连忙让蔡根和其他两个马仔把卷帘门拉上去。

李不空发现刘岩权和罗生门的时候，他们的发丝上已经结出了白色的霜花，刘岩权脸上的伤口更是冻得发黑，他正瑟瑟抖着，而在他旁边的罗生门已经冻得晕过去了。

医院的走廊里到处飘浮着消毒水的气味，让李不空一连打了好几个喷嚏，他说看来有人要遭殃了。

刘岩权很是不解，说："明明是你打喷嚏，为什么别人要遭殃？"

李不空说："那你不懂，我每次打喷嚏的时候，都有人要遭殃。"刘岩权不置可否，当他是在说大话。于是他没有接李不空这个话茬，他问："这个世界上有冷空气过敏症吗？"

刘岩权之所以这么问，是因为昨天下午罗生门被李不空送到医院的时候，医生检测出罗生门晕倒是因为对冷空气过敏引起的过敏性休克，但好在送医及时，再晚个把小时，可能就没命了。

"天下之大，什么稀奇事没有。"李不空说这句话的时候，他一直从窗户外看躺在病床上的罗生门，而他的手心里正攥着几根偷偷从罗生门头上拔下来的头发。

李不空记得很清楚,那天掉在他脚尖的那张照片上清楚地写着妇女的儿子患有冷空气过敏症,而罗生门恰恰就被检测出来了患有这种过敏症,所以这天下稀奇的事不会少。

八

凌晨,罗宽心站在医院二楼的水房,他靠在窗台上想靠抽一支烟来提神。烟过半支的时候,红姐站到了罗宽心的身边,她看着罗宽心如同兔子一样通红的眼,一阵心疼:"你先回去眯会儿吧,今晚我来守。"

罗宽心没说话,只望着天幕里那颗孤独的启明星。红姐以为罗宽心不会回答了,却听到他笑了笑,嘴角有些温柔:"他从小没离开过我,这几天又跟我赌气,我不在这陪他,他醒来肯定恨我。"

红姐不知道该说什么,就陪着他把那支烟抽完。在最后一缕烟雾消散的时候,天已经开始亮了。罗宽心转过了身,他说:"你先回去吧,罗生门离不开我。"说完他又扎回了病房。

罗生门醒过来的时候，先是很远地听到有人在说话。他睁了一下眼睛，说话声就在耳边，同时手臂上传来一阵刺痛。护士把针朝外一拔，迅速把棉签压上针眼，冷冷地说了一句："这大半夜的，下次指标看清楚再喊人！"然后转过头来看着有些无措和木讷的罗宽心，"愣什么，过来帮他按着呀！"

罗宽心像犯了错一样，走过来，伸手按住棉签。一触碰到罗生门他就感受到了罗生门的手臂颤了一下，他低下头去看，罗生门双眼紧闭。护士的声音又响起了："还有这药，等水挂完，再给他吃，是先吃红色的，再吃白色的，不要再记错了。"

说完护士收好塑料针管和吊瓶，神态有些傲慢地走了出去，病房里只剩下不知名的医疗仪器发出嘀嘀、刺刺的电流声。罗宽心再看了一眼病床上的罗生门，看到他颤动的眼睫毛，他轻轻帮他掖了掖被角，然后搬了一张躺椅睡在罗生门的床边，带来的毯子遮不到小腿，随着夜深，小腿凉飕飕的。这时罗宽心感觉一股暖意覆上自己的脚踝，罗生门在床上翻了一个身，把大半的被子都拨到了罗宽心身上，罗宽心没有动，嘴角却禁不住往上弯了一下。

吃早饭的时候，罗生门看到父亲罗宽心正坐在他的床沿上嘬着嘴吹一碗阳春面，吹冷以后，就递到他的嘴边，父子俩谁也没说话，但他们知道他们早就在无声中达成了和解。

刘岩权已经在病房门口站了许久，他就那样静静地靠在门框上，双手交叉叠在胸前，右脚也靠在左脚上，眼睛看向罗生门他们。从罗生门的角度看不出此刻刘岩权正在想什么，但是他觉得刘岩权的目光有些许的忧郁。可是在外人看来，刘岩权此刻可能有些滑稽，因为他的整张脸除了两只眼睛以外，都被纱布包得结结实实。

等到罗宽心走出去，刘岩权就挪动他的两条长腿把身体从门框上移到罗生门面前，然后一屁股坐在罗生门旁边的病床上，开始了他的喋喋不休，罗生门以前从来没有意识到刘岩权会是这样聒噪的人。他抱怨护士把水倒进了他脖子里，他抱怨医生不让他吃饭，他把能抱怨的都抱怨了一个遍，到最后他又不响了，因为他看到走廊里的刘大茂，刘大茂也看到了他。刘大茂手上拎着饭盒也不敢进来，只站在病房的门口，刘岩权没好气地说："你来干什么？"

刘大茂刚要把手上的饭盒举起来说我来给你送饭，刘岩权就站起来，走到门口，只是一抬脚，就把病房的门重重踢上了。

罗生门从门上的玻璃里看到刘大茂那张被隔绝在外的脸，见他弯下腰把饭盒放在门口，再往病房内看一眼就离开了。

罗生门说："那毕竟是你爸，不该做得那么绝情。"

刘岩权像是笑又像是哭，他说绝情，真他妈的绝情。金三已经被抓了，从李不空的嘴里，罗生门或多或少知道了刘岩权跟刘大茂之间的过节是什么，只是罗生门万万也想不到，在当年刘岩权母亲被金三伤害的时候，刘岩权就在包间的窗帘后面找他的铁皮青蛙，所以对于刘大茂当年所作所为他看得一清二楚，而且刘岩权的母亲当年为了保护他，就算被金三伤害，她也一直假装在跟刘岩权玩躲猫猫，让他躲好不要出来，不然妈妈就要找到他了。

那天他以为赢了母亲，却永远失去了母亲。从那以后刘岩权就恨透了刘大茂，他觉得那天刘大茂但凡像个男人一点，也不会发生后来的一切。

天上的云一朵一朵地从窗外飘过，罗生门说了一句对不起，刘岩权说没关系。然后刘岩权的脸上又挂起了痞气的笑容，好像刚才的那一幕没有发生过一样，他说："你给她打电话了吗？"

罗生门刚想问给谁打电话，立马就意识到刘岩权说的

"她"是小糖，罗生门摇了摇头。刘岩权一副难以置信的样子从罗生门旁边的病床上弹了起来，可他马上又反应到自己的行为好像有点过激了，他坐了下来，问："为什么？"

"因为我现在没钱也没能力保护她。"

"没钱没能力就不能给她打电话了吗？"

"你不懂。"

"我的确不懂，但我懂我自己，我知道喜欢一个人，就应该给她打电话，不只今天要打，明天也要打。"

罗生门看着眼睛有点发红的刘岩权，他想如果在今天之前，听到刘岩权这番话他也许会醒悟过来，可是在上午当医生说出罗宽心腿部的肿瘤想要切除，最起码要花两万块，而且现在暂时还不能确定肿瘤是良性还是恶性，如果是恶性可能更贵的时候，他看到罗宽心脸上现出了抗拒的表情。罗生门感受到了自己的无力，这也是他为什么要退学去当兵的原因。因为他觉得一旦他去当兵了，就可以还他欠父亲的账了。父亲就可以不用再为他操心，留下来的钱也可以用来治腿。而且他去当了兵，回来也有能力保护小糖。

可是现在他既没能力保护小糖，也没钱给父亲治腿。

罗生门和刘岩权一直没有再说话，他们一直在病房里坐到天黑，最后刘岩权才起身说："我回病房了。"罗生门在黑暗里点了点头。

刘岩权推开门的时候，用绿军布套了一层又一层的饭盒，还静静地立在那里。刘岩权本想一脚踢过去，可是在抬脚的瞬间，他又放下了。他弯下腰拿起了那个饭盒，指尖一触碰，还能感受到里面的余温。

从南风镇搭车到腾冲县公安局要花费两个小时，而且主要的交通工具，除了客车，就是摩托三轮车，坑坑洼洼的路让李不空在车里像刚从海里捕捞上来的鱼一样，不停地弹跳着。所以在没有必要的时候，南风的人很少会到腾冲县内去。

李不空今天特地向蔡荃告了一天病假，在他头发凌乱、脸无血色地站在蔡荃面前时，蔡荃狐疑的眼光在他身上来回穿梭，最后在要提笔签字的时候，问："怎么会病了？"

"可能太久没生病，昨晚在屋顶上睡一觉就着凉了。"话完，李不空还适时捂住嘴狠狠地咳嗽了几下，那几下在蔡荃看来，李不空好像马上就要在他面前把自己的心肝脾肺肾都咳出来，于是他快速地在病假单上签了字，并嘱咐李不空要注意身体。

李不空在走出南风派出所时，那副病态又立马消失了，他把手伸进兜里,那里躺着两份头发,一份是上次他偷偷从罗生门头上拔下的,一份是他从安放在殡仪馆的溺水妇女的头上拔下来的。在确认两份头发还妥帖地安放在他兜里后,他快步往车站赶去,因为他今天要去腾冲县干一件十分重要的事。

可他才踏进公安局的第一步就受了阻。

水龙头哗哗的声音在李不空的耳朵里来回震动着,他一直看着水龙头下面的水流,和水流下的那双指纹都被洗得有点发皱的手。他突然啪的一声关掉了水龙头,在那双手的主人还没来得及皱眉头前,他就先笑嘻嘻地递上了一支隆力奇的蛇油膏。

这双手的主人是个女法医,在腾冲公安局的法医解剖室任职。女法医接过蛇油膏,先涂了一点在手背上,在闻过味道之后,又挤了一簇在手上一点点仔细地涂抹起来。

"能不能先帮我检测,委托书后面一定补上来。"李不空看着女法医终于把最后一根手指都涂抹完了才开口。

"那等你先回去把委托书拿来再说吧。"女法医瞪向倚在窗口外的李不空。就在刚刚,李不空倚在窗口,把两份密封的头发递进来,然后告诉她"南风派出所送检"。她接过那两份头发,眼皮一抬就看到了李不空警服上的辅警肩章,问:"委托书呢?"李不空挠了挠头,依然一张笑脸,告诉她"忘了拿"。

李不空被女法医瞪得只好站直了身体,他说:"那好,我回去拿。"说完就伸手想从窗口内的不锈钢台面上把那两份头发拿走。女法医却手指灵活地在李不空拿到之前,先拿了起来,她说:"头发我先替你保存着,你回去把委托书寄过来也行,不用再跑一趟。"

李不空听完只在窗口前愣愣地站着,也不说话,更不走,女法医被他这样盯着心里有点发毛,她说:"你不走,还站着干吗?"

李不空像是突然反应过来一样,他开始转身,在走之前,他说:"手是女人的第二张脸,你的第二张脸可能需要好好呵护一下。"

女法医在李不空走远之后才听出李不空刚刚是在骂她,她把李不空送她的那支蛇油膏狠狠地朝着李不空离开的方向扔去,李不空却在嘴角扯出一个笑容。

罗生门出院那天,是红姐和罗宽心一起接他的。罗生门正在收东西,红姐看着他叠得皱巴巴的衣服,不禁笑了起来,说都是你爸教坏了你,衣服哪是这么叠的,说着走了过来,手腕翻了几下，一件衣服就被叠得整整齐齐。

那天罗生门一直看着红姐，他想，红姐其实是很适合父亲的。但他一直拒绝承认对她有好感，说不上为什么，是因为她像鸽子一样的说话声，是她抱住父亲腰的手，说不清，反正，她始终给他一种雾笼着山峦的模糊感，好像一靠近就会有什么不好的事发生。所以罗生门偏过头不去看她，刘岩权却又在这时踱进了他的病房，开始跟他侃一些他们"道上的人"喜欢说的话，比如现在我们也算是同过生共过死的兄弟，比如从今天开始我就欠你一条命之类的，罗生门赶紧刹住他的话头，说："你的命自己好好留着吧，你什么也不欠我。"

刘岩权说那不行，一时激动，风就从他那颗缺牙里吹到了罗生门的脸上。刘岩权脸上的纱布现在已经拆掉了，可脸上结满痂，让刘岩权那张本来帅气的脸看起来七零八落的，还有他的那颗门牙还没有种上，一说话的时候就会漏风，有时候还会喷口水。为了防止被刘岩权的口水喷到，罗生门赶紧躲开，一躲刚好看到父亲办完出院手续回来，不过跟他一起回来的还有一个陌生男人。罗生门不认识这个男人，却听到刘岩权十分漏风地喊出了一句："师傅。"男人听到后没什么表情，只是冷冷地"嗯"了一声。

男人名叫谢天保,在南风镇上斜对农业银行的地方开了一家天天修车行,刘岩权不骑摩托车的时候,就跟着谢天保在天天修车行里修车。

谢天保还站在门口,他对刘岩权说了一个"走"字,就率先迈开腿离开了。刘岩权匆匆跟罗生门告别以后,就屁颠屁颠地跟了上去。罗生门看着谢天保离去的背影,觉得这个人好像很古怪,可是怪在哪里,他一时又没有头绪。

看着罗生门盯着已经空了的走廊发愣,罗宽心说:"看什么,走了。"罗生门这才收回眼神,但他总觉得有一束眼神一直黏在自己的后背上,好像甩都甩不掉。

刘岩权已经收拾好了出院的东西,他走到窗口顺着谢天保的眼神往下扫了几眼,除了下面花坛里一排长势喜人的美人蕉,再没有任何东西。

刘岩权问:"师傅你看什么呢?"

"没什么。"谢天保说完,窗被狠狠关上了。

生了一场病,罗生门觉得自己好像是重生了一回。在三轮车上红姐高兴地讨论着晚上罗生门想吃什么,她给罗生门做,让罗生门不要再吃罗宽心做的阳春面了,她说吃了这么多天,罗生门都快变成面条了。

罗生门没接话,一抬眼却看见父亲在看着自己,罗生门才不情愿地说出:"我想吃赶马肉。"这是红姐最拿手的菜,红姐一听愣了一下,随即笑了起来:"好,我晚上给你做。"只这一回头,红姐差点撞到一个人,好在刹车踩得及时,那人从红姐的车轮前跳过去,就在罗生门家小卖部的雨棚下站定了。

　　那是个穿着旗袍的美丽女人,脚上穿的是一双红蜻蜓的坡跟凉鞋,可是南风镇的土渣路,让她的脚指头灰扑扑的。她对着从三轮车上下来的罗宽心轻声说:"我老公想抽庐山牌的香烟,让我到您这里买一条。"

　　罗生门本以为父亲会马上拒绝,父亲却从口袋里掏出钥匙说:"只要一条?"

　　女人点了点头。

九

　　红姐在厨房里忙得热火朝天。

　　罗生门仰躺在西番莲下的竹椅上望着星空,罗宽心坐在一旁的矮桌旁,捏着一只酒杯慢慢喝着,或者偶尔从眼前的青花瓷盘子里拿过红姐刚刚炒得酥脆的花生米，用拇指细细地把上面那一层红色的皮衣搓掉，然后扔进嘴里。罗生门看出父亲好像有心事，他把竹椅挪过来："爸，我陪你喝一杯。"

罗宽心看了他一眼，就点了点头。他伸出手，从罗宽心那边把酒瓶拿了过来，红姐这时已经弄好赶马肉端了出来，看着罗生门正在给自己倒酒，伸手就要阻止，罗生门却把酒杯往怀里拉了一下。感受到罗生门眼中的距离，红姐只能收回手，拿眼睛剜罗宽心："他刚出院，哪能喝酒！"

罗宽心却说："没事，让他喝点吧。"

红姐也没办法了，只能顺势就把酒瓶拿走了，说："就这一杯啊。"

父子俩在月下第一次对酌，罗生门觉得有些畅快，可是在他一仰头把杯里最后的酒液喝下去的时候，他也彻底不省人事了。

在迷迷糊糊里他想起了小糖，可等他追上去的时候，小糖的脸又变成了下午来店里买香烟的那个女人，他急忙放开女人的手，女人却没有过多地理会他，她只是从罗宽心的手里接过那条庐山牌香烟，就问："多少钱？"

"七十。"

女人听完从她的巴宝莉小皮夹掏出钱，放在柜台上，就拿着烟走了，罗宽心拿过钱只看了一眼就收进了口袋里。

罗生门不知道自己为什么会想起这个，就沉沉地睡去了。

洗碗的时候，红姐还在埋怨罗宽心怎么能让罗生门喝酒，罗宽心却说男孩子喝点酒有什么的。红姐也不再说了，她擦着罗宽心已经洗过的盘子上的水，她问："颜英给我们递了什么消息？"

下午来的那个女人叫郭颜英，她就是当年那个穿红格子裙的女人，就是她在公园里伪装成问路的外地游客，吸引了年轻夫妻的注意力，让谢天宝有机会抱走孩子。她今天付钱给罗宽心的时候，在钱里夹了一张纸条，纸条上写着：晚上八点，心心咖啡馆见。

罗宽心什么也没说，把那张纸条掏出来给了红姐。

心心咖啡馆。这是他们当年逃到南风的时候定下的接头地址。他们到达南风后，就开启各自的生活，约定只有发生特殊情况，他们才可以见面，而见面的暗号就是到罗宽心的小卖部买一条庐山牌香烟。

郭颜英突然约见，难道真的出现什么意外了吗？红姐想着，擦盘子的手不自觉就抖了一下，手里的盘子也顺势滑落下去，可她并没有听见盘子摔碎的声音。罗宽心从下面把接住的盘子拿了上来，他告诉红姐："稳着点。"

的确，若是真的出现了意外，郭颜英会直接通知他们，而不是约见。

如果实在要弄清到底发生了什么事，恐怕得把时间倒回两天前。

日光从百叶窗里打进来，把蔡荃办公室的地板切得一条亮一条暗，而李不空就站在那块明明暗暗的光线里，等待着蔡荃发话。

蔡荃在李不空进来之前收到了一份来自腾冲公安局的信件，信件中明确写着：无送检委托书，特送还送检毛发。蔡荃在收到信件的时候，一头雾水，在致电给腾冲公安局法医解剖室后，他坐下来抽了一支玉溪，然后把李不空叫了进来。

蔡荃把信件往桌子前一扔，他问："病好了？"

李不空只看了一眼就知道是什么，他答："好了。"

"既然好了，那就解释一下这是怎么回事吧？"

蔡荃还是坐在椅子上，好像连眼皮都没有动一下。李不空走上前，拿起那份从腾冲公安局寄过来的信件，他把里面的头发拿了出来，叫了一声："所长。"

有时候差一个字，对于听者来说是天差地别的，就像"所长"和"副所长"之间只差一个字，就好像隔着一条无法跨越的鸿沟。蔡荃在三年前就该升任南风派出所的所长，可是他的位置却被天降的华良所长取代了。整个派出所里不说人，就连条狗都知道蔡荃和华良不和。

李不空叫完"所长"以后，就挪到蔡荃身边去。蔡荃不知道李不空葫芦里卖什么药，在李不空离他一箭远的时候，他说："你就站在那说。"

于是在李不空漫长的讲述中，蔡荃听明白了一件事，那就是这两份头发能够帮助他升职加薪。因为李不空告诉他这两份头发里有一份是溺水妇女儿子的，他本来想偷偷送去检验，要是成功了，立了功，没准就可以帮助自己转正成为正式警察。既然现在被蔡荃发现了，那就把这个功劳让给他，一旦DNA配对成功，到时候没准能顺藤摸瓜把1983年特大贩婴杀人案告破，到时候蔡荃别说南风派出所的所长，调到市县的公安局里去都有可能，就更别说华良了，十个华良也不顶用。

百叶窗里透进来的阳光一移再移，最后还是移到了李不空的脚下。

　　蔡荃在听李不空讲述的时候，他不自觉想起了李不空当年那青光光的脸，但他已经记不得李不空是在一个清晨还是午后走进南风派出所的，他说："我是来面试的。"

　　蔡荃看了一眼他的简历，他是在重庆警官职业技术学院毕业的，蔡荃问："重庆人为什么要跑到南风来当辅警？"

　　李不空答非所问，他说："我想将来当一名正式的警察。"

　　蔡荃把李不空的简历一合，他笑了一下，说："重庆人想到南风当警察，我怕你会水土不服。"

　　"我相信总有一天我会成为真正的警察的。"

　　李不空的身姿站得笔直，让蔡荃怎么也不能把当年的李不空和现在弯着腰站在他面前告诉他"十个华良也不顶用的"李不空重叠在一起。

　　蔡荃听完之后，他让李不空把那个装着头发的信封拿给他，李不空知道蔡荃已经被自己说动了，他愉快地踱到了蔡荃面前。蔡荃在接过信封以后就让李不空出去，在李不空要拉开门的时候，蔡荃突然说："我收回当年的话，你不会水土不服，你会在南风生根发芽的。"

李不空只笑了一下，就出去了。

那天晚上蔡荃就把这个消息迫不及待地告诉了自己的妻子郭颜英，他完全没有发现妻子在听到这个消息后，夹菜的手抖了一下，他只听见"你不是最讨厌这个叫什么不空的辅警吗？他说的话可信吗？"

蔡荃却高兴地吃着晚饭，说："这小子有后台，又铆着劲想转正，如果是假的，正好。"说着蔡荃提着筷子把盘子里的那一条油炸黄花鱼夹成了两段。

之后让蔡荃不知道的是，趁着他洗澡的时候，郭颜英偷偷地把头发从他的公文包里拿了出来，把其中的一份换成了她自己的。

这就是郭颜英想要约见他们的前因后果。

晚上八点，对于滇缅交界的南风来说，天也才堪堪暗下来。罗宽心就站在心心咖啡馆包间的窗前，窗外黄昏的余晖照在他脸上的沟壑里，让他想起上一次他们五个人这么齐全地聚在一起，还是十八年前那家破旧工厂。那天他们从影山公园附近的一条巷道跑出来后，就坐上面包车，车子一路疾驰最后停在了郊外一家废弃的工厂里，那时黄昏的光亮也像现在一样雀跃地照进来，照到他们每个人身上。

没想到十八年一晃就过去了。

如今他所在的这家心心咖啡馆是一对年轻的夫妻在十几年前开的，现在门口的招牌已经褪色到看不清上面到底写了什么，只有南风镇的老顾客才能熟门熟路地上门来。包间里的皮质沙发，上面的皮子也已经发硬，用手抠一把，就变成了碎屑簌簌地往下掉。此刻在掉得只剩下海绵的沙发上，沉默地坐了另外四个人。

就在刚刚，郭颜英已经一五一十地把以上发生的情况告诉了包间里的所有人。这些话就像一群覆巢的蚂蚁，无头地爬上每个人的心间，在密密麻麻地啃噬着他们的心。

"能确定那就是罗生门的头发吗？"在久久的沉默后，红姐终于问出了大家最关心的问题。

"不能肯定。"郭颜英在吐出了一口烟气后，说出这句话，"不过我已经把里面的头发给调包了，不管是还是不是，他也验不出来。"

"这个辅警是怎么知道这些的，难道他已经知道一切了？"坐在黑暗处的"司机"说话好像有些拘谨似的，他在说完以后迅速扫了一圈众人的表情，在大家表情并没有任何起伏的时候他才把绷直的脊背放下来，随即他又立马绷了起来。

他听见郭颜英说："这个辅警应该是知道了一些内幕，未必就知道全部，不然他不会要拿罗生门的头发去检测，说明他自己也不能确定。至于他是怎么知道这些的，那就不知道是不是我们当中有人去做了内鬼了。"

郭颜英说最后一句话的时候，她又吐出了一口烟气，直接喷到了司机的脸上。司机在烟雾中看到郭颜英朝着他娇媚地笑了一下，让他背上立马发了一层冷汗，说话也不自觉语无伦次起来，他说："你说谁……谁是内鬼？"

"我可没说你是内鬼。"郭颜英板正了身体把那支金陵十三钗直接在玻璃桌上揿灭，然后看似漫不经心地补了一句："谁是内鬼谁自己心里清楚。"

郭颜英会这样怀疑司机是有很充足的理由的。当年他们从四川逃到昆明的时候，那次他们就差点被警察抓住。而他们沿途一路行事都非常小心，最后查出竟然是司机在暗中给警察通风报信，最后逃出以后，谢天保差点卸掉司机一条腿，在最后关头是红姐阻拦，司机也发誓以后再也不行背叛之事才保下那条腿和小命。

"好了，颜英，过去的事已经过去了。"红姐及时止住已经偏离的话头，郭颜英也不再说话了，只不过她的眼神依然在司机的身上乱飞，司机的额角则不停地出汗，但从始至终他都不敢伸手去擦一下。

最后还是单独坐在一边的谢天保发了声，他叫了一声"大哥"，罗宽心在窗边好像突然睡醒了一样，他顿了一下，然后说："天黑得真快！"大家这才往窗外看了一眼，的确，此刻的窗外，漆黑一片。

那天的后续，所有的人都记得，在罗宽心关上窗子以后，他走到一束光亮下面，像下达命令一样说出了几个字，他说："我们必须找到那本账本，并销毁它。"

郭颜英看着罗宽心冷峻的眼神，嘟囔了一句："我们找了这么多年，都没找到'那个人'，现在能找到吗？"

罗宽心盯着郭颜英的眼睛说了一句："你找不到，等警察找到了，我们就都等着死。"这句话看似是对郭颜英一个人说的，其实却是对所有人说的。

郭颜英本想张口说："又不是我们弄丢的。"红姐在桌子底下碰了一下她的手，郭颜英就噤声了。

最后大家在咖啡馆坐了一会儿，之后陆续有人离开，最先离开的是郭颜英，然后是司机，再是谢天保。

整个包间只剩下红姐和罗宽心相对坐着，红姐握着那杯早就冷掉的咖啡，她对低头抽烟的罗宽心说："我有件事想和你说一下，刚刚我和颜英商量了一下，为了以防万一，颜英可以想办法把罗生门送去当兵。"

罗宽心头也没动，只弹了一下指尖烧长了的烟灰，说："不行。"

"我知道你在顾虑什么，颜英说这个她会拜托蔡荃亲自去办，保证后面的政审不会出现任何破绽。"

罗宽心还是说："不行。"然后他也起身离开了心心咖啡馆。

回到家，罗宽心看到罗生门正在小卖部的竹椅上睡着，刚才的一场急雨，打雷让整个南风镇都停了电。罗宽心进来以后从柜台里摸了蜡烛点上，烛光温柔地照在罗生门的脸上，罗宽心突然想起十八年前的那个下午，当他的手掐在幼小的罗生门的脖子上的时候，一直在哭的罗生门却突然停止了哭泣，他笑了起来，冲着罗宽心喊出了一声"爸爸"。

罗宽心就是在那个被黄昏光芒洒遍全身的下午，第一次动了恻隐之心，他放过了婴儿罗生门，并且收养他一直逃亡到南风镇。

罗生门好像感到有人在盯着他看，他从酒醉中醒过来，揉了揉眼睛,看到罗宽心坐在竹椅旁边给他打着蒲扇,他叫了一声:"爸。"

罗宽心像是突然回了神,在罗生门的后背上摸了一把,说:"热得一身汗,还要我给你摇扇子。"然后起身去天井拧了湿毛巾过来,帮罗生门擦着背。

罗生门突然又叫了一声:"爸。"

"嗯?"

"没什么,我就是想叫你一声。"

罗宽心笑了,他说:"现在凉快了吧。"

南风的雨季一般是从六月份开始,因为地处滇西,雨季会一直持续到八月份。眼见着就要进入七月,却一滴雨也没从天上落下来。所里的老警员老马在李不空进来之前说:"天有异象,必有灾祸要发生。"其他警员都笑他,说:"老马,怎么搞起封建迷信那一套了。"老马也没有生气,跟随别人一起乐和着,说:"你们别不信,等着吧。"

他们还没等到一刻钟,那个灾祸就降临到了李不空的身上。李不空顶着烈日跑进南风派出所,刚想喝一口水,蔡荃就脸色不好地从办公室里露出半个身子说:"李不空,你进来一下。"

头顶的吊扇苟延残喘地转着，李不空站在下面，却没有感受到一丝凉意，汗水沿着他的脸颊一直滴到他的衣领里。蔡荃把那份DNA检测报告直接扔在李不空的脸上，他说："你看看吧。"

李不空捡起报告，看到结果那一栏写着：经检，两份毛发样本所属者不支持其生物学亲子关系。李不空看完说："这怎么可能……"

"怎么可能，你应该问问自己！"蔡荃气愤地把刚点着的香烟又按灭在烟灰缸里，办公室里闷热的氛围让李不空都禁不住想蔡荃怎么在这间屋子里待得下去。

李不空又仔仔细细地看了一遍，确定那上面的确是写着无亲子关系，他才垂下了手。李不空也不知道那天自己是怎么走出蔡荃办公室的，他只记得他在走出办公室之前，蔡荃用手拍了拍他的脸，说："看来是我高估你了，一摊烂泥是怎么也糊不上墙的。辞职的理由我已经帮你想好了，就是你想回老家了，我早说过，重庆的小伙子，是不适合南风的。如果你不愿意主动辞职，我很愿意主动帮你一把。"蔡荃说完，从桌上顺手拈起了一封检举信。

上面的字迹李不空很熟悉，跟上次那份从腾冲公安局寄出的信件一模一样，都是出自那个女法医之手。蔡荃问："你想知道，法医都在里面写了什么吗？"

李不空突然笑了，他说："对不起，蔡副所长，我不想知道。"然后他扭头就往外走，此刻他也不热了，他只觉得一股寒意从脚底弥漫到了头顶。

在李不空关上门的很长一段时间里，蔡荃都愣愣地站在原地，他觉得刚才他好像又看到了当年嫩葱似的李不空。

南风的雨季是从李不空走出南风派出所的那一刻开始的，倾盆的大雨，从李不空的头顶兜头泼下来。李不空像个孤魂一样在雨里游荡，在这个时候他真的有点想回他的家乡重庆，回到那个一年四季雨雾迷蒙的城市。他还记得在他十一岁那年，天也是下这样的大雨，他去父亲的警局接父亲下班，父亲却在雨里陪他玩起赛跑来，他说："不空，你能追得上爸爸吗？"

李不空说："我能，我不仅能追上你，我还能超过你呢。"

那是父亲最后一次陪李不空赛跑。当天晚上，父亲就接到了紧急任务要去抓捕一伙贩婴杀人的逃犯。李不空有点不开心，于是拿出彩笔在父亲的手上画了一只手表，并在手表上十二点钟的位置加粗了一下，意思是让父亲要在十二点钟之前回来。

　　父亲答应了他，却再也没回来，李不空发誓一定要把这伙伤害父亲的凶犯绳之以法。而当年以李不空的分数，他完全可以进入中国公安大学，将来成为一个像父亲一样优秀的警察。可李不空的母亲却在那一年病倒，为了给母亲治病，李不空瞒着母亲选择了可以包揽一切学杂费的重庆警官职业技术学院。后来母亲还是在他大二那年病逝，李不空在学校里就更加刻苦，他搜寻到了一切与父亲当年那个案件相关的信息，后来他知道当年杀害父亲的那一批罪犯已经逃窜到云南，所以在大学毕业以后，他才义无反顾地选择来了南风，他想在这里守株待兔，他想只要这群人还在云南，就总有一天会撞到他这棵树桩上来。

　　这次他以为他等到了，没想到却还是空欢喜一场。

　　李不空的脚像是再也支撑不住他的身体一样，他极速委顿下去。一只手却及时把他搀住了，这个人是华良。

　　南风真的进入雨季了，滴滴答答的声音从罗生门家小卖部的蓝色遮雨篷上不断地传来。像琴键一样一下一下敲击着罗生门的心，好似在他的心上谱起了一篇乐章。李不空是在这时踩坏这些乐章冒着雨从隔壁跑进小卖部的。

李不空之所以这么没有章法地跑进来，是因为他递交的辞呈被所长华良给退了回来，这样无端的喜悦让他不得不找个人分享。在昨天下午李不空快要倒在雨里的时候，是所长华良及时拉住了他。华良出现在那里也不是特地为了去扶李不空一把，而是他们刚从腾冲回来，大雨让他们的车子陷进了泥坑里。在绵密的雨阵里，李不空看见了华良那辆普拉多警车像个瘸腿老汉一样倾斜着，还有两个年轻的警察也同样淋得像个落汤鸡一样在雨里站着，他们已经使光了他们的力气。

李不空走过去看了一眼轮胎陷进去的情况，他说："不用这么费劲。"

"你有办法？"华良问他。

"办法有一个，但我需要一截木板和一根绳子。"

绳子和木板都拿来了，李不空把木板横着绑在轮胎面上，然后叫人发动车子，因为杠杆原理车子一下就从泥坑里爬出来了。

车子被弄出来以后，华良说："李不空是吧，这个时候怎么不在上班？"

李不空说："所长，我辞职了。"

"为什么辞职？"

"因为我想回老家了。"

华良在雨里点了点头，然后又说了一句："我看你的样子并不想回老家。"

回去以后，华良就驳回了李不空的辞呈。蔡荃一听就炸了毛，他忍着气敲开华良办公室的门，说："所长，这个人就是一粒老鼠屎，留在所里就是一个祸害。"然后把那一堆李不空平时违反纪律，还有女法医那封检举李不空冒用南风派出所的名头，行个人之便的信件都放在华良的面前。

华良拿起来扫了一眼，他说："谁不会犯错，你不会犯错吗？"华良半笑不笑地看着蔡荃，把蔡荃看得心里一哆嗦，他又乖乖从华良的办公室里退了出来。

最后的处理结果就是，李不空可以不被辞退，但是要被书面警告，下次再犯类似的错误就直接解除劳动合同辞退。

蔡荃回办公室以后，狠狠地把那些文件砸在地上。他实在想不通这个名不见经传的李不空到底有多硬的后台，九年前他不录用他的时候，前一任所长也是站出来录用了他，现在华良也站出来留住他。

他就不相信，不能把李不空从南风弄走。

可在李不空真的冲进了罗生门家的小卖部的时候，他又不知道该如何张嘴去分享这份喜悦，毕竟他瞒着罗生门偷偷扯了他的头发去跟一个与他毫不相干的女人做亲子鉴定，而且最后的结果也的确证实他们就是毫无关系。但在李不空的心里，他依然还是认为天下不会有这么巧的事。

升腾起来的喜悦也一下熄灭了，李不空认为是被南风的大雨给浇熄的，要不然他找不到任何理由来解释。罗生门就站在柜台后面，看着李不空从兴奋地掸着身上的雨水到最后好像有些失落地垂下眼皮，他不知道这短短一分钟不到的时间里，李不空到底经历了怎样的心路历程。

可这样的失落也只在李不空的脸上出现一秒钟，就消失得无影无踪。随即看见李不空又恢复他那副站不直的吊儿郎当样，他湿漉漉地踱过来，头往罗生门手肘上压着的笔记本上一伸，就笑嘻嘻地说："高中都毕业了，写什么呢？"

罗生门急忙整个身子都往前倾，压住自己的笔记本，压得严严实实的。在李不空还没进来之前，罗生门正伏在柜台上认真地想他怎么能在剩下的暑假里挣到一大笔钱，想着想着就不自觉地在笔记本上写下了一连串的"钱"字。李不空突然伸头过来，让他有一种干了坏事被抓包的感觉，于是急忙用手遮住。

李不空一副你不用遮我都了解的表情看着罗生门，他说："给小糖写信啊，要是不会要不要哥教你，这个哥最在行了。"

罗生门把本子收了起来并未搭理他，李不空反而急了："你还别不信，当年我在学校读书的时候，追你哥的女孩队都排到上海黄浦江去了。"

罗生门说："那你现在可能要到黄浦江里去捞她们。"

李不空听完就知道罗生门是在讽刺他，但他还是和罗生门一起笑了起来，他说："真不要我教你？"

"你教不了。"

南风派出所的门口长了一簇打不死草，蔡荃抽烟的时候，拿脚尖狠狠地踹着那簇打不死草，好像是踹在李不空脸上一样令他痛快。早上李不空回来上班的时候，还特意向他打了一个招呼，之后就立马转进了华良的办公室，那副小人得志的样子，让蔡荃恨得牙根痒痒。

"跟我斗，你还嫩了点。"蔡荃再次狠狠地向地面上那簇打不死草踹去，直到把那簇草踹得汁液四溅、支离破碎，他才心满意足地离去。可他不知道打不死草之所以在云南分布得这么广，生长得这么茂盛，就是哪怕你把它踹碎、踹烂，那些被打落在土里的碎叶，不出两个月就会落地生根，长出鲜嫩的新芽。

李不空并不知道这些，他趁着所里大部分人都去出任务了，摆足了派头走进了档案室，说："所长让我帮他来提一份档案。"然后把那张从自己被驳回的辞职报告上拓下来的"华良"签名的申请单拍在桌子上。管理档案的警员本来不相信，李不空也看出来了，他说："你要是不信，所长就在办公室里，你亲自去问。"警员只是办事谨慎，但要他真去问华良他又不敢，于是在认真比对过字迹又确认无误以后，警员把溺水妇女的档案和那本日记本都交给了李不空。

李不空翻开日记本，拿出了夹在里面的那张照片。这张照片是一张全家福，照片里妇女幸福地把头靠在丈夫的肩上，怀里抱着他们刚出生还没满一岁的儿子。在那张照片里还照出了其他游客，和当初在公园里捏面人的小贩。

如果没有发生后来的事，这还真的会是一个幸福的家庭。

看照片上红字打印上的日期和地址，这张照片是在妇女儿子被人贩子拐走的那天拍的，出事之后才被洗出来。李不空的眼睛突然停留在照片上小婴儿左脚的小拇指上，然后他就像发现新大陆一样冲出了南风派出所。他不知道在他冲出派出所不到半个小时的时间里,蔡荃就回来了,档案室的警员不满李不空一个辅警居然在他面前摆谱,把这件事从头到尾跟蔡荃抱怨了一个遍,最后还说了一句:"蔡副,最近这个李不空真是越来越嚣张了,您说是不是?"

"他不会嚣张太久的。"蔡荃在看完那张申请单以后笑着说,然后他拍了拍警员的肩膀就走开了。

这么多年他一直不知道李不空留在南风的原因是什么,如果真的是想成为一名真正的警察,在哪里都可以,不一定非要在南风。直到在刚刚那一刻他才真正明白那其中的原因是什么,在这之前他也并没有出去出任务,他是出去调查李不空的身份去了,因为他实在想知道李不空的后台到底是谁,没想到虽没查到李不空的后台,却把李不空的身份大起底,发现了李不空来南风是大有目的的。

李不空冲进罗生门家的小卖部门口的时候,他难掩喜悦又拘谨地走了进去。罗生门觉得这几天的李不空着实有点奇怪,他脸上丰富的表情,像是学了变脸戏法似的,这会儿脸上已经描述不出表情,只看到他先往自己的脚上看了一眼,然后又听见他一阵燥风似的问:"晚上去不去滚锅?"

李不空说的滚锅，是南风镇的一处天然温泉，现在已经被私人开发，名字就叫"滚锅"。南风镇除了与缅甸交界，还紧紧靠挨着高黎贡山的腹地。高黎贡山想来大家都知道的，连当地的民谣里都唱着"好个腾越州，十山九无头"，讲的就是高黎贡山火山群的壮丽奇观。所以在南风，由火山带来的温泉多得就像草原上的牛羊，南风人的口头禅也是"克哪点？""克泡温泉，你给克？"

罗生门只是看着李不空，想从他脸上窥探出点什么，这时店门口的塑料袋突然被一股妖风刮起来，一下就腾到空中去了，而那股风把罗生门也吹得眯了眼睛，那一刻他觉得好像有一种山雨欲来风满楼的感觉。

罗生门说："我不去。"

最后罗生门还是在李不空的软磨硬泡下和李不空去泡了一个温泉，他后来想起这天下午的时候，他觉得那股风是有预兆的。

十

滚锅里温热的温泉水，让罗生门真的有种被放在锅里煮的感觉。而他旁边的李不空却完全是一副彻底放松了的状态，两只手臂赤条条地搭在滚锅的边沿的青石板上，头也放在上面，眼睛上盖了条白毛巾还在热腾腾地冒着白烟。

罗生门一直觉得李不空一定有什么话想对他说，可是他等了许久，李不空好像就真的只是约他来泡温泉的。罗生门觉得有些百无聊赖，他一直看着滚锅边上那一片鲜绿的芭蕉树，升腾起的水雾让芭蕉树的叶片看起来汗津津的，罗生门伸出手去摸了一把，叶片上的水雾立马凝结成了块，变成水滴，滴在了罗生门的脑门上。也是这一下，李不空把眼睛上的白毛巾扯了下来，他说："我有件事要和你说。"

其实罗生门在李不空要开口的时候，他就隐约感觉到了这会是一件令他难过的事情，可是他没想到会这么令他难过，所以在听李不空说完，他腾的一下从滚锅里站了起来，并且红着眼眶对李不空说："你根本就是胡说八道。"

李不空说："我有没有胡说八道你回去问问你爸就知道了。"

罗生门抬脚从滚锅里走出来，脚踩在青石板上。罗生门想，明明是生长在温泉旁边的石头，为什么脚踩上去还是会这么透心凉。

李不空在罗生门走后，把那条白毛巾放在滚锅里拧了一把，又盖在了眼睛上，一股热气立刻把他的眼睛蒸得酥酥麻麻的，好像他刚才对罗生门说出的那句"你其实不是你爸亲生的，你另有父母"只是一个无关痛痒的笑话一样，他仍旧一副悠然享受的样子。

他的内心其实已经像是腾冲喷发的火山一样，岩浆满地。在下午他从日记本里拿出那张照片的时候，他注意到照片上小男孩的左脚小脚趾上有一个很容易让人忽略的特征，那就是他的趾甲是分成两瓣的，在医学上有一个名词叫"跰趾"。他之所以故意约罗生门泡温泉，就是想知道罗生门到底是不是跰趾。在罗生门脱下鞋的瞬间，他轻轻一扫就看到罗生门左脚小脚趾上的趾甲像一对孪生兄弟一样紧紧地挤在一起。

所以说天底下不会有这么巧的事的。

泡到最后，李不空也从滚锅里站了起来，但他真想就这么一直在滚锅里泡着，泡到老，泡到死。

罗生门不相信李不空说的任何一个字,这简直就是一个天大的笑话。可不知道为什么,在罗生门的内心深处竟然有那么一丁点是相信李不空的,特别是李不空在拿出那张照片对他说:"你看到没有,这个孩子有跰趾,你也有。这个孩子有冷空气过敏症,你也有。这个孩子是十八年前被拐的,你也刚好十八岁。这不会是巧合。"

罗生门还是反驳:"这些能证明什么,这些什么都证明不了。"

罗生门说完,李不空不说话了。DNA检测都已经证明罗生门与妇女并没有亲子关系了,这些的确证明不了什么。

罗生门看着不吭声的李不空,他说:"你什么都说不出来,是因为你根本就是在胡说八道。"

李不空只能无力地说一句:"我有没有胡说八道你回去问问你爸就知道了,你到底是他亲生的,还是他抱养来的。"

罗生门在路上无头地走着,走到半路,不知道是不是下午那股妖风的缘故,天又开始下雨,果然是雨季到了,天是半刻都晴不了的。短短十几分钟的路程,罗生门竟然花了整整两个小时才走到家。可进入小卖部的时候,里面却空无一人,只有那只昏黄的白炽灯在兢兢业业地守着店。罗生门于是心绪怅然地直接穿过小卖部后面的天井，就要往自己的房间去。在罗生门要推门的时候，他发现罗宽心的房门没关，他怕夜雨会淋进罗宽心的房间，走过去想伸手关上，却见里面漆黑一片，只有一个猩红的光点亮一下又灭了，他知道这是罗宽心在房间里抽烟。

随后他听到红姐的声音："一切都已经安排好了，罗生门自己也有意愿，现在送他去当兵，是最好的机会，如果现在不送，万一他知道当年的真相怎么办？"

"他不会知道的。"

"我说万一。"

"没有万一。"

两人相对沉默下来，过了一会儿，才又听到红姐的声音，仿佛语重心长："老罗，这几年，大家都在忍受煎熬。李不空已经在调查，罗生门也不是当年你收养时的那个小孩子了，他已经长大了，又那么聪明，把他留在身边，迟早有一天他会发现的。"

"我不会给他们这个机会。"

红姐的话被罗宽心拦腰斩断了，她知道是怎么也劝不动罗宽心了，便决定什么都不再说。这时她却听到门口传来细微的脚步声，不由得全身的神经都紧绷起来，她问："谁？"罗宽心的手也摸到了枕头底下的那把刀上。

罗生门突然就推门而入，仿佛有些惊愕似的："爸，原来你在家啊，我刚回来看到房门没关，怕雨淋进你的房间，顺手就想关上。"罗生门说得十分自然，眼神在扫到红姐时还露出一些狐疑，像是在猜测他们在房间里干什么一样。

红姐为了打破尴尬，急忙说："这种天气的雨，只要淋上就会感冒的。老罗，你赶紧去给罗生门拿件干衣服。"说完拉了一块毛巾就要来擦罗生门头发上的水。

罗生门却把头一偏，说："不用了，我自己回去换。"说完就要转身，罗宽心已经把手从枕头底下抽了出来，看了一眼水猴子一样的罗生门，裤管上还滴着水，走过来接过红姐手里的毛巾，按在罗生门头发上揉了几下："先把头上的水擦干，我去替你拿衣服。"

罗宽心说完就往外走，在他正打算跨越房门上那道有点腐烂的木门槛时，他看到木门槛外汩了一摊水。可他的脚步一下都没停，直接走出去帮罗生门拿衣服去了。

时间像是骑上了一匹白马，在罗生门家小卖部门口那条倾倒满了蜂窝煤渣的路上跑了一圈，七月就只剩下了一半。

南风的雨季也似乎消停了,蝉落在天井里的西番莲树上,不停地叫着,在罗生门听来好像是"热死了,热死了"。

罗宽心正在修着那台突然罢工的桐柏山风扇,汗水从他的额头滴到下巴,又滴到地上,罗生门蹲在一边给父亲递着已经拆散的零件,额头上同样冒出豆大的汗珠。

"录取通知书什么时候下来?"

突如其来的一句话让罗生门递零件的手迟疑了一下,随后他答:"具体时间不知道,应该就在这几天吧。"罗宽心听完"嗯"了一声不响了,罗生门把那个零件递过去也不再接话。

自罗生门那天在门外听到父亲和红姐的密谈之后,这样的场景已经在小卖部里上演了好几天,罗生门知道父亲想问自己什么,他只是一直在装傻,就像现在这样。

因为在那天晚上他清晰地看到了地上的那摊水渍,虽然父亲在走出房门时脚下没有任何迟疑,但他知道父亲一定也看到了。

"你红姨那天来是问你上大学的事,她怕你报了歪大学,你自己有把握吗?"话在断了半天以后,罗宽心突然扭过头来,像是故意要解释那天的事情一样。

罗生门也看着父亲,像是不介意地说:"我报了四川大学。"罗宽心看着儿子,他发现罗生门脸上毫无波澜。自从那天晚上在门口发现那摊水渍之后,他知道罗生门应该听到了他们之间的对话,但他不知道罗生门到底听见了多少,他一直在探罗生门的口风。如果罗生门那天已经听到了他们全部的对话,听到这句话他多少会有点反应,因为罗生门知道他们那天聊的根本不是这个。可是罗生门现在脸上什么都没有,他甚至还看到罗生门咧开了嘴,笑容就从罗生门的脸上绽放了出来,是那样无邪和少年气,他听到罗生门对他说:"爸,你别担心了,我有信心考得上。"

罗宽心深深地看了一眼罗生门的眼睛,他突然笑了:"可别说大话。"说完这句话的时候,电风扇的最后一颗螺丝被拧上了,凉风随即就在小卖部里漾开来,风吹开罗生门的刘海,他说:"爸,你要相信我。"

修过的风扇不可能完好如初,它发出乌棱棱的声音,把罗生门最后一句话吹没了。

十一

像是从南风镇蒸发了一样的李不空,在消失了一个星期后,突然又倚靠在了罗生门家的柜台上。他随手就从柜台上的袋子里抓了一把黑瓜子嗑了起来,这是南风的黄瓤西瓜里长出的瓜子,颗粒小而饱满。罗生门只抬眼看了一下,也不搭理他。李不空也并没有觉得不好意思,他就靠在那里敬业地嗑着,一直到他把手里最后一粒瓜子拈起来扔进嘴里,才拿他盐渍渍的手伸进口袋里掏出一张纸来,伸到罗生门的面前。

罗生门也不接,他只是扫一眼就扫到上了上面最重要的信息:根据 DNA 遗传标记分型结果,支持检材 1 是检材 2 的生物学母亲。

李不空消失的这一个星期,他拿着罗生门和溺水妇女的头发跑遍了腾冲的大小医院,直觉告诉他罗生门一定是溺水妇女的儿子。最后的结果也确实没有让李不空失望,在李不空快要跑断腿的时候,他终于找到了一家可以做 DNA 检测的医院,他们检测出罗生门就是溺水妇女的儿子。

其实罗生门在听到父亲和红姐的对话的时候,就知道自己不是罗宽心亲生的。他拎起了扫帚,走到李不空脚边,狠狠地扫起地上的瓜子壳来。

李不空在店里不停地跳脚,他说:"你想把我也一起扫出去是吗?"

罗生门突然就停了,他说:"对。"

李不空看着罗生门目光灼灼的眼睛,他知道罗生门心里已经有了答案。可他不知道罗生门知道的其实比他想象中更多。那天从罗宽心的房间出来,罗生门的脑子乱成了一锅粥。真相,到底是什么真相?为什么大家都在受煎熬?难道……罗生门不敢想,也不愿意往那方面去想。

李不空没有再跳脚,甚至连那副吊儿郎当的样子也在一瞬间消失了,他说:"我今天来找你是有更重要的事。"

罗生门根本一个字也不想听,他不断努力地扫着地上的瓜子壳,可是有一粒瓜子壳就是卡在柜台下缝里怎么也扫不出来,最后一只手伸进缝里把那粒瓜子壳轻而易举拿了出来。李不空把那粒瓜子壳举到了罗生门的眼前,他说:"你这是自己在难为自己。"然后他一捻拇指,瓜子壳就像一片飘零的落叶般掉落在地。

罗生门看着眼前的李不空,他觉得他好像从来就没有真正认识过自己这位邻居阿哥。在他的记忆里,李不空是在他十岁的时候住到他家隔壁的,那时候的李不空还是一个羞涩的大男孩,父亲罗宽心叫他来家里吃饭,他不好意思夹菜,一直就捧着饭碗猛吃饭。再到后来,他看到李不空的身体越来越松松垮垮,脸皮也越来越厚,经常到了饭点就不请自来,好似他天生就是这副模样。

他习惯了李不空吊儿郎当,就不习惯现在眼前的李不空。罗生门收了用芭蕉叶做成的笤帚就要往后屋走去,李不空忙不迭地说:"难道你不想知道到底是谁杀了你亲生父亲,并且拐卖了你吗?"

罗生门听到这里停了下来,李不空心头一喜,罗生门转过头来,只是冷冷地说了一句:"我不想知道。"

"如果我说你亲妈是被人谋杀的,你也不想知道吗?"李不空直勾勾地盯着罗生门。

罗生门的瞳孔像是被巨浪拍打过,他静静地看了李不空一会儿,就转身向天井走,可他每走一步,脑子里就会浮现那天下午那个发传单的女人站在柜台外面的场景。岁月已经让女人的两边肩膀往下沉,身形也像一只虾一样弓着,她用她那双发灰的眼睛看着罗生门说:"我儿子现在也应该长到你这么大了,你长得真像我儿子。"

罗生门还想起那天在泡完温泉以后，他绕道去了一趟存放女人遗体的殡仪馆。在那里他听到殡仪馆圆滚滚的女工作人员抱怨警方一直在尝试联系女人的家属，家属那边嫌弃把遗体转回费用昂贵，一直拖到现在女人的尸体都没有人来认领，一直占着殡仪馆的冰柜。女工作人员在抱怨了一通后，说："要是我，可没有这样的毅力。她要是早放弃，也不会落到这步田地。唉，说到底这都是命。"女工作人员把"命"字咬得很重，罗生门就感觉自己的心被什么蜇了一下，一股痛感弥漫开来，他从殡仪馆落荒而逃。

罗生门最终一步也迈不动，他从天井里折返了回来，走到李不空面前，说："你想要我做什么？"李不空随即就笑了，他露出两排整齐的牙齿，就好像当年罗生门往李不空的碗里夹菜时，李不空露出的笑容。

李不空和着天井里西番莲树上的蝉鸣，把他知道的线索告诉了罗生门。罗生门也是第一次从李不空的嘴里知道"蔡荃"这个名字，更加知道在妇女溺水的那天下午，李不空发现了妇女非自然溺亡的可能性，因为他们在发现妇女的时候，妇女的一只鞋子是脱落的。按照正常溺水者的特征，他们在水中是直立的，没有踢腿的动作，只能挣扎二十至三十秒就会沉下去，而且妇女那天穿的是一双系带的运动鞋，如果在掉入水中之前，她没有挣扎的动作，按理她的鞋子是不会脱落的。那么就有可能是有人把她推下去时，她在情急下踢落了鞋子。他把这一发现及时报告了蔡荃，可蔡荃却告诉他这不是他一个辅警该管的事。到了晚上，他借吃泡面的机会从新警员小王那里探听到证据链上根本都没有提及鞋子脱落这一点。

这让他觉得很可疑。最让李不空觉得可疑的还是蔡荃把罗生门头发调包的事。所以根据李不空的推测，蔡荃很可能跟当年的贩婴团伙有关，甚至有可能就是杀害了妇女的凶手。不然他为什么要抹掉妇女鞋子脱落这条线索？而调包罗生门的头发，明面上好像是蔡荃想要把李不空从南风派出所挤走，实际上如果蔡荃只是想陷害李不空，他完全可以在李不空偷偷拿头发去送检上做文章，直接让女法医写检举信检举自己，没必要还多此一举，他就是在阻止李不空知道罗生门的真正身份。

经过商讨后，李不空决定以蔡荃作为线头开始调查。李不空同时提议让罗生门从罗宽心那里打探当年是什么人把罗生门卖给他的，双管齐下，没准能很快找到当年的贩婴团伙。

没想到罗生门却斩钉截铁地拒绝了，他说："我愿意和你一起调查，但在结果没出来之前，我爸不能知道这件事。守不住这根线，我们就免谈。"

李不空看着眼前的罗生门，他也觉得眼前的这个十八岁少年，好像也不是他认识的那个纯粹的少年。他立即就答应了罗生门，可他不知道罗生门的心里此刻还有别的盘算。

罗生门在最后问他："你为什么要做这些，难道只是出于警察正义吗？"

李不空沉默了一下才说："这是一笔账，一笔必须要算清楚的账。"

罗生门不懂，他们就坐在小卖部的门槛上，头顶上白晃晃的日光简直要晒瞎人的眼，可是日光又怎会知人间事呢，就像天井西番莲树上的蝉一样，它们什么都不知道。

停在门口的那辆凤凰牌自行车已经被岁月锈蚀，罗生门拨动它的车铃，像是手指在老人的牙齿上寻梭了一圈，最后什么声响都没发出来。罗生门还是一脚踢起了后胎上的撑脚，一踩脚踏，人就像一只飞鸟一样飞出去了。这已经是罗生门第五次从小卖部飞出去，他把车轮踩得像是要生出风来，就是为了追上在他前面的那辆银白色的帕萨特，帕萨特突然转了一个急弯，罗生门能清楚地看见帕萨特的驾驶位上坐着蔡荃。一个急弯过后，那辆帕萨特在一家店面很小的饵丝摊停了下来。

罗生门的刹车不够灵光，他停车时已经极力用脚撑着，还是差点撞到蔡荃帕萨特的屁股上去，蔡荃大惊失色地跑回来，仔细检查了好几遍，确认罗生门没有撞上后，才放心地骂道："私娃子，你知道这是什么车吗？就敢往上撞。"

罗生门还真不认识这辆车，他呆呆地还卡在他的凤凰牌自行车上没说话。这时一个可能患了伤风的老头康伯迎面走了过来，他用手帕捂着嘴咳嗽了几声。蔡荃在看了康伯一眼后，好像突然意识到跟罗生门这样的乡巴佬也说不清楚，于是他甩下一句"下次长点眼睛"脚就跨进了饵丝摊的店门。

蔡荃没想到他口中的这个"私娃子"也走了进来，挑了一个与他并排的位置坐下。那时的蔡荃并不觉得这个私娃子有什么目的，他一脸嫌弃地坐在那油腻腻的桌子前，在饵丝摊的老板把那碗鸡汤火腿饵丝端上来的时候，他只用筷子象征性地搅了搅，却一口都没吃。

罗生门坐在一旁呼啦啦地吃起来，罗生门觉得这家老板做的饵丝汤是这天底下第二顶好吃的东西，第一好吃的就是他爸做的阳春面，罗生门觉得不吃简直是在暴殄天物，想着他就吃完了他的那碗饵丝汤，嘴角都起了一层油腻子。在罗生门还来不及擦嘴的时候，坐在角落里的康伯也吃完了他的那碗饵丝，他站起身来就要往外走，在从罗生门和蔡荃中间的过道穿过去的时候，康伯把蔡荃放在桌角的公文包碰了下来。康伯说了一声抱歉，就蹲下身去帮蔡荃把包捡起来。这时饵丝摊里突然沸腾起来，大家眼睛都纷纷盯着靠着墙壁五斗柜上那台二十一英寸的LG电视机，电视机播放的画面是国际奥委会主席萨马兰奇先生在莫斯科宣布：北京成为2008年奥运会主办城市。申奥成功的喜悦让饵丝摊里炸了锅，大家互相奔走庆贺，就连老板都拿着铁勺站出来观看，在这杂乱的环境里，罗生门的眼睛却注意到康伯在捡包的时候好像从蔡荃的公文包里抽走了什么，迅速藏进袖子后，就站起身来把包又放在桌角上。康伯走出去以后，蔡荃把一张五块的人民币放在桌子上，紧跟着出去了。

  罗生门还坐在店内，他看着饵丝摊外那本来停着帕萨特现在已经空旷的地方，他的大脑在飞速地旋转。他想到在进饵丝店以前，他离蔡荃的车还有三人远，蔡荃就心疼地跑回去查看他的车，还用一副看乡巴佬的眼神看着他。现在康伯把他的公文包都碰到了地上，他不光一声没吭，甚至连声怨言都没有。他知道蔡荃是不会在这短短的时间内就突然变得宽容的。而且蔡荃从一进店就对这里充满了嫌弃，饵丝更是一口都没有动，说明他根本就不是来这里吃饵丝的，而是受约来到这里。约他的那个人，就是康伯。

那么，康伯到底从蔡荃的公文包里取走了什么？他们之间又有什么关系？罗生门想到这里，他急忙冲出饵丝摊，骑起自行车就往康伯离开的方向追去。

罗生门站在一处四合五天井式民居的院子里，其中一坊的人家从二楼上房的回廊上搭了一个葡萄架伸下来，一楼下房的房门就藏在葡萄架下，罗生门伸头往葡萄架下望了一眼，在葡萄架下还藏着一个木质楼梯。罗生门踩上去，木楼梯就发出摇摇欲坠的声音，好像他再多踩一脚，整条楼梯就会从上面轰然断裂。罗生门的担心完全是多余的，在他蹑手蹑脚地爬上二楼的时候，那座木楼梯还是完好无损。他的心却突然塌了一角，因为他一直跟踪的康伯早就发现了他，康伯就站在楼梯口的回廊上等着他。

那一瞬间，罗生门看见天井里吹进来了一阵风，它把其他租客挂在抱厦上晾晒的衣服吹得摇摇摆摆，把康伯梳理得整齐的头发也吹乱了。在风马上就要扑向罗生门的时候，他听见康伯说："我在饵丝摊见过你，你跟着我一个老头子做什么？"

那阵风把罗生门的心吹得漏了一拍，但他立马就反应过来，他说："阿伯，老板叫我来还你的钱，刚刚他找你的钱，你漏拿了十块钱。"罗生门说着就从口袋里掏出十块钱来，康伯也把用手帕包着的钱拿出来数一数，发现的确少了十块。康伯接过钱，脸上才绽放出慈祥的笑容，他说："难为你小伙子跑一趟，天这么热，进来喝口水吧。"

就在刚刚，在罗生门冲出饵丝摊的时候，饵丝摊老板正要追出去还康伯漏拿的十块钱，罗生门灵机一动，说："老板，我帮你去还吧。"罗生门是老板从小看着长大的，老板信得过他，于是把钱给了罗生门。罗生门拿了钱并没有立马追上康伯，而是骑着车慢慢悠悠地跟着康伯，等待他走进这间被出租的四合五天井式民居，他才把车停在院外，也跟着走进院内。

康伯一边从木橱柜里拿出一只掉了漆的搪瓷碗，里面泡上了来自大理的雪茶，递给罗生门时，他的眼睛在罗生门的脖子上扫了一眼，然后才说："你脖子上这翡翠真好！"

罗生门不懂康伯的意思，他捧着搪瓷碗开始慢慢喝起来，在喝水的时候，他的眼睛一刻也没有闲着，突然他看到靠近门口那面墙上，挂了一个很大的相框。罗生门伸着头看，看到其中一张照片上有两个意气风发的少年。

"这是我和我好兄弟阿雄年轻的时候照的。"

"砰咚……"

康伯突然出声，吓得罗生门把桌子上的一本书碰到了地上。罗生门一边道歉，一边帮助康伯把那本书捡起来。在看到书封的时候，罗生门愣了一下，那上面竟然是缅甸的文字。难道康伯还懂缅甸文？

疑问只是稍纵即逝，罗生门觉得首先要解决的问题是要知道这个阿雄是谁，没准这会是一个重大线索。所以那天罗生门一共喝了八碗茶水，在喝到第九碗的时候他差不多知道阿雄其实就是本地一个玉雕师，年轻的时候向往财富，整天泡在玉石加工厂里雕刻玉石。那时康伯与阿雄的理念不合，回了老家，等他再回南风的时候，阿雄已经因尘肺病去世了，他唯一的女儿也嫁给一个姓罗的男人，远走高飞了。

这么多年他一直没有她任何消息。

罗生门觉得探听不到什么实质的内容，所以在康伯要起身为罗生门添第九碗茶水的时候,罗生门先一步起身向康伯告别。康伯把罗生门送到楼梯口,突然开口问:"你是阿阮的儿子吗?"

罗生门下楼梯的脚顿了下来,他回过头来问:"阿伯,你认识我妈?"

康伯站在楼梯口,他敲了敲脑袋,好像要把那些快要遗忘的记忆敲出来一样,然后罗生门听见康伯说:"你脖子上的那颗珠子是产自缅甸密支那的老坑玻璃种,水头足,照映程度好,是玉石里成色最顶级的,当年我和阿雄一起发现的。因为只有黄豆那么大,后来阿雄的女儿出生,我就把它和其他翠玉一起制了一串手链送给了她,那上面还有我亲手雕的花。"

罗生门才知道刚刚他进门的时候,康伯说他这脖子上翡翠真好的含意,原来阿雄的女儿就是他的母亲阿阮。

之后罗生门又听到康伯说:"这些年我一直没有阿阮的消息,阿阮她现在还好吗?"

罗生门听了心里一沉,他的母亲阿阮其实在八年前一个看似非常平常的下午离开了家门,并且一去不复返。罗生门还记得那个下午,母亲栽在天井里的那几盆杜鹃花开得十分鲜艳，母亲掐了一朵戴在耳朵边上。然后就唤罗生门把她准备好的竹篾搬到天井里来。罗生门蹲在那时还只有半人高的西番莲树下，看着母亲赤着脚在天井里走来走去，她要为这几盆杜鹃花搭一个花架，防止南风的烈日过早地把这些娇嫩的花儿晒死。母亲走动的时候，她那印有棠梨花的长裙的裙角就不时会扫在罗生门的脸上，让罗生门不觉生出好奇心，想要去捉住母亲的裙角。可母亲的裙角就像一只翩翩飞舞的蝴蝶的翅膀，怎么也捉不住。

罗生门最后没等母亲搭完那个花架，他就在西番莲树下沉沉地睡去了，等他醒来的时候，父亲红着眼睛告诉他，母亲走了。那时的罗生门还很天真，他以为的母亲走了，只是去门口河里洗个衣服就回来那么简单。在他等了一天又一天、一年又一年后，他才知道母亲离开的真正意思。后来父亲出了一趟很远的门，回来的时候，他告诉罗生门，母亲已经去世了。罗生门于是就用一根绳子把母亲走的时候留给他的那颗玉石珠子穿了起来，戴在了脖子上。父亲后来告诉他：永远都不要忘了你妈，她是这个世界上最爱你的人。

罗生门永远记得母亲离开的那天把他从西番莲树下抱起来，准备抱到房间里去睡。罗生门却在母亲的怀里醒了过来，母亲这时微笑着对他说："罗生门，如果妈走了，你会帮妈照顾好这些杜鹃花吗？"

罗生门揉了揉眼睛，想让自己更清醒一点，他说："妈，你要去哪里？你带我一起走。"罗生门始终没能抵住困意的侵袭，他在还没听到母亲下一句对他说了什么，他就又沉沉地睡去了。

在母亲离开的那个下午，晚上就下起了一场暴雨，让那些杜鹃花还没被烈日晒死就已经先被雨水摧残了，母亲搭好的花架被风吹倒，那些杜鹃花也倒在地上奄奄一息。

罗生门想到这里睫毛颤动了一下，睫毛在他眼睑上洒下一片阴影，然后他抬起头来对康伯说："阿伯，我妈已经生病去世了。"

康伯像是不相信似的，他问："什么时候的事？"

"十年前。"

"十年前？"

"嗯。"

康伯听到这一声，整个人差点倒下来，罗生门想跑上来扶住他，康伯却伸出一只手制止了他，然后缓缓转身回了屋。罗生门望着康伯的身影消失在楼梯口，他有点难过，等他转身打算离开时，一个眼熟的人却已经走上了楼梯，在木质楼梯发出的不堪重负的嘎吱声中，罗生门记起这个人就是那天在医院见过的谢天保。

罗生门和谢天保两个人同时侧过身让对方上下，在那短短的一瞬间里，罗生门感受到谢天保看自己的眼神里怀有敌意，对，就是"敌意"。罗生门上次在医院见到谢天保的时候，谢天保也是拿这种眼神看他，那时他一时想不出来到底是什么感觉，今天近距离地接触，罗生门很肯定那就是敌意。

可谢天保对自己为什么会有敌意呢？自己明明不认识他。罗生门下楼要走出院门的时候，回头往阁楼上看了一眼，他发现谢天保也在看他，但谢天保立即就收回了眼神，打开门走了进去。

真奇怪。

十二

谢天保靠在门背上，他突然觉得脊背一阵发凉。刚刚看罗生门的眼睛，让他想起当年在四川影山公园里撞到他刀口上的可怜男人，他在死的时候，眼睛还死死瞪着，看着他。哪怕已经过去十八年，他还是记得那双眼睛，而如今罗生门的这双眼睛，跟当年那个男人的眼睛一模一样。

谢天保就是当年冒充登山客抱走孩子的。在谢天保正处于心悸的时候，屋子里却突然发出响动，在黑暗里谢天保感知到一个人朝他走过来，他在心里念了一句"该死"，这么大一个活人在屋子里他居然毫无察觉。之后他就在黑暗里快速出手，立即就掐住了那个人的脖子，只听到一声惨呼，谢天保才听到被他掐住的那个人艰难地说出了："是我。"

这时房间的灯被打开了，郭颜英的脸在谢天保的眼前显现，而他的手依然还掐在郭颜英的脖子上。郭颜英面容痛苦地说："你还想掐多久？"

谢天保这才收回手，问："你怎么在这里？"一开口，因为紧张的缘故，他结巴的毛病竟然显露了出来。

郭颜英注意到了，她答非所问，她说："这么好的天，把窗帘都拉上做什么，黑漆漆的连自己人都看不清。"随即，她呼啦一声把挨着门口的窗帘拉开，下午的阳光正好一下就从抱厦上钻进谢天保的屋子，让整个屋子一下亮堂起来。这一下却让谢天保慌了神，他一下扯开郭颜英，把窗帘又严严实实地拉上，关上窗帘的一刹那，谢天保皱起的眉头一下就舒展开。因为他已经习惯了黑暗，在这样的环境里才会让他感到安全和舒心，要不然他会感觉有人从窗户里一直盯着他看。

郭颜英冷笑了一声，她直接走到谢天保的床边坐下，她今天换了一条缎面的旗袍，在灯光下看起来就像一只油光水滑的貂。她从她的巴宝莉皮夹里掏出那盒金陵十三钗，抽出一根，然后把双臂抱在胸前，同时她的眼睛勾了谢天保一下。谢天保明白她的意思是让自己给她点烟。他没搭理她，径自走到床头柜边抽出一根红塔山点上。郭颜英讨了个没趣，又把那根烟塞了回去，然后说："日光都不敢见，跟躲在地下的老鼠有什么区别。"

谢天保知道郭颜英这句话到底在骂什么，只要能活下去，哪怕是做泥巴里的虫，他也愿意。他吐出一口烟气，看着郭颜英从旗袍底下露出的大腿，问："你怎么在这里？"这一次他没有再结巴。

郭颜英顺手又从她的巴宝莉皮夹里掏出了一张假身份证伸到他面前，她说："身份证更新了。"

谢天保看了一眼，就接过那张更新的假身份证，他觉得上面的男人是自己又不是自己。因为假身份证上的自己已经发福，眼睛好像被挤小了好几圈。还有地址那一栏，假身份证上是一个他完全陌生的地方，而他的家乡在江西彭泽，一个早餐喜欢吃米饺，站在两层屋顶上就能望见长江的城市。

郭颜英看着他在发愣，又开口："刚刚发生了什么事？"

郭颜英不会忘记谢天保刚刚进房间之时，那副惊慌的样子，甚至连隐藏了这么久口吃的毛病都暴露出来了。这样的破绽对于他们来说，只要露出一次，很可能就是致命的。

谢天保当然也知道，他像是考虑一下才开口问郭颜英刚才来的时候有没有被人跟踪。郭颜英每次出门只要是会面她都会异常小心，今天在上楼之前她还特地用化妆镜假装补了个妆，在照了一圈无人跟踪之后，她才上楼来，所以她说没有。

"那他为什么会出现在这里？"谢天保的眼神有点冷。

"谁？"郭颜英的神经立马被挑动了起来，她逼视着谢天保。此时窗外传来一声叮咣的声音，把郭颜英和谢天保都吓得身体颤动了一下。在这座天井西面的耳房里住了一个银匠，每天都会把他那套打银器的工具搬到门口来，坐在那一堆太阳光里，卖力地锤打着银子，那声音在整个天井里回荡。

叮咣！

叮咣！

叮——咣——！

郭颜英的身体像是突然被人抽走了骨头一样侧瘫在谢天保的床上，然后她开口："你确定罗生门是在跟踪我？"

在他们侧耳倾听着银匠锤打银子的声音中，谢天保把他刚才在楼梯上看到罗生门的事情都告诉了郭颜英。谢天保没有肯定地回答郭颜英，但他从罗生门看他的眼神里，他知道罗生门一定是知道了些什么。

银匠锤银子的声音还在继续。

那辆凤凰牌的自行车在遇到一个土坑后终于寿终正寝了。它的前轮胎在罗生门把车头从土坑里拔出来的时候，转了一圈，就从车轴上掉了下来，然后毫无留恋地滚到了路边的草丛里去了。罗生门没有去捡，他反而在土坑边上坐了一会儿，那一瞬间他猛然觉得他眼前的这个世界，不论是天上的云，还是路边的草，都好像这辆旧自行车一样，在不知不觉中已经失去了前轮，接下来很可能就会变得支离破碎。

等罗生门拖着已经残疾的自行车出现在小卖部门口的时

候,天已经擦黑。李不空一见他回来,立马找借口到小卖部里买一瓶酱油,在两个人一取一拿的间隙里,罗生门就已经把今天对于蔡荃和康伯之间的发现告诉了李不空,但他保留了康伯认识自己母亲这个插曲。

李不空接收到消息,自然地从柜台上取走了酱油,临走前还不忘做样子地说:"罗叔,酱油怎么涨价了?"

从天井走过来的罗宽心也很自然地接道:"可能你上次买的是珠江桥,这次是李锦记要贵一些。"

"是吗?我怎么不记得了。"李不空嘿嘿笑了起来,然后就提着那瓶酱油消失在了小卖部门口。

罗宽心当然记得,李不空是从来不会做饭的人,更没有在他这里买过酱油。而且这些天罗生门早出晚归,跟李不空的那些眼神交流他全看在眼里。

入了夜,青蛙和蟋蟀都好像在床头叫。罗宽心却是被无名指上的那一点疼痛烫醒的,他起来把手指上那截已经烧断的草叶取下来。借着凌晨外面微茫的光亮和星光,罗宽心看见自己的无名指上有一圈褐色的烫伤疤。就连罗生门都经常问:"爸,你手指怎么又烫伤了?"

没有一个人知道,在每晚睡觉前,罗宽心都会在自己左手的无名指上套一个草叶，然后点燃，等它慢慢燃烧，差不多到了半夜，草叶就会自行烧断，把他烫醒。这本来是山里的猎人为了半夜起来起兽笼子，叫醒自己的办法，却被罗宽心学过来提醒自己要时刻保持大脑清醒。

那次他们在昆明之所以能从警方的追捕中逃脱，就是因为晚上草叶烧断，让他及时醒过来，下楼去抽烟的时候发现了在宾馆前台问询的便衣警察，他马上反应过来，并不动声色地继续走出门去抽烟，出门以后立马从宾馆后门铁楼梯上爬上去叫醒大家，才让他们先一步从警方的追捕中逃脱。

即使现在他已经逃到南风十八年，依然没有改掉这个习惯，因为他知道只要他干上了这一行，就没有回头路，这一生都将是逃亡。而且最近随着罗生门与李不空越走越近，这个感觉已经越来越强烈。

在朦胧的光亮里，罗宽心在心里估计现在差不多是凌晨一点钟的光景。这时他觉得自己膀胱有一股鼓胀感，决定起个夜再回来接着睡。当他走过罗生门的房间的时候，听到里面传来一阵噼里啪啦的声音。他从门缝里，能破碎地看见罗生门正盯着那台大屁股的二手清华同方电脑屏幕，在搜寻着些什么。那股不好的预感又来了。

十三

这天，雨水从深灰色的云层里落下来，下了一整个下午。康伯门前的抱厦刚好挡住了那些雨，只能听见雨滴落在地面上砸得粉碎的声音。

南风的雨季还远没有完。罗生门就站在康伯门前的回廊上，看着外面的雨阵，心里冒出这样的想法。康伯此时就站在他的身后，身体靠着门框，两只手尽量把手里的照片往远处拉，由于老花眼，他只能借着外面的天光，看清照片上那张年轻女人的脸。在看了好一会儿以后，他仿佛才终于看清，他说："阿阮年轻的时候丫玉着呢！"

康伯手里拿的正是阿阮的结婚照，在那张照片上，阿阮没有穿红色的喜服，也没有穿白色的婚纱，她就穿了一身蓝绿花的衬衫，绑了一个不高不低的马尾，笑意浅浅的，好像还只是一个懵懂的少女。也确如康伯所说，阿阮年轻的时候的确很漂亮。在阿阮的旁边，坐着的正是年轻时的罗宽心，那时的罗宽心清瘦且俊朗，正襟危坐着，他的手里握着阿阮的手，不知是不是因为喜悦过了头，罗生门一直觉得父亲的表情看着竟莫名有些僵硬。

在看了半天之后,康伯的眼睛才转到照片上罗宽心的身上。罗生门在这个时候一直注意着康伯脸上的表情,他发现康伯只扫了一眼父亲就有些悻悻地垂下了手。罗生门心生了警惕,他立马问:"阿伯,怎么了?"

"没什么。想起了一件旧事。"康伯苍老的脸上挤出一个勉强的笑容。

康伯没有告诉罗生门,他想起的那件旧事是当年阿雄曾在信中告诉他他不同意阿阮嫁给那个姓罗的年轻人,因为他一看到那个年轻人的眼睛,就觉得跟看见了一头孤狼一样,是那样深不可测和凶狠。没想到阿雄这样劝阻阿阮的时候,却与阿阮闹翻,导致阿雄最后病情加重抱憾离世。此刻在罗生门眼里,这个笑容无异于是想遮盖某些事实。罗生门今天之所以又出现在康伯的房间里,是因为李不空发现即使他使尽了浑身解数,也查不出半点蔡荃和康伯之间的联系。李不空告诉他,要么蔡荃和康伯之间根本就没关系,要么就是他们之间隐藏得太好。依照现在的情况来看,应该是后者。罗生门却由此产生了另外一个猜测,那就是如果康伯真的是贩婴团中的一员,那他是否认识自己的父亲?

这也是当初罗生门之所以答应李不空调查所隐藏的私心。他还记得那天他从父亲罗宽心的房间回去以后，他极力让自己平静下来，他想这一切有可能是他想多了，可是他又止不住想要知道他们说的那个真相到底是什么？

所以罗生门想，既然康伯主动揭露了他跟母亲的关系，他就借着这层关系再次试探一下康伯。于是罗生门选在了这个落雨的下午，瞒着李不空拿了一张父母结婚时的合照，走上天井上的回廊。康伯应声开门的时候，对于再次看到罗生门还觉得有点诧异，在罗生门拿出照片，告诉康伯，说："阿伯，我知道你可能会想我妈，所以我带了一张她的照片给你。"

现在康伯脸上那个勉强的笑容和垂下的手都在提醒他，康伯不只认识自己的父亲，还可能跟他有着不为人知的关系，才会让康伯在看见父亲的脸时不自觉改变了神色。可是这一发现并没有让罗生门感到开心，反而让罗生门在这个下午觉得心情有些沉重。

因为他觉得他现在可能离那个真相很近了。

罗生门这天下楼的时候脚步都是虚浮的，他完全没有注意到此刻在回廊另一头的房间的窗帘后面有两双眼睛正在盯着他，一直到他消失在天井的院门口。

那两双眼睛的主人正是谢天保和郭颜英。郭颜英正背靠着窗帘，今天她换了一件蔡荃买给她的绿色丝绒短裙，丰盈的身子把窗帘的下摆压得快有点承受不住。谢天保就站在紧挨着郭颜英的地方，他一呼一吸之间都能闻见郭颜英发丝上力士洗发水的香味，但他的心里一直在想另外一件事，那就是自从上次在楼梯上见到罗生门，就怀疑罗生门可能已经知道些什么，并且正在跟踪郭颜英。为了证实这个猜想，郭颜英今天上楼的时候，刻意走得很慢，她拿着化妆镜仔细地照，一下就照到了从院门探出一点头的罗生门。在走上楼以后，她往左边走，转动钥匙的时候，她的眼角瞥见，罗生门在上楼来以后，立马就向右转，好像眼里根本没有看到她似的。郭颜英能确定罗生门就是在跟踪她。

仿佛过了半个世纪那么长久之后，郭颜英起伏不定的胸脯才终于平缓下来，她的脸上刹那间露出一股狠劲，她说："不如我们除掉他。"

在那半个世纪里，郭颜英想了很多，甚至把自己这辈子都倒过来想了一遍。她想到了自己曾经工作的那个发廊，就开在从街中心穿过的105国道边上，对面就是一个加油站。每天天擦黑的时候，发廊里那只暧昧不明的粉红色灯泡就会亮起，不多时，就有男人从对面的加油站走过来。男人昂着头，问站在高处倚在门框上的她："营业吗？"

她就问："大哥，你是洗头还是理发啊？"

大哥回答："洗头。"然后她就会笑着伸出手去，把大哥牵进店来，随即店门就会被关上，里面白色的窗帘也被拉了起来。从外面看，那点粉红色的灯光依旧映在白色帘布上，好像谁流出的一滴血泪，被晕染开了。她把大哥一直牵进后面的洗头室，那里放着一台洗头专用的皮躺椅，大哥在这时就会一把抱住她，把她身上的衣服剥得精光抱到洗头椅上，洗头椅就吱嘎摇晃起来。有一天洗头椅摇晃的时候，一位大哥从她的胸脯上抬起头来，她听见大哥说："我没有老婆，不如你跟我走吧。"

她先是看着大哥，然后突然笑了起来，笑得很痛快，她问："走去哪里？"

大哥说："我是跑长途的，我可以去哪都带着你。"

她说："那可不行，我可是马上就要在这里买房子结婚的人。"

那个大哥后来失望地走了，在走之前还一步三回头地看她，说："你真不跟我走？"她只是笑着朝大哥摆了摆手，骂了一句"傻瓜"。她把那个大哥和他的话都抛在了脑后,她踩着雪往一个小区走去,寒风把她的脸和鼻头都冻得通红,但在她看见迎面三楼那个房间里亮着明黄的灯光的时候,她觉得心里暖暖的,因为那里住着与她青梅竹马一起长大的男朋友吴世军,他们发誓要在这个城市一起赚钱,买一套属于他们的房子,然后结婚。现在他们快要攒够买房的钱了,马上也会结婚。

她用快要冻僵的手拧开房门的时候,整个人也在那一瞬间被冻僵了。她看见吴世军和一个陌生女人像两条交缠的蛇一样躺在床上。她记得那天她像发了疯一样,拿自己的提包摔砸床上的两个人。吴世军突然从床上腾起来,他一把把她推倒,她像只断了线的风筝一样撞向房间里那个木门已经坏掉的衣柜,衣柜上戳出来那截锋利的木头,一下就扎进她的腿里,痛得她顺着柜门滑了下去。

那一刻她绝望到了极点,她只看了一眼吴世军,又看了一眼在床上已经被吓得发抖的女人,也不顾疼痛,她冲进厨房拿了一把菜刀又冲了进来。在她就要照着房间里那对狗男女劈砍过去的时候,却没能成功,因为她的手被吴世军及时钳住,刀顺着就掉落在地。她记得那天的最后,她是被吴世军拖着扔出门外的,她在门口一直哭着叫骂,惊动了住在隔壁的罗宽心,她也就是在那天加入了贩婴团。

她还记得那天罗宽心脸上的表情,儒雅得像她父亲总提起的在北京上好大学的远房表哥,他不只替她包扎伤口,还对她说:"要不你加入我们吧,我能保证你一定能在这个城市买房子,也能嫁一个好人。"那天她相信了罗宽心的话,后来的一切却并没有在罗宽心为她预设的轨道上前进。而是一路逃亡,逃到了南风。在南风,罗宽心为了他们能在这里得到身份生活下去,让她去勾引蔡荃,并且嫁给他做老婆。

从此她摇身一变,变成了警察的老婆。这么多年蔡荃一直很爱她,并且从来没有怀疑过她的身份,她要什么就买什么,可是每当夜晚蔡荃趴到她身上的时候,她就能听见当初发廊里那个洗头椅摇晃时发出的吱嘎声。还有每次蔡荃一用力,身上淋漓的汗水跟当初那些来发廊的男人是一样的,他们身上传出来的汗臭味让她作呕,她却要极力忍住。

后来她才认清,不论是吴世军,还是罗宽心,都说着要带着她过上更好的生活,却总是把她推向更深的深渊。此刻她的心里也更加清晰,如果罗生门真的已经知道了当年的真相,现在她不自救,最终她还是会被他们推向另一座深渊的。

她默默想完这一切之后,那句话也就脱口而出。说完她看向谢天保,谢天保的眼睛从她半露的胸脯上滑向她的脸,从郭颜英的脸上,他看出了她是认真的,他也认真地说:"不可以。"

郭颜英自然知道谢天保不同意的原因,因为在这个世上,谢天保只听罗宽心一个人的命令。郭颜英这个时候却笑了,她从窗帘前站直了身体,并且逼近谢天保。谢天保的眼睛一眨不眨地盯着郭颜英,像是看一条即将入网的鱼。郭颜英露出一个娇媚的笑,然后说:"为什么不可以?难道就因为当年罗宽心帮了你一把?别以为我不知道,这么多年你对罗宽心言听计从,只不过是为了你自己,你害怕罗宽心把你的罪行捅出去,让你去坐牢。"郭颜英的眼睛像一把刀子,把谢天保心里那些记忆剜了出来。

当年他在湖南化肥一厂里做工,家里给他说了一门亲事。有一天他把女孩约出来,女孩却在他话才说了一半的时候,就转身离开了,女孩走时还有点同情地对他说:"我们不合适。"那天他鬼使神差拉住了女孩的手,问女孩为什么,女孩只是笑着"啊……啊……啊……"地模仿他的口吃,这个笑彻底刺痛了他,他的手在一瞬间捏到女孩的脖子上,他看着女孩在他手里挣扎，最后渐渐没了动静，害怕才漫上他的心头。同寝室的罗宽心看出了他的异常，在知道他杀人之后，帮他处理了女孩的尸体，那个女孩到现在都被定性为失踪。所以后来他就一直跟着罗宽心，哪怕后来罗宽心去贩婴，他也一直跟着他。

谢天保不说话，郭颜英知道他心里在想什么，她顺势把自己的身体与谢天保的贴在一起，拉起谢天保的手环在自己的腰上，她说："你不是一直都喜欢我吗？"

郭颜英这句话让谢天保仿佛触了电一样，他靠着门往下看着郭颜英的那张笑脸，他的喉结不自觉翻滚了几下，可他的手却并没有从郭颜英的腰上拿下来。郭颜英看到他这个样子，笑意却更加深，她说："你要是不喜欢我，那为什么要打吴世军？"

郭颜英不会忘记，那天她在前男友吴世军的门口叫骂累了以后，除了罗宽心，还有跟在罗宽心身后出现的谢天保，那天谢天保就一直站在罗宽心的背后盯着她流血的小腿看。后来有一天晚上，夜风很大，像刀子一样割人，谢天保说他出去一趟，回来脸上却像真是被夜风割伤了一样满是伤口。那天她不知道谢天保去做了什么，直到她的前男友吴世军瘸着一条腿找到她,她一下就明白了这是谢天保为自己报仇了。

郭颜英对着吴世军狠狠啐了一口,骂了一声"活该"就潇洒离去了。

谢天保感觉此刻自己在郭颜英面前是赤裸的,他有点恼怒,顺手就要推开郭颜英,郭颜英却借着这个势环住他的脖子,一路旋转,两人就摔到了床上。接下来郭颜英的一句话让谢天保彻底没有了抵抗力。

他听见郭颜英在他耳边轻声说:"你要记得当年罗生门的父亲可是撞上了你的刀口,通缉令上也只登了你一个人的脸。罗生门又是罗宽心一手养大的,到时候倒霉的只会是你和我。如果现在我们把罗生门除掉,这样你的危险其实少了一个。到时候如果你愿意,我愿意跟你一起走,我们一起去缅甸,去任何我们可以去的地方。"

随即,郭颜英感受到谢天保的手指已经爬上了自己那绿丝绒的短裙,她笑了,随即又流出了眼泪。

晃动的床板就像一块舢板,承载着两个摇摇欲坠的人。在一切结束的时候,谢天保用手抚摸着郭颜英小腿上那块疤,粗糙的手指接触皮肤,让郭颜英感受到一阵酥痒。她一把掀开了谢天保的手,把自己又套进那件绿丝绒的短裙里。

谢天保就那样躺在床上看着郭颜英穿衣，那一刻他真觉得自己的房间里有点暗，他想立马起身把房间里所有的窗帘全部拉开，但他没有。郭颜英穿好衣服，看着躺在床上头发乱糟糟的谢天保，她伸出手来摸了一把，说："我洗头的技术很好，以前却从来没有男人真的来找我洗头。"

谢天保却在这时抬起头，说："你可以帮我洗头。"那一刻郭颜英的心湖荡出了一片波纹，她却立马拉开眼睛，说："下次吧。"

然后她拉开门走出去了，外面的雨不知何时已经停了。

十四

已经走到小卖部门口的罗生门，却一拐弯走进了隔壁李不空的家。李不空此刻正蹲在阁楼上，屋里黑漆漆的，只有头顶上的亮瓦投下的那一点光亮。

在那点光亮里，罗生门看清李不空在阁楼上摆了一块板子，板子贴满了纸条和照片，其中一张就是李不空从档案室顺出来的，罗生门小时候的那张照片。罗生门只看了一眼，他就不再看了,他站在楼梯口喊李不空,喊了好几声李不空才反应过来。

李不空跑了下来,看到罗生门脸上灰败的表情,以为发生了什么不好的事情,罗生门却告诉他蔡荃和康伯就是一伙的。

因为今天下午罗生门除了证实康伯可能认识自己的父亲外,还意外地有了一个发现,那就是康伯告诉他,因为跟兄弟阿雄不和,他在1982年就回了老家,可是他从康伯别在那个相框里的火车票根发现,康伯在1983年夏天的时候还去过四川青城山。而这一切绝对不会是巧合。

证实了蔡荃和康伯之间的那层隐秘关系。李不空觉得他们现在首先要做的,就是从蔡荃和康伯这块铁板上找到一条可以拆卸的缝隙,然后把整块铁板都分解掉。

他们一致认为这条缝隙很可能就是那天康伯从蔡荃公文包里抽走的那样东西,当时从罗生门的角度,只能看到是一张卡片之类的东西。他们推测这个东西可能对双方来说都至关重要,不然蔡荃不会亲自出面把这样东西给康伯。罗生门今天去康伯家的时候,他甚至故意把茶水洒在了身上,趁着康伯出门去给他拿毛巾的时候,他快速地把康伯家里翻了一个遍,可他除了在康伯柜子上那本缅甸文字的书里看到一张康伯的身份证，没有发现其他任何跟卡片相关的东西。

那天他们就坐在李不空家的楼梯上，李不空一直在想蔡荃给康伯的到底是什么东西，罗生门却在想其他的，想到那片亮瓦都不再投下任何一点光亮。

就在这时，罗生门听到隔壁传来父亲在厨房里做饭的声音，罗生门都能想象到父亲正扎着围裙，在锅碗瓢盆之间周旋的样子。在母亲刚离开家门的那阵，父亲每次都被熏得从厨房里跑出来，有一次甚至把厨房点着了，把隔壁李不空家的墙壁都烧出一个洞，那个洞现在还在那里。

罗生门想象不到的是，今天上午他出门以后，罗宽心进入了他的房间，他笨拙地打开那台二手电脑，却因为不会操作，一下就把键盘上一颗按键给按了下来。他花费了半天工夫才把那颗按键完好无损地安回去，最后他在一通鼓捣之后，才在百度里看到罗生门未删干净的浏览记录，那一刻他的瞳孔极速放大又收缩。罗生门更不能想象的是，这天下午罗宽心在他的搜索栏里看到他一直在搜索十八年前那起案件甚至罪犯的通缉令的时候，他颤抖着把一支阿诗玛香烟塞进了嘴里，然后他靠在椅靠上静静地抽了一个下午，最后他像一个行将就木的老人一样站了起来。这时他的腿部却传来一阵刺痛，它不该这样疼的，这样的疼像是有人在他的体内拿了一把锤子在敲击，让他一个站不稳又跌回椅子。

在这个落雨的下午，罗宽心觉得他的那条腿已经坏得不能再坏了。可是他还是撑着椅子站了起来，收拾好一切，然后悄无声息地离开了罗生门的房间。

厨房里锅碗碰撞的声音已经渐渐息下来，这时候罗生门从李不空家的楼梯上站了起来，他说："我爸马上就要喊我吃饭了。"

李不空说你去吧，然后他依然坐在楼梯上。他看着罗生门离开的背影，他觉得又一场雨很快就要落下来了，他有这样的预感。

饭菜已经上桌，罗宽心和罗生门就在天井里那张小桌上吃饭。天井里的空气因为落雨已经受了潮，凉丝丝黏糊糊的，让头顶的灯光也跟着变得有些黏稠，把两个人的影子照得分不清头脸，只是黑黑的一坨投在地上。

饭吃到一半的时候，罗宽心走进屋内拿了一张表格放在小桌上，他说："你晚上就把它填上吧。"罗生门正专注地从盘子里夹菜，一偏头，看见那是征兵的个人信息表。他立马想起那天晚上，父亲和红姐在黑暗里的那场密谈，然后他把菜夹进碗里，一边扒饭，一边说："我不去。"

罗生门这句话说得极其寻常，就好像在说这个菜我不喜欢吃一样。罗宽心也坐下来捧起饭碗，他也在把筷子伸向盘子夹了一筷子菜后说："你必须去。"

空气在一瞬间变成了一团糨糊，让人窒息。罗生门的手在僵硬了片刻之后，他带着一点明知故问的语气问罗宽心为什么现在又要送他去当兵，明明四川大学的通知书都已经寄过来了，好好上大学，然后走出南风，这不是罗宽心一直期待的吗？

罗宽心显然没有做好面对儿子这样咄咄逼人追问的准备，他被问得一声不吭。罗生门也无法知道此刻罗宽心心里想的是他下午是如何找到红姐要这张表格，红姐一脸诧异的表情像是在问他为什么突然想通了。他其实并没有想通，他只是在这个漫长的下午突然明白过来把罗生门送去当兵，让他与外面一切隔绝掉，这也不失为一个好办法。

罗宽心只又夹了一筷子菜，他说："送你去当兵，就是送你去当兵，哪有那么多为什么？"

这样强硬的答案是完全没有说服力的，罗生门长久地看着父亲，见到父亲脸上没有现出任何异样的神情，他只是在正常地扒饭，夹菜，咀嚼，吞咽，罗生门有点失望地放下饭碗说句"我吃饱了"就回了房间。在进房门之后，为了表达自己的不满和反抗，罗生门刻意把自己的门板重重地关上。

罗生门刚才多少是有点故意在问父亲，他在等待父亲把一切真相告诉自己，面对父亲的一声不吭，他多少是有点失望的。在他心烦意乱地准备打开电脑时，他的手指却无意触碰到键盘上那个像一个拐角一样的"Enter"键，在那一瞬间罗生门突然意识到今晚父亲所做的一切都是事出有因的。因为他的这个键盘连同电脑一起都是二手的，上一任电脑的主人想来不是很爱惜这个键盘，所以买来的时候这个"Enter"键就已经是半脱落的状态，他一直懒得修理，想到时候直接更换一个新的键盘，现在这颗按键却突然恢复了正常。罗生门立马打开了电脑，看到浏览页面里自己没有删干净的浏览记录，其中最醒目的一条就是"83年特大杀人贩婴案中被拐卖的孩子现身在何处？"他心脏漏了一拍，他急忙选中点击了全部删除，可是这都于事无补，他知道父亲应该看到了这些。

罗生门在十几分钟后又回到了餐桌旁，罗宽心依旧一个人在灯光下孤独地吃着晚饭。罗生门叫了一声"爸"，罗宽心抬起头来看着他,在那黏糊的光线里,罗生门突然有些退缩,他知道有些话一旦说出口,天井就不再是这个天井,父亲也不再是他父亲,他也不再是他了。罗生门还是鼓足了勇气,他走上去说:"爸,我什么都知道,也知道你为什么要送我去当兵。"

罗宽心还是昂着头,没有难以置信,那一瞬间他只觉得自己解脱了。他夹了一筷子炒饵块放在碗里:"你都听到了?"

罗生门轻轻"嗯"了一声,才说:"那天我其实听到你跟红姨说我是你抱养来的,红姨为了防止我知道还建议你送我去当兵。"说完罗生门把眼睛直直地对上父亲,他知道自己必须不能露出任何破绽。

罗宽心的心在这一刻又像上了发条一样紧了起来,他的眼神在罗生门的脸上绕了一圈后才问:"这就是你知道的全部?"

罗生门郑重地点了点头,他走过来半蹲在地上,拉住罗宽心的胳膊,他说:"爸,你不用送我去当兵。就算我是你抱养来的,在我心里,你也永远是我爸,妈也永远是我妈,在这个世上再也没有其他人能做我的爸妈。而且我现在已经想通了,我不想去当兵,我想一辈子留在你身边。"

此时此刻，罗宽心只想透过罗生门的眼睛看穿他的心，可是他只能看到少年真挚的眼神。罗宽心在沉默了很久以后，才把手放在罗生门的后脑勺上，说："吃饭吧，都冷了。"

　　没有地动山摇，也没有撕心裂肺，罗生门知道这件事已经像是书页一样翻篇了。他走回小桌旁，继续刚才吃了一半的饭，扒饭的时候，罗生门又觉得天井还是这个天井，父亲也还是他父亲，他也依旧是他。

　　只是他知道一切早已经不是原来的模样了。

　　夜已经很深、很静了。

　　罗宽心才觉得一阵后怕，晚上罗生门告诉他他什么都知道的时候，他以为罗生门把那天他和红姐的对话都听全了，那一刻他已经做好了跟罗生门坦白的准备。因为那天他和红姐除了谈到要送罗生门去当兵，还谈到了他们当年是如何辛苦逃亡，是如何才在南风安顿下来，他还记得红姐是如何斩钉截铁地告诉他绝对不能因为罗生门一个人而牺牲他们所有人。

　　罗宽心在床上翻了一个身，他还想起他们谈到了李不空就是一颗定时炸弹，不想办法拔除的话，可能随时都会爆炸。他本来觉得郭颜英已经调换了罗生门的头发，李不空掀不起什么风浪。可是从下午他在罗生门电脑上看到的内容来看，他越发觉得李不空是一颗定时炸弹了，他仿佛都听到了定时炸弹嘀嘀嗒嗒的声音，然后他又翻了一个身。

十五

罗生门趴在柜台上正想什么想得出神，被他早已经忘到九霄云外的刘岩权却一边嚼着司必林泡泡糖，一边迈动他的长腿突然走进小卖部里。他食指无名指微曲在玻璃柜上轻轻叩了两下，把罗生门从沉思中拉了回来。罗生门看到刘岩权的脸上虽然留有几块疤痕，还是恢复了他以前的帅气，嘴巴里那颗漏风的门牙也已经补上了，可罗生门还是害怕刘岩权说话会喷口水在他脸上。

刘岩权今天进来却并没有先开口说话，只是脸上堆满了莫名其妙的笑意。这让还在想着蔡荃到底给了康伯什么东西的罗生门心里有点发毛，很快罗生门就知道刘岩权这样的笑意是在为后面的话做铺垫。刘岩权没有铺垫很久，就说出了他此行的真正目的是让罗生门陪他去趟书店买书。

刘岩权的话才出口，罗生门就饶有兴趣地看着刘岩权，他跟刘岩权相交不多，却知道刘岩权绝对不是一个会去书店的人，这其中一定有什么重要的原因驱使着他去。

这个重要原因要从刘岩权还在医院里说起，那天在医院里刘岩权知道罗生门没有给小糖打电话，回去他翻出了手机里小糖的电话号码，犹豫了很久后，他按下了"拨号"键。电话打通以后，听到电话那头传来的"喂，罗生门吗？"，电话那头声音是那样热烈且充满了期待，刘岩权顿时就不敢说话，他最后是在小糖一连串的"喂"没有得到回应而失望挂断电话的忙音中把手机从耳朵边移下来的。后来他想他不应该给小糖打电话，而应该发短信。在他反反复复删除又编辑的过程中，他又觉得自己的辞藻是如此地匮乏。他不知道该如何跟小糖解释刚刚那个打电话的人是他，不知道该如何为了那天在火车站的事跟小糖道歉，更不知道该如何表达这个她可能讨厌的人从她离开的那天就开始想念她。

因为这样的原因，刘岩权的短信一直都没有发出去。今早起床的时候，他突然决定他可能需要找几本书来看看，改变这样的现状，于是初三就已经辍学，对读书学习没有任何造诣的他顺理成章地想到了罗生门。

刘岩权被罗生门看得一阵不好意思，他扔出一句你陪不陪我去。罗生门看到刘岩权的脸竟在不知不觉中红到了耳根，他笑着说去。

不得不说刘岩权的雅马哈就是比李不空那辆旧五羊本田跑得快，一个眨眼，罗生门和刘岩权就已经在因瓦书店里。很快，刘岩权就抱了一摞书到柜台结账。这家书店是一个缅甸老板开的，收银的是他的女儿，小姑娘中缅混血，看到刘岩权把一堆言情小说放到柜台上的时候，她仔细看了看刘岩权，又看了看罗生门，脸上一副两个男生怎么会喜欢看这种书的表情。

其实刚才在进店，罗生门从书架上拿下一本《英俊的少年》的时候，看到封皮他也露出跟收银小姑娘一样的表情，罗生门却难掩笑意地对他说："相信我，你需要这样的书。"

小姑娘正麻利地装书，罗生门瞥到靠柜台的书架上摆的一摞书他有点眼熟，他走过去一看，与那天他在康伯家看到的书一模一样。小姑娘注意到他对那本书感兴趣，热心地告诉他那是《泛神论要义》，底下那一层是它的中文译本。

罗生门翻开译本，一句熟悉的话语就跳到眼前："一棵树和一块石头都跟人类一样，具有同样的价值与权利。"罗生门猛然就想起，某些下过雨的午后，母亲就会捧着一本书坐在天井里的廊屋下读，有一天母亲正是读这句话，罗生门很好奇地问母亲："人怎么会跟树和石头一样呢？我会说话，石头和树都不会。"母亲就笑着抚摸他的头，告诉他石头和树都会说话，只是它们说话的时候，他听不见。

刘岩权看罗生门正看书看得出神，结了账走过来问他走不走，罗生门把书一合说走，走的时候还又从书架上拿了一本缅甸文的《泛神论要义》一起结账。

风把刘岩权挂在车把装书的塑料袋子吹得哗啦啦地响，罗生门坐在后座悄无声息，让刘岩权有一种罗生门已经从车上掉下去的感觉。刘岩权知道罗生门并没有掉下去，他从后视镜里看了罗生门好几眼，才减慢了车速，装作极其自然的语气问罗生门："你最近给小糖打电话了吗？"问完之后，刘岩权还从后视镜里又盯着罗生门看，发现罗生门毫无反应，他以为是塑料袋的声音太响，他把车骑得更慢，提高音调又问了一遍。罗生门这才反应过来，可他只是如梦初醒般地"嗯？"了一声，然后问刘岩权："你刚才说什么？"刘岩权笑了笑，说："没什么。"说完他拧动车把加大油门把罗生门送到了家。

等到刘岩权掉转车头的时候，罗生门听到刘岩权没头没尾地对他说了一句："小糖一直在等你的电话。"罗生门还没反应过来，刘岩权就骑着他的雅马哈带着那一堆言情小说消失了。

回到家的罗生门即刻就出现在了李不空家的阁楼楼梯上，罗生门坚决不愿意上到阁楼上面去。李不空只好站在高一级的楼梯上接过罗生门递过来那两本漆黑封皮，都用烫金字体写着书名的书。罗生门看见李不空先拿起中文译本翻了翻，再拿起缅甸文译本翻了翻，一脸好奇地问他："这两本书上有什么线索吗？"

罗生门说："我已经知道蔡荃给康伯的东西是什么了，就是那张身份证。"李不空不能明白，两本书怎么就能证明蔡荃给康伯的是身份证。

罗生门问："你刚刚先看的是哪本？"

李不空很自然地把中文译本举了起来。

罗生门又问："你为什么会选择先看中文的？"

李不空又不假思索地说："当然是因为中文看得懂，缅甸文看不……"话没说完，李不空好像突然意识到什么，"你怀疑康伯是缅甸人？"

罗生门点了点头。他之所以会这么怀疑,是刚刚在书店里,小姑娘告诉他在他们缅甸,有相当一部分人信仰泛神论,而《泛神论要义》就相当于是这些信仰者的信条。而且那天在康伯的家里,他也发现了一本缅甸译本的《泛神论要义》,康伯应该也是泛神论的信徒。可按照正常的逻辑,康伯是个中国人,他应该会像李不空一样首选中文译本才对,可康伯偏偏选择了可能有阅读障碍的缅甸译本,这就说明康伯不仅懂缅甸的文字,还很可能是个缅甸人。

再是那天他在康伯家只翻到了一张康伯的身份证,而身份证上显示康伯是中国国籍,这说明蔡荃在借助自己的身份帮助他们贩婴团的成员做假证,不然也不会在那天把身份证给康伯的时候做得如此隐蔽。

罗生门的这个发现对于李不空来说就是一根藤蔓,如果这个推论是真的,那么顺着这条线查下去,他们很可能可以沿着这根藤蔓把贩婴团的全部成员揪出来。

而罗生门又猛然意识到另一个问题,如果康伯真的是缅甸人,那自己的母亲是不是也是缅甸人?

但为什么自己父母以前从来没告诉过他?

李不空这天把他的五羊本田停在一个无人的小巷里,然后沿着一道已经锈蚀得很严重的铁楼梯往上走,他抬头看了一眼,那上面看起来是一间早已荒废的屋子,他还是往上走,因为他知道他要找的人龙大飞就在这里面。

李不空推开那扇已经破烂了的门,在里面五米的地方还筑了一道厚厚的铁门,李不空开始敲门,一个眼睛上还结着痂,头发比鸡窝还乱的男人把铁门拉开一条缝,立马他就清醒过来,想要把门关上,李不空却已经拿脚死死地卡住铁门。

龙大飞一直跟在李不空的身后,李不空随手就从桌子上拿起了一张身份证,那张身份证是一张捡来的真实身份证,经过龙大飞倒手一张一百块就可以卖掉。桌子上还散落着无数假的身份证,这种一张只要八十块,一次性买一百张,每张减免三十块,买五十张,只减免二十块。

龙大飞看到李不空手里的那张身份证,他的眼皮跳了一跳,开口就说:"李警官,你也要办证?"龙大飞是个机灵的人,知道李不空一来并没有说要抓他,又知道他是个辅警,立马就给李不空托大。

李不空一屁股就坐在桌子上:"你说呢?"

看到李不空这副表现,龙大飞以为自己想错了,哪里知道该说什么,所以他干脆垂手站在李不空的面前,等待李不空发话。李不空也没有让龙大飞等很久,他说:"如果我要办一张既真又假的身份证你能办吗?"

龙大飞一听松了一口气,脸上随即挤满了笑,他说:"李警官要办这种身份证那算是找对人了,在南风能办这种的只我龙大飞一家。"

假身份证其实分为三种,除了前面的两种,还有一种是既真又假的"幽灵户口"。在暗地里会有公安局"内部人"贩卖新建的有名有姓的户口信息,花一到两万就可以买下来,然后到制证大厅只要打声招呼是人介绍过来的,就可以凭借户口信息拍照录指纹办领一张全新的身份证。办成功以后,"内部人"就会帮忙立马把户口迁到南风来,这样两地的公安局根本无从查起。龙大飞之所以能办,就是因为他正是与这个"内部人"联手,才得以开展这一业务,这也是龙大飞在看到李不空这个辅警时虽表面惧怕实则心里有恃无恐的原因。

李不空在这时却突然站起身,露出一副不相信的表情,他说:"你真的能办?"

龙大飞说:"李警官不信?"

李不空说:"不信。"

龙大飞神神秘秘地从一个保险箱里拿出一沓"幽灵户口"的身份证给李不空检验，顺便还从里面拿出一本帮人办证的记录的小册子，对着李不空说："李警官要是想办，我就给你记一笔，到时候通知里面的人给你留一个户口。"

李不空随手就从龙大飞的手里把那个小册子扯了过来假装随意地翻动了几下，一边还说："你小子这几年在我的眼皮底下没少挣啊。"

龙大飞赶紧接："都是李警官手下留情。"

龙大飞觉得这句话是在恭维李不空，实际上狠狠地打了李不空的脸。这次要不是因为罗生门发现这条线索，通过刘岩权底下的摩托客知道龙大飞一直在联合"内部人"办这种假证，不然他可能永远不知道在南风的朗朗晴空下，还存在着这样的黑暗。

李不空面上却还是露出一副很受用的表情来，那天的后来李不空意兴阑珊地再翻动了几下那本小册子，表示对价格的不满以后，就随手把那本小册子扔在了桌子上，然后抬起脚走出了那扇铁门。在他走到铁楼梯上的时候，龙大飞还赔着笑脸，但等他彻底走下那道铁楼梯，并且在楼下消失的时候，龙大飞往下狠狠吐了一口口水："呸，穷鬼，没钱还到这里来装蒜。"

可是在龙大飞转身回屋的时候,他好像突然被烫了一下,拍了一下脑门又跑到铁楼梯上观望李不空的身影。李不空早已骑着他的五羊本田在路上突突地前进着,到路边有一个文具店又突然停了下来,他钻进去买了一个本子和一支笔,把刚刚在龙大飞小册子上看到的名字全部记录下来。龙大飞看不见李不空,他赶紧拨通了"内部人"的电话号码,在派出所正开会的蔡荃的手机在桌子上振动起来。

十六

叮咣——!

银匠砸银子的声音,在罗生门的耳朵里震颤,像是撞击在山谷上,一层一层地回响。罗生门此时就在银匠的耳房里,透过耳房厕所里那张打不开的窗户上面的一个破洞,一直盯着正对着东面二楼上房左边的那间屋子。在屋子前面的回廊上,那里一个女人正在给男人洗头,男人弯着腰把头伸在脸盆里,女人一只手拿着葫芦做成的水瓢一瓢一瓢地往男人的头上浇水，另一只手五根手指插进男人的头发里，不断揉搓着，揉搓出丰富的泡沫。

罗生门盯着的这对男女自然是郭颜英和谢天保。那天当李不空从龙大飞那里回来以后，从罗生门家的小卖部门口过的时候就给了罗生门一个眼神示意，罗生门随即找了一个借口离开小卖部到了李不空家阁楼的楼梯上。李不空把那个本子掏了出来，罗生门翻了一下真的在上面发现了康伯的名字，罗生门再往下翻注意到了一个名字"谢天宝"，这让罗生门猛然想起那天在木楼梯上谢天保看自己那个怀有敌意的眼神。"谢天宝"和"谢天保"只差一个字，这中间会不会有什么联系？怀着这样的疑问，罗生门再一次出现在这座天井里。他发现西坊银匠的耳房不仅隐蔽，还正对着谢天保的屋子，所以他假装肚子痛到银匠家借厕所，没想到这一借，真的发现了问题。

罗生门通过那一点破洞，认出那个女人正是那天父亲卖给庐山牌香烟的女人，他还又记起来第二次他来找康伯的时候，他在楼梯上好像见过这个女人，那时他的注意力并不在她身上，她跟谢天保是什么关系，是夫妻吗？罗生门心里觉得诧异，继续想看出点什么来。

谢天保低着头，感受着水流从他的头发上滴落到脸盆里，一簇，两簇，好像一股激流在他的心间不断冲刷，他最后终于抵挡不住，手摸到了郭颜英小腿的那块疤上。在谢天保的手心里那块疤只有一枚铜钱大小，谢天保小心翼翼地抚摸着，问："还会疼吗？"郭颜英却因为痒咯咯笑起来："老实点，洗头呢。"

这么一说谢天保反而更放肆了，他的手像一条蛇一样慢慢往上爬，在他的手就要爬到郭颜英的屁股上时，他听到郭颜英手里的水瓢落地的声音，他刚想抬头问"怎么了"，就看到郭颜英神色不对蹲了下来："对面耳房里有人在监视我们。"

很快他们就洗完了头，擦头发的时候，郭颜英从房内为谢天保拿来了一面镜子。在罗生门看来这一切亲密而自然，他却不知道在谢天保照镜子的时候，谢天保从镜子里明显地看到了耳房里他露出的那只眼睛。

罗生门在看到郭颜英和谢天保回到屋内，还又等待了十分钟，才从银匠的耳房里走了出来。他自以为行踪十分地隐秘，却不知他的一举一动早被对面楼上窗帘后的两双眼睛看得一清二楚。

谢天保坐在床上抽烟，头发上没有擦干净的水滴到地板上，每一声都像放大了十倍一样落在他的心上。郭颜英把身体靠在床头柜上，窗外的夕阳透过窗帘缝，把郭颜英的身体勾勒出玲珑的曲线，她看着谢天保头发上滴下来的水。她想到几天前，她曾再来找过一次谢天保，那天谢天保把头放在她的颈窝里，双手静静地抱着她的腰，那天她觉得日子真有点岁月静好的意味，所以那天她也故意有点娇嗔地问谢天保打算什么时候动手。

谢天保一开始没听出是什么意思，等到郭颜英说出罗生门的名字的时候，谢天保把头从她的颈窝里抬了起来，看了她一会儿，然后松开了放在她腰间的手，走到床边点起了一根烟。在烟雾朦胧中，郭颜英听见谢天保说，除掉罗生门不是一件像吃饭一样的小事，他需要观察一段时间再说。

郭颜英觉得谢天保的语气像他吐出的烟雾一样轻飘，所以郭颜英知道谢天保心里根本就没有这个打算。想到这里，郭颜英走过去把谢天保的手拉到自己的脸上，她说："我知道你在顾忌什么，但罗生门现在已经在监视我们，再不动手，我们就真要完了。"说完她一歪头，谢天保粗糙的掌心滑过她的脸，就好像谢天保抚摸了她一下。

这一下让谢天保的身体颤了一下,他看了一会儿郭颜英的脸,又看了一会儿室内逐渐暗下来的光线,终于,他下定了决心。他却突然又低下头来盯着郭颜英,眼神里的那种狠,让她心里有点发毛,她还是很自然地问:"怎么了?"

谢天保却一下就扯开了她旗袍上的排扣,她的身体顿时就像一摊乳白色的牛奶一样,流泻在他的眼前。他把脸贴在郭颜英温暖的肚子上:"这件事绝对不能让大哥知道!"

郭颜英点了点头,她的五根手指顺势就插进了谢天保的发丛里,那湿漉漉的感觉让她想起今天来的时候,她从一面别人摆放在外面的玻璃上就已经发现了罗生门的踪影,可她装作什么都没看见,继续大摇大摆地走上楼,拧开谢天保的房门,她突然提议要给谢天保洗头。谢天保本来坚持要在房间里洗,她却把所有东西都搬到回廊上,说:"怕什么,你还真当老鼠当上瘾了?"

当她的手指揉搓上谢天保的发丝的时候,那浮起的晶莹的泡沫里,她早就看到了罗生门的那只眼睛,像长在空气里的一根芒刺,所以水瓢在什么时候该落地,都是她计算得刚刚好的。

天天修车行的招牌是用白油漆在一块木板上草草写上的,

立在修车行门口的路边上,底下用几块石头垒的一个墩子固定。在南风这样的地方,什么东西一旦存在了就好像是长久的,就像这家天天修车行,从十八年前一直开到现在,就算没有招牌,人家也知道它是一家修车行。

修车行门口的卷帘门半拉,显示着行里的修车师傅们都正在午休。实际上这里面午休的师傅也只有刘岩权一个,谢天保不在,他就负责守店。罗生门弯着腰从卷帘门里进去,看见刘岩权站在一辆引擎盖翻起的夏利面前,一只手上拿着扳手,另一只手从口袋里掏出手机翻看有没有未读短信,这已经是他一上午第十一次掏出手机,而未读信件一直为零。罗生门走过去,脚步声吸引刘岩权转过头来,他的眼神在罗生门的身上滚了一圈后才反应过来,他立马把手机塞回了兜里。

罗生门的心思并没有在刘岩权身上,而是在谢天保身上,所以他根本不觉得刘岩权把手机塞回口袋这个动作有什么异样。在刘岩权问完他怎么来了,还耍贫嘴说你不会是专门来看我之后,他错开身让刘岩权刚好能看见他放在门外那辆失了前轮的凤凰牌自行车。

刘岩权围着自行车转了好几圈,说:"你拖一堆破烂给我怎么修？"

罗生门说："这刚好能证明你修车的技术。"

刘岩权为了证明他的修车技术，把自行车拖进修车行里，倒翻过来，开始拿着工具拆卸，罗生门就坐在旁边的废弃轮胎上看着刘岩权手里的活计。刘岩权的手在后车胎上使了一点劲，车轮就惶惶惑惑地转动起来，罗生门的心神也随之转动起来，他开始问："怎么就你一个人？"

刘岩权拿着扳手在车横杠上敲了一下，说："这里都锈烂了。"又说，"我师傅出去给人修车了。"

罗生门"哦"了一声，紧接着又问："这车行是你师傅和师娘一起开的吗？"

刘岩权在敲那根横杠，梆梆的声音让刘岩权拉高音调喊："我还没有师娘。"罗生门心里有数了，在回廊上的那个女人并不是谢天保的妻子，那他们是什么关系，同伙？罗生门猛然冒出这样的想法，实际上上午罗生门通过对谢天保的窥探，他并未发现谢天保有什么异常之处。可在冥冥之中，怀疑的种子已经种下了，并且已经在罗生门的心里长成了参天大树。因为他知道谢天保眼神里的敌意不会是假的，李不空拿回的名单里"谢天宝"与"谢天保"也不会是假的，所以越是没有问题，反而越是有问题，这也是他拖着这辆已经准备报废的自行车出现在这里的原因。

罗生门继续找话，他说："你师傅平常经常出去给人修车吗？"

"车弄不过来才去。"

"你什么时候跟着你师傅修车的？"

"十四岁。"

"你今天吃午饭了吗？"

"吃了。"

……

话题就这样有一搭没一搭继续，在绕了一大圈后，罗生门才把早已准备好的问题问出口："你觉得你师傅是个怎样的人？"刘岩权一听这句话停下来了手上的动作，他扭过头来看着罗生门，把罗生门看得心里咯噔一下。

"我师傅是这个世界上最好的人。"说完刘岩权又扭回头去继续手头的动作，嘴上却开始回忆起他师傅为什么是这个世界上最好的人来，配合着修车叮叮当当的声音，罗生门知道了谢天保这个人最大的特点就是话少，经常会让来修车的人误认他是个哑巴。其次就是谢天保为人仗义，敢出头，在刘岩权初三没念完辍学以后，他就开始跟着"道上"的大哥们混，"道上"的大哥哪是想跟就跟的，他们会收"帮费"，一个月收一次，收到后来刘岩权想要从"道上"脱离。道上的大哥们都是定了规矩的，想退出先剁一根手指。在刘岩权被大哥让手下按着剁手指的时候，谢天保出现并大喝了一声，大哥手下的混混想对谢天保出手，谢天保已经把大哥的手按在墙上，让他们要是不放了刘岩权，他就把大哥的整个手掌都切下来。大哥被吓得当场都哭了出来，之后带着一群小喽啰屁滚尿流地跑了。之后谢天保在知道刘岩权是个无业游民时，就带着他开始学修车。

说完这一切的时候，刘岩权还补了一句："总之我师傅是比刘大茂那个窝囊废好一千倍，不对，是好一万倍的人。"刘岩权这句话说得很笃定，罗生门无法接话，闲聊也就顺理成章结束了，车行里只剩下刘岩权又在敲横杠梆梆的声音了。

外面的天光就好像是一绺丝线，被人一根一根地抽走了。罗生门在车行里等了一个下午，刘岩权也没把他那辆自行车修好。刘岩权告诉罗生门让他过几天再来取，罗生门也觉得自己再没有待下去的理由，他从修车行里走出来的时候，最后一根天光也被无情地抽走了。

罗生门抬头忘了一眼天幕，灰茫茫的一片，让人看不到过去，更看不见将来。罗生门要低下头的时候，一滴雨刚好落在罗生门的额头上。罗生门没觉得这是雨，他走着，雨从一滴变成了两滴，三滴，最后变成无数滴落下来，罗生门被来势汹涌的雨点追赶得落荒而逃，慌忙中他冲进了一条幽深的巷子。巷子里铺满了青石板，雨水落在上面，罗生门再踩上去，发出嗒、嗒、嗒的登响。

罗生门跑着突然觉得脚步声变密了，他回头看到一个穿雨衣的黑色影子向他跑过来。罗生门脑子里刚想到这会不会是一个和自己一样晚归遇雨的人，那个影子的手里就举起一根棍子，一下就打在了罗生门的后脑勺上，罗生门只觉得脑袋嗡了一声，然后他的意识开始涣散。那一刻他努力想让自己的眼皮不要耷下来，他想看清这个影子到底是谁，可是天上的雨好像故意跟他作对似的，它下得又细又密，就像是一道帘子，他在这边，把影子隔在那边。

罗生门最终还是倒下了，他的脸重重地磕在青石板上，磕在青石板上的雨水上，又是嗒的一声。影子见到罗生门倒下后，他用脚尖踢了踢罗生门，把罗生门踢得翻了一个面，雨水把罗生门的脸冲刷得在黑暗里都能看出一道白光。影子在这时摸出了藏在腰间的刀，已经昏死过去的罗生门都能感受到脖子上有一股凉意在拉扯他。影子已经在罗生门的脖子上割开了一条口子，血顿时被雨水洇开一大片，只要他再用点力，罗生门的脖子就会像一枝杨柳一样，轻易地在他手里折断。

巷子的尽头处却又传来一阵急促的跫音，影子抹了一把脸上的雨水，看清来的人是罗宽心。那天雨里就出现了这样一幕奇怪的画面，那就是影子在知道来人是罗宽心后，他的身体开始颤抖起来，手中的刀一个握不稳，滑落到地面，金属撞击到石板，咣的一声吓得人心惊。罗宽心跌跌撞撞地扑到罗生门身边，他急忙用手捂住了罗生门流血的脖子，然后才抬起头隔着雨幕直直看向影子。影子又抹了一把脸上的雨水，惊心地与罗宽心在昏暗里四目相对，他嗫嚅着嘴想说什么，可是灰蒙蒙的天，两人都只能看彼此的虚影，此刻雨却下得更卖力了，把影子身上的尼龙雨衣打得噼里啪啦作响。

打破这幅画面的，是刘岩权雅马哈咆哮的引擎声。刘岩权从车行里抬起头的时候，外面的雨幕已经很深，很大了。他这才想起刚刚离去的罗生门，他赶紧骑上摩托车想追上罗生门送他一程,却看见一个人影跑进了这条小巷子,他追了上来。

刘岩权摩托车的灯光就像一把突然射入的箭,一下就照亮了这条幽深而又漆黑的巷子,让影子和罗宽心同时抬起手来挡住这直逼人心的灯光。刘岩权顺着灯光,看到了躺在血泊里的罗生门,也看到了正要扑上去跟影子搏命的罗宽心,他连车都来不及停,就直接冲了过去。影子好像慌了神,在这千钧一发之际,影子听见罗宽心对他说了一声:"快跑!"

随即刘岩权就看到影子重重地朝罗宽心的腹部踢了一脚,等刘岩权跑进巷子的时候,罗宽心已经捂着肚子倒地,影子也已经跑进了雨幕深处。刘岩权犹豫了一下,还是朝着雨幕深处追去。

十七

郭颜英看着湿漉漉的谢天保,她觉得自己快要站不住了。

在五分钟之前,郭颜英还满怀开心地等在房间里,她在等待谢天保归来,带来他已经把罗生门除掉的消息。当她听到木楼梯上咚咚的脚步声时她还是兴奋的，可当她打开房门听到谢天保失神地告诉她"我失手了"，她的开心戛然而止。

谢天保一把扯下雨衣，把雨水抖得整个房间里也像下起了一场雨。一路上他怎么也想不明白，罗宽心今晚怎么会出现在那条巷子里。

豆大的雨点把谢天保的身体打得有点歪斜，在嗫嚅了很久后，他终于叫出了一声"大哥"。而罗宽心像是没有听见一样，他脱下了身上的外套，盖在罗生门的身上，做好这一切他才起身，一拳砸在了谢天保的脸上，谢天保当即就感觉自己有颗牙松动了，嘴角顿时洇开一片血，他听到罗宽心比雨还要冷的声音："要是罗生门有个三长两短，你就等着赔命。"

郭颜英很清楚罗宽心这句话是认真的，她哆嗦着点起一支烟，开始回忆起今天下午她和谢天保躺在床上，她告诉谢天保想除掉罗生门就要尽快动手，免得夜长梦多。谢天保听到这句，眼皮跳了一下，他说："要不换一天，我感觉今天有点不祥。"

她现在觉得那时谢天保的感觉是对的，可是现在一切都迟了。因为那时她一下就从床上坐了起来，告诉谢天保不行，然后她赤裸着身子走到窗边把窗帘撩开一条小缝，看到大量深灰色的卷积云压在天井的上空，谢天保这时候也从床上爬了起来，他伸手抱住她光滑的小腹，想侧过头去吻她。她的目光却还在窗外，她说："天要下雨，去的时候记得穿一件雨衣。"

可她并不知道此刻在窗外还有一只眼睛在盯着他们，这只眼睛是罗宽心的。昨天下午，李不空从小卖部门口路过时，传递给罗生门的那个眼神，罗宽心看得一清二楚。所以在上午罗生门装作若无其事地对他说"爸，我出去一趟"的时候，他立马警觉起来，他一路跟踪罗生门至此，后来他又看见谢天保穿了一件雨衣匆匆跑下了楼梯，他又跟了上去。

手中烧剩的烟屁股几次烫到郭颜英的手指，最终她把它甩了出去，她说："我们不能坐以待毙，我们必须想办法。"

罗生门醒过来的时候，看到罗宽心就坐在自己的床边，腿上摊着一个账本，好像在发呆。因为低着头，罗生门能轻而易举看到罗宽心头顶的白发，好像一夜变多了很多。突然一阵风吹进来，把账本吹得哗啦啦地翻页，罗宽心想伸出手去按住，就看到罗生门已经醒了，他无声地笑了："醒了？"

罗生门却突然说："爸，我做了一个噩梦，我梦见我已经死了。"

罗宽心把账本合上，俯下身来紧紧抓住罗生门的手："你放心，有你爸在，谁也不能让你死。"罗宽心说这句话的时候，把罗生门的手紧紧地攥在了自己的手里。也是在这时，红姐打了热水刚好进来，一看到床上的罗生门，就转头朝着门外的走廊喊了一声："醒了，醒了。"随即一阵窸窸窣窣的脚步声朝着罗生门聚拢过来，刘岩权和李不空就出现在他的视线里。

昨晚，除了红姐和罗宽心，他们也在医院守了一夜。看着罗生门没事，刘岩权走过来轻轻捶了一下罗生门的胸口，他说："你行不行啊？"

罗生门假装捂着胸口："不行。"

刘岩权的眼神在他身上巡睃好几回，才知道他在开玩笑，甩了一句"无聊"就退到旁边的病床上去坐下了。罗生门这时看见李不空就站在他的床头，李不空已经从红姐那里知道昨天晚上罗生门遇袭是遭到了抢劫。他看着罗生门脖子上的创口，他说："你看清昨晚那个打你的人长什么样子了吗？"

这时罗生门发现父亲虽然在给他倒开水，手却好像抖了一下。罗生门仔细地想了想，却茫然地摇了摇头，因为昨天他除了看到雨幕里那个人挥过来的棍棒，他什么也没看见。

李不空明显有点失望，但他没有多说什么。

时间过得很快，转眼间就到了下午两点，罗宽心和红姐下楼去为罗生门买吃的去了，病房里就只剩下刘岩权和李不空。李不空给罗生门和刘岩权各削了一个苹果，他伸手递给刘岩权的时候，刘岩权却在发呆，李不空注意到，从昨晚刘岩权骑着摩托车把罗生门送到医院后，他就好像一直在发呆，回忆把他又拖到昨晚的大雨里。

那场大雨里，一场猫鼠游戏正在上演。刘岩权追出青石巷，冲过主干道，他锲而不舍地追着，他的脑子里全是罗生门颈间的伤口，和流淌在雨水里的血液，最终他又跑进了一条青石巷，他在黑暗中惊喜地发现这条巷子的尽头被一道铁门给阻断了。

刘岩权快步跑上去，他大口地喘气，仍止不住骂道："妈的，你倒是跑啊，你不是会跑吗？"他没想到他骂完这句，那道黑影却直接跃上了铁门，刘岩权冲上去只拽下了他的一片雨衣，等到刘岩权也翻过那道铁门的时候，那道黑影早就被大雨冲走，消失在南风镇任何一条干道，或者青石巷里。

他沿着原路返回，他看到那道铁门，他狠狠地踹了一脚，铁门晃动了几下，底下撂的一块砖头就顺势砸在了他的脚背上，他生气地抬脚再要去踢，却发现地面上躺着一只 Zippo 打火机，这明显是刚才刘岩权拽破那道黑影的雨衣，从黑影的口袋里掉出来的。一个重心不稳，刘岩权跌在了地上。他在雨里迟迟不敢捡起这只有着镀铬铜质外罩的产自美国的打火机。

他知道一旦他捡起来，他就是认可了一个事实——他最敬爱的师傅谢天保，就是今夜他一直在追踪的凶徒。

因为刘岩权曾送过一只Zippo打火机给谢天保。刘岩权曾经总是看到谢天保用五毛钱那种便宜的打火机点烟，却总是在随随便便打几下火后就坏了，刘岩权为此专门买了一只Zippo打火机送给他，用完还可以再加油使用。而且这种打火机还有一个特点，就是从第一只Zippo打火机诞生开始，Zippo打火机就采用了识别代码对每只打火机进行区分，那就意味着每只Zippo打火机底部都刻着不同的编号。

现在这只打火机底部的编码正好与刘岩权送给谢天保那只编码相同。

刘岩权想完这些，他出了一身的汗，整个人像是刚从昨夜的雨里跑回来一样。罗生门也注意到了刘岩权的异样，他说："你是不是热？"

刘岩权却直接从病床上坐了起来，他说："没事，我去上个厕所。"

厕所里，水流哗啦啦地流淌着，刘岩权把那只 Zippo 打火机扔在水槽里，想让水流把它冲到下水道里去。可是它的体积对于下水道的管道来说有点过于庞大，它就卡在那里。李不空却在这时也走进厕所，看到这一幕，他说："你的打火机掉在水槽里了。"

刘岩权这才又从水槽里把它捞起来，装进口袋里。李不空很快上完了厕所，站到刘岩权旁边来洗手，李不空问："你昨天追出去的时候，看到凶手的样子了吗？"

刘岩权自然地搓着手，他说："我追过去的时候，他就翻过一道铁门跑了，雨又大，天又黑，什么都看不到。"

李不空说："也是。"然后李不空关掉水龙头，走出去的时候，他对刘岩权说，"你的打火机真不错。"

刘岩权的瞳孔一下就扩张到最大，只不过李不空已经走出去了。

心心咖啡馆的老板娘敲了几下包间的门，里面红姐面带微笑拉开了门。老板娘有点担心地往包间里望了几眼，然后说："我刚才在楼下听到有什么东西在响，是发生什么了吗？"

红姐说："没事，刚刚碰碎了一个杯子，等下走的时候你一并结账。"老板娘这才放宽了心往楼下走，红姐快速关上了门。在门内，谢天保此刻像一只被煮熟的虾一样，捂着肚子跪趴在地板上，嘴角不断有血流出来，很快就流了一摊。罗宽心却把他的头拎了起来，强迫他直视自己。谢天保在包间照明不太理想的灯光里，看到罗宽心充血的眼睛，知道这是昨天一整晚，罗宽心未合眼守在罗生门床边的原因。

"是谁让你动罗生门的？"罗宽心说得很轻，很慢。可谁都听出了这句话当中的凶狠，坐在沙发上的人都吓得不敢出气，只有郭颜英的眉毛跳了一下，她就听见谢天保说："罗生门已经发现我们的秘密了，他在监视我，我杀了他，也是为大哥好。"

罗宽心听完这句像是认同地点了点头，然后他把手里燃的烟摁过来，慢慢划过谢天保僵硬的脸颊，最终又折回来，在谢天保右边的脸颊上摁灭了，一股皮肉烤焦的味道顿时弥漫出来，谢天保忍受脸上的剧痛不敢吭声。罗宽心凑近谢天保："为我好？"他在问完后就狠狠把谢天保的头甩开了，然后他像一头咆哮的狮子一样说，"说说你是怎么为我好？"

谢天保这回却跪在地上没有吭声，他知道罗宽心是没那么好糊弄的。郭颜英的目光在谢天保脸上那个黑色的洞上停留了一下，她就瞥开了眼睛，她感觉罗宽心的烟头刚才也同样摁在了她的脸上。她在打好腹稿以后才站起来："大哥这样惩罚自己人，会不会不公平？罗生门是你儿子，难道我们就不是自己人？况且罗生门现在正在调查我们。"

罗宽心似乎没想到她会出声，他怒视着郭颜英。郭颜英没有怕，又接着说："大哥现在如此护着罗生门，将来要是等他找到了账本，大哥不会是想让我们去当替死鬼吧？"

"颜英。"看到罗宽心的脸色已经越来越难看，红姐站起来喝住郭颜英，示意她不要再说。郭颜英却像被人捅漏了的水囊，她的话不断地从水囊里流出来："你周岳红喜欢他罗宽心，为了他愿意把自己的亲侄女都拐来，这我们都知道，所以平时你站他那边，我们都无话可说，但现在他为了一个罗生门，把我们的命都不当命，你也要站在他那边？"

郭颜英这句话刚好掐住了红姐的七寸，红姐觉得好像有人正拿锤子在敲击她的太阳穴，一下一下，疼得她张了张嘴，却根本说不出话。郭颜英在心里不禁咧了一下嘴角。一直坐在沙发上后知后觉的司机看着事态渐渐失控，他也好像意识到事态的严重性，他也站了起来，眼睛看向罗宽心，想向他要一个解释。

空气好像一下被划分成了两个阵营，只敢在各自的阵营里流通着。郭颜英觉得自己的脸皮快要被罗宽心的目光撕下来，把她的身体也撕开，看看她的心里到底在盘算着什么。

她在盘算什么，只有她和谢天保知道。昨天晚上在她说出他们必须要想办法的时候，谢天保抬起头看着她："想什么办法？"她想罗宽心既然能在谢天保袭击罗生门的时候及时出现，那就说明这一切并不是偶然，而是罗宽心一早就知道罗生门已经在调查他们，只是在按兵不动。既然这样，他们大可咬死是罗生门在监视他们，他们这么做也是为了整个团队好。

郭颜英的面上始终保持着迷人的微笑，像一副刀枪不入的铠甲，罗宽心最后也在她这面铠甲下缴械投降了。她看到罗宽心在怒目看了她很久以后，脸上又挂上了笑容，然后那一刻她也笑了，红姐也笑了，就连司机也跟着不明就里地笑起来，空气也仿佛一下子又恢复了流通。

只有谢天保痛得在地上发出一声轻哼。

那天的后来，罗宽心的兴师问罪，变成了一场谈判，他告诉所有人都不许再动罗生门，不然谢天保就是他们的下场，以此为交换条件，他会处理好发生的一切。罗宽心在离开时，他仔细地看了一眼郭颜英，似乎要说什么，最后在墙上把烟头狠狠按灭,就离开了。

郭颜英脸上还挂着笑,她知道这场战役,最终还是他们打赢了。

等到所有人都离开后,她才走过去扶起谢天保,她看到谢天保嘴角粘连的血迹已经发黑,她的手指却摸上他脸上被烫出的那个洞。谢天保疼得嘶了一声,郭颜英咒骂了一声:"下手真狠!"

谢天保却抓起桌子上一杯咖啡灌进嘴里,咖啡很苦,谢天保皱了一下眉,说:"一个洞总比一条命要好!"

十八

天井里各色晚餐香味传来,罗生门能想象到各家端上他们拿手的饭菜,撒撇、大救驾、土锅子、稀豆粉……罗宽心也在厨房里忙碌,罗生门闻出来这是父亲特意向红姐请教炖的药膳鸡汤。

养伤的这些日子,罗宽心每天都会精心帮罗生门检查伤口,拆换纱布。罗生门都已经好得差不多了,罗宽心还是会严厉斥责他:"伤还没好,洗什么头。"

罗生门就把头伸到罗宽心的跟前去,说:"爸,你看,都好了。"

"好什么好!"罗宽心说完就把罗生门手里的水瓢夺走了。

每天这样的鸡零狗碎、吵架拌嘴让罗生门感到幸福,可是这些天罗生门的心里总是忍不住想起那天在医院里当李不空问他有没有看清凶手长什么样子的时候,父亲颤抖的手。

因为那晚在雨里罗生门虽然晕倒了,但是清冷的雨点打在他的脸上,让他还保留了一丝意识,就是那一丝意识让他听到了那个歹徒好像叫了父亲一声"大哥"。

但后来刘岩权告诉他,那天晚上刘岩权丢下摩托车冲进巷子的时候,父亲正不顾危险与歹徒殊死搏斗,而那个歹徒还狠狠地踹了父亲一脚。后来医生检查,父亲有三根肋骨出现了裂纹,虽然裂口整齐,能自己愈合,依然需要慢慢调养。

这让罗生门陷入了矛盾中,他觉得如果父亲跟袭击自己的人是一伙的,那父亲又为什么要跟凶手搏命。所以罗生门最后把原因归结为:那天雨太大了,他的意识出现了偏差。可是不知道为什么,他总觉得心里不踏实,好像插了一根箭在上面。为了缓解这样的情绪,罗生门拿出了那盒当初

要送给小糖最后却忘了的《黄昏》磁带,把它放进文曲星的录音机里,录音机就会响起周传雄忧伤而又低沉的嗓音,他在唱:

> 过完整个夏天
> 忧伤并没有好一些
> 开车行驶在公路无际无边
> 有离开自己的感觉
> 唱不完一首歌
> 疲倦还剩下黑眼圈
> 感情的世界伤害在所难免
> 黄昏再美终要黑夜
> ……

小糖已经离开南风一个多月了,罗生门还是不敢打电话给她。因为他害怕一旦他拨通电话,小糖就会质问他"当初为什么不愿意跟她走",可他又忍不住会想念小糖,当思念抑制不住的时候,他就会把小糖当初扔给他的那个手帕拿出来,用手指一一触摸那上面的数字,就好像1是小糖的眼睛,

3是小糖的鼻子……罗生门触摸到最后一个数字的时候,罗宽心端着鸡汤进来了,周传雄的歌声自然就小了起来,罗宽心拿勺子在碗里搅汤的声音就变大。罗生门一口一口喝罗宽心喂过来的汤,罗生门看着父亲沉默着的脸,他说:"爸,你是不是很想念妈?"

罗宽心只是递过来一勺汤,又一勺汤,没说话。有些话没有说,大家是都听得到的,罗生门听到了罗宽心心里的"想"。因为他前几天想去堂屋找东西,看到父亲虔诚地跪在佛像下,静静地对着母亲的灵牌说话,像是昔日母亲还在时,他们把头贴在一起说悄悄话一样。罗生门一直觉得母亲的眼睛是最好看的,就像一汪秋水一样明亮,波光潋滟。他觉得当年父亲也可能是因为母亲的眼睛而爱上她的。可是罗生门无法得知,这些都只是他的猜测,父亲从来不讲他和母亲的故事,母亲在的时候也不跟他讲,他永远也窥探不到。

在一碗汤快要见底的时候,罗宽心才开口说:"一切都过去了,想不想有什么重要。"

不,是重要的。

"罗生门。"

突然听到父亲叫他,罗生门"嗯"了一声。罗宽心把汤碗捧在手心里,手指在碗口抠了一下,那里有一块黑色的瑕疵,看着就像一块脏东西,抠了一下没有抠下来,罗宽心不抠了,他舔了一下干涩的嘴唇才开口告诉了罗生门一个他隐藏了十八年的秘密。

风把爬到屋顶上又垂坠下来的牵牛藤吹得像是起了一层绿色的波浪,在罗生门的心上起起伏伏。罗生门到晚上睡觉的时候,才清楚地意识到父亲对他说的是什么。

罗宽心对他说:"你是我十八年前从一伙拐子的手里抢下来的。"这句话像一滴水,吧嗒一下就滴在罗生门的心头上,让罗生门整个人都颤了一下,他睁大了眼睛看着罗宽心,罗宽心点了点头,示意自己讲的这一切都是真的。

紧接着罗生门听罗宽心说,他是在四川到南风的火车上被罗宽心抢下来的。当时的罗宽心打算跟兄弟一起到腾冲做玉石生意,没想到兄弟卷着钱早在半路就下了车,火车把罗宽心带到了中国这座边界小镇。在火车上,睡在罗宽心下铺的是一个年轻的女人和一个七八个月大的男孩,女人说她要和她丈夫到缅甸去找工作。几个月大的孩子,女人不给孩子喂奶,只给孩子喝几块钱连品牌都看不出的奶粉。男孩因为发烧整夜地哭,女人一点都未察觉,鼾声如雷。凭这一点,罗宽心已经断定这个女人不是男孩的亲妈。果然列车在腾冲站经停的时候，罗宽心听到这个女人跟丈夫在厕所说话，话里的意思是这个孩子应该是不行了，不然他们现在就下车找个地方把孩子处理了。

罗宽心听完心脏怦怦地跳，他脚下像踩了风一样回到车厢，看到卧铺上男孩烧红的脸，他一把把男孩抱在怀里就冲下了火车。罗宽心之所以下这么大的决心，是因为罗宽心在下铺坐着喝水的时候，小男孩爬到了他的身上，罗宽心一让再让，小男孩还是往他身上爬，拉着他的拇指叫了一声"爸爸"。说完，罗宽心眼前浮现的是，十八年前在废工厂那天，罗生门拉着他的拇指望着他，叫出"爸爸"时，他放在罗生门的脖子上的手指渐渐卸了力。而一旁的郭颜英却在提醒他，他们带着一个孩子不好逃，罗宽心突然转过脸来怒视着她。

罗生门坐在床沿上一动不动，他的目光全罩在罗宽心的脸上，罗宽心的表情难过而又懊悔。他同时听见天井外传来卖货郎收摊的拨浪鼓声，那拨浪鼓仿佛受了潮，卖货郎也摇得漫不经心，声音一阵发闷，让罗生门的心跟着闷起来。

最后罗生门问罗宽心："为什么现在告诉我这些？"

"因为你长大了。"

罗生门不再说话，因为他不知道该说些什么，他觉得父亲好像已经洞察他内心的疑惑一样，所以他把眼神抛到了别处。罗宽心却接着说："我也不是故意瞒着你，当年警察查得严，你又是我从他们手里抢过来的，我不能冒险。但这些年我一直在关注社会新闻，上次我才在电视上看到当年拐卖你的那个女人后来被警察抓住了，被判了十年，现在已经出狱了。"

罗生门就突然又把眼神转了回来，他看着父亲，好像觉得有些不可思议。罗宽心却已经站起来，他看着外面一碧如洗的天空，太阳沿着屋顶上洒下橙色的光辉，他突然想把自己搬到外面去晒一晒，晒掉心里的潮气，但他却把头转了回来，他好像又回到那个厂房，他面对着大家，说："我们必须带这个孩子一起走。"

最后罗生门听见罗宽心说："去找她吧，你会知道你想知道的一切。"

李不空被南风派出所解雇了。

李不空伸手打了一下罗生门家小卖部门口上的那盏吊灯，灯泡摆过来又摆过去，他和罗生门的影子也在地上晃过来又晃过去。李不空看着罗生门一脸难以置信的表情,他居然像个老大哥一样揉了揉罗生门的头发,然后笑着说:"别难过,不是什么大事。"

这个举动也太不李不空了,罗生门知道了,这个不是什么大事的事肯定远不止大事这么简单。

大约在七天前,罗生门在医院里摇头告诉李不空他并没有看清打伤他的人长什么样的时候,李不空并没有泄气,他内心反而有点兴奋,他觉得罗生门挨的这一刀恰恰证明了他们调查的方向是正确的。要不然罗生门不会在刚查到谢天保的时候,就遭受袭击。所以李不空根据罗生门提供的线索,查到了出现在谢天保回廊上的那个女人实际上是蔡荃的妻子郭颜英,这一发现让李不空心头一喜。于是他开着他的旧摩托车假装在街上巡逻,却一直在远远地跟着一片大有波西米亚风情的红碎花裙角。他看到那片裙角在一家松花糕的店铺门口停下来,向店铺的老板买了两块松花糕,在等待的途中,那片裙角走进去借了一个厕所,然后出来向老板道谢,付了钱就提着那两块用芭蕉叶包好的松花糕离开了。李不空还一路跟着,发现那片裙角走进了蔡荃的屋子就再也没有出来。

郭颜英到家以后,鞋还没来得及脱,就跑到窗帘后面,掀起一条缝,看到了李不空不断往屋子里张望的眼睛,她的心突突地跳,可她的嘴角却不自觉上扬了起来。

刚才在卖松花糕的店铺门口,郭颜英看到了在店铺后门的罗宽心,他们本来约好是要在心心咖啡馆碰面,罗宽心突然出现在这里,她立马找借口要进去上个厕所,罗宽心在那里告诉她,此刻正有人在跟踪她,但不必惊慌,然后把今天约见她的目的告诉了她,郭颜英听完不禁在心里出了一层冷汗。罗宽心根据刘岩权到家里来看望罗生门,无意中透露出来的李不空之前向刘岩权手下那群摩托客打听过龙大飞做假证的事,意识到李不空是沿着这条线才查出的谢天保和揪出了郭颜英。罗宽心说到这里的时候,看了郭颜英一眼,把她看得心里一凉,因为要不是郭颜英自作聪明,想要除掉罗生门而主动暴露了自己,也不会让李不空这么快找到线索。

最后罗宽心告诉她,现在想要阻止李不空再查下去,要煽动蔡荃来对付李不空,因为李不空这一行为无疑动了蔡荃的奶酪。

李不空大约在蔡荃的门口待了一个钟头,郭颜英一直没有再出来,而且他看到郭颜英拉开了家里所有的窗帘,开着音响,在客厅里随着音乐翩翩起舞。如果没有这些线索,李不空还真愿意相信郭颜英就是一个被幸福包裹着的女人。

李不空没有再待下去,他骑着他的破摩托,冲进了一大片阳光里。

李不空不知道,在他为调查这些疲于奔命的时候,蔡荃把他银白色的帕萨特停在一幢烂尾楼下,他倚在车窗上,一只手伸出车窗沉默地抽着烟,而龙大飞就站在那团他吐出来的烟雾里。就在刚才,龙大飞把那天李不空到他的住处说要办身份证的事情,事无巨细地告诉了蔡荃,并问:"蔡副,那我们现在该怎么办?"蔡荃只吐出了一句:"这个小子有两把刷子,看来是我小瞧他了。"

蔡荃把整根玉溪抽得只剩下烟屁股,再塞到嘴里的时候发现已经抽不出味道,这才看了一眼扔到地上。龙大飞看到烟头落在地上的水坑里,刺啦一声,冒出一股白烟,他又把眼神转回蔡荃紧锁的眉头上,他在等蔡荃的回答。

蔡荃抽完烟,他招手把龙大飞招了过来,龙大飞顺势就把脸低到窗口的地方,他听到蔡荃说:"到现在还没有人能挡我的财路,既然有人挡住了我的财路,就不能怪我不客气。"

龙大飞说:"是,是,蔡副需要我怎么做?"

蔡荃伸出一根手指摆了摆，他说："你要做的就只有一件事，就是尽快搬家。"

龙大飞看了一眼蔡荃伸出的手指，他说："我知道了。"龙大飞是个机灵的人，他在那个下午就把所有的东西从那道铁门后面的房子里搬了出来，并从南风消失了，一点迹象都没有，好像他从来就没有在南风存在过一样。

龙大飞果真是一个上道的合作伙伴。蔡荃在心里有点感动，可是这么好的合作伙伴，那么多白花花的钞票，眼见着都快要葬送在李不空的手里，他不允许，只要是落到他手里的东西，什么都逃不掉，不管是钞票，还是李不空。可是蔡荃又有点犯难，李不空现在有华良护着，要怎么才能一举就把李不空这根嫩葱连根拔起，并且永远不会再复生呢？

烟越抽越多，不知不觉一盒玉溪竟然已经抽完了，这时郭颜英端着一盘菜从厨房里走了出来，走到他跟前跟发泄不满似的用手猛挥了一下房间里的烟雾，然后态度冷冷地把那盘菜放在了桌子上。

蔡荃看见了妻子的异样，他觉得这段时间妻子对自己的态度好像一直是冷冷的。筷子在碗碟之间碰撞，最后两双筷子撞到了一起，他们互相看了对方一眼，然后他看到郭颜英放下了筷子,眼泪也跟着掉了出来。蔡荃慌了神,他赶紧上去想替郭颜英擦眼泪,郭颜英却一把把他推开,并且让他离她远点,别碰她。

蔡荃不明所以,正不知道该怎么办的时候,郭颜英又主动说了:"平时你当警察没日没夜不回来,我什么都不过问,这几天我只是多出去几趟,你却还派一个人跟踪我,是什么意思?"

蔡荃一头雾水,但他毕竟是做警察的,立马警惕起来,说:"有人跟踪你?"

郭颜英做出一副你少装傻的表情,然后"哼"了一声,说:"你要是怀疑我,大可光明正大,你派个辅警天天跟着我算怎么回事?"郭颜英说完拿眼睛剜蔡荃,蔡荃却好像根本没看见这些,他的太阳穴一跳一跳的,语气严肃地问:"哪个辅警?"

这倒让郭颜英吃了一吓,语气软下来:"就是你总提的那个李什么空的。"

"李不空!"

蔡荃的心惊了,他又开始抽烟。郭颜英好像才发现了他的不对劲,走过去从后面环抱住蔡荃,把头放在他的肩膀上,问:"怎么了?"

那晚,蔡荃整整抽完了三根玉溪,才告诉郭颜英:"我遇到麻烦了,可能需要你帮忙。"

郭颜英不经意笑了笑,说:"怎么帮?"

还是在那家松花糕的店门口,松花粉和红豆的香味交融,映衬着碧绿的芭蕉叶,让人不禁食指大动。郭颜英还站在昨天的原地方,与老板开心地交谈,说到中途她又说要进去上个厕所。远处的李不空看到郭颜英进去久久没有再出来,他惊觉可能有情况。他弃了摩托车跑进了松花糕的店铺,没想到一下就撞到了刚从厕所里出来的郭颜英。郭颜英顺势倒在李不空的怀里,并且大喊起来:"流氓啊!"这时店铺老板和其他顾客跑了进来,刚好看到李不空的手放在了郭颜英的屁股上。

到了派出所,蔡荃好几次想冲上来打他,都被其他警员拉了下来。在蔡荃终于平复了怒气之后,他把那张李不空曾经私自盗用华良签名提调档案的申请单拍在华良的办公桌上,说:"所长,你今天不开除这个败类就说不过去了。"

华良看了一眼坐在外面低着头一言不发的李不空,他说:"就按蔡副所长说的办吧。"

李不空就这样被南风派出所解雇了，并且还被行政拘留了五天。李不空解除行政拘留的时候，蔡荃还来见过他，蔡荃看着正在收拾东西的李不空，说："我早说过的，重庆人在南风是当不成警察的。你要是听话，回老家，没准现在已经成为像你爸一样的警察了。"

李不空听到手顿了一下，就又继续收东西。蔡荃见他没反应，继续说："你记住，在南风，哪怕你有天王老子罩着，跟我作对，都没好结果。这次只是一个小小的教训，你要是还继续留在南风，你知道下场是什么。"说完蔡荃把一只早已飞落在桌面上的瓢虫，轻轻一摁，摁死在桌面上。

李不空已经收好了东西，他根本看都没看蔡荃，就搬起箱子，擦着蔡荃走了出去，快到门口的时候，他才回头，告诉蔡荃："你放心，只要我不死，就会永远跟你作对。"

说完，李不空才彻底走出去了，在李不空走过的地方，蔡荃曾经踩死的那簇打不死草，已经重新长出了嫩芽。

门沿上的灯泡终于停止了摆动。罗生门把罗宽心告诉自己的身世也告诉了李不空，想到父亲最后对他说就算要去坐牢，他也不后悔当年做的一切的时候，罗生门把头垂了下来。李不空再次揉了一下罗生门的头发，说："或许找到当年拐卖你的女人，这一切就会水落石出了。"

"罗生门。"

"嗯。"

"你害怕吗？"

"害怕什么？"

"如果真的让你面对杀害了你亲生父亲的凶手。"

罗生门拿手也打了一下头顶上的灯泡，他们的影子就又摇晃起来，罗生门低头看了一会儿，又猛然抬起头，说："不怕。"

李不空就笑了。

十九

说腾冲人的命运是与翡翠连在一起的一点也不为过。

罗生门和李不空站在街头，望着不断延伸的街道上，一家家玉石作坊、商号如雨后春笋一样挤在一起，让他们好不容易才从街道的一条小巷里找到笑一笑照相馆。

李不空抹了一把在路上染的风尘，然后仰着头努力地辨认门口两个"笑"一个掉了上半部分、一个掉了下半部分的招牌。罗生门却只看了一眼就走了进去。

这家笑一笑照相馆是当年拐卖罗生门的那个女人王桂芝和丈夫开的。李不空虽然离开派出所了，却还是想办法让新警员小王帮他查到了当年王桂芝出狱后的去向。王桂芝出狱后，并没有离开云南，而是留在腾冲嫁人，跟着丈夫一起开了这家照相馆。李不空和罗生门循着小王给的地址找过来的。

进到店里，王桂芝热情地招呼他们。因为腾冲的太阳，把女人的脸晒得像是上了一层高原红，再加上富足的生活，让女人的身体已经发福，显出一股十分亲切的意味来。谁也不会想到这样的一个人在当年会是一个人贩子。

王桂芝的丈夫从脸上把相机拉下来，对罗生门说："左边的小伙子笑一笑，我要照了。"说完就把照相机又拉上去，李不空扭头看到罗生门一副一本正经的样子，伸出两只手，硬给罗生门撑出了一个笑容。只一瞬间，一张照片就照好了。

在等着洗照片的时候，罗生门说："我这里有几张现成的照片，能再洗吗？"

王桂芝从罗生门的手里拿过照片，一张一张看过以后，她抬起头来说："其实你们不是来拍照片的吧。"这句话让李不空一下就从坐着的椅子上弹了起来,他说:"你怎么看出来的?"

王桂芝把照片一拢,说:"直觉。"

李不空说:"既然你直觉那么准,那你能看出来我们是来干什么的吗?"

王桂芝把眼神在罗生门的脸上绕了绕,说:"你们是来找我的吧。"

这天的下午有些漫长。罗生门能记得的部分就是王桂芝把她有些胖乎乎的手摸上了他的脸颊,她说:"没错,当年你的确被火车上的一个男人抱走了。我还以为你已经死了,明明烧得那么严重……"王桂芝的手开始有些颤抖了,她收回了手在胸前狠狠地画了一个十字,她说,"感谢我们在天上的父,饶恕我的罪。"

十年的牢狱,永远无法救赎她所犯下的罪,在这一刻她才真正地得到解脱。她解脱了,那别人呢?

王桂芝的脸上开始有了神采,她说:"你们想问什么,我什么都可以告诉你们。"

罗生门问:"照片上的这些人都是你曾经的同伙吗?"

王桂芝把照片摊开,再仔细地看了一遍,她摇了摇头。

这下轮到罗生门和李不空感到惊愕，李不空不买账了，他说："你看清楚了吗？要是没看清楚再多看几遍？"

王桂芝并没有被李不空的无理给惹恼，她反而认真地说："我看得很清楚，他们并不是我的同伙。"

"你敢确定？还是你刻意在为他们隐瞒？"

"我以天父的名义发誓我没有隐瞒。"

李不空站了起来，他的手紧紧地撑在桌沿上，他说："既然你没有隐瞒，罗生门当年也是你拐卖的，那你为什么会不认识他们？"

"我为什么要认识他们，他们又不是我的同伙。"王桂芝觉得李不空这个问题问得莫名其妙。

"那你的同伙呢？"

"逃了。当年在我被警察抓了之后，他们就全逃了。"王桂芝红彤彤的脸上，有种与她现在模样不太相称的自嘲表情。

"那你是从哪里拐走罗生门的？"

"这个我并不知情，我当年在贩婴团里并不是核心人物，我负责的部分也仅仅是他们把孩子拐过来以后，我伪装成孩子的妈妈，把孩子倒卖给买主。孩子的父母是谁，从哪里拐来的，我一概不知。"

"那你们当年有没有杀死一个叫李木为的警察？"

罗生门和王桂芝的瞳孔同时震惊了一下，可王桂芝还是选择了往下说："当年他们把孩子交给我以后，为了防止被警察抓到全军覆没，我们是分成两路南下的，我和另一个成员扮成夫妻，坐火车到腾冲，把孩子卖给商量好的买主。当时孩子不行了，我们就打算下车把孩子处理了。可是当时我们回车厢，发现孩子不见了，住在我上铺的那个男人也不见了。我们意识到孩子被偷了，我们怕受处罚，就趁机也逃下了车，打算坐车再逃回四川，但还没上火车，我就被警察抓住了。他们是不是杀了……"王桂芝看到李不空脸上的表情，她说不下去了。

后面的话不用说，他们也已经知道了。这一切好像是一座高楼，在快要建起来的时候，却有人把底下的基座猛然抽走了，大楼瞬间坍塌，烟尘漫天。

罗生门知道李不空被这烟尘眯了眼睛。回去的路上，李不空一句话不说，始终侧对着他，不让他看到他的眼睛。但他知道李不空在哭，眼泪在他的眼眶里，一会儿停，一会儿又涌出。

罗生门却在这时想起，下午他们快要离开笑一笑照相馆的时候，他偷偷从口袋里掏出了一张照片。王桂芝看了照片很久，她看着照片上那个正伏在柜台上认真记账的中年男人，最后她点了点头，她说："我记得，当年就是他睡在我上铺。"

车窗外的风，吹在罗生门的脸上，让他觉得有一点舒服。

雨季接近尾声，天气变得越发反复无常。修车行最近有点忙，刘岩权和谢天保一人躺在一辆汽车的底盘下叮叮咣咣地修理着，刘岩权这边的声音突然停了下来，他歪过头看着正专注手头活计的谢天保。一句话在他的舌尖上咽下去，又翻上来，如此反复却始终没有说出口。谢天保早就感觉到了刘岩权黏在自己脸上的目光，他从容地把最后一粒螺丝旋上以后，才扭过头来看刘岩权。

这一看仿佛把刘岩权逼到墙角，他无路可逃。舌头轻轻一弹，一句话就从刘岩权的车底滚到谢天保的车底，他说："师傅，下雨那天你去替谁家修车了？"

"路上的。"谢天保讲话一如既往地惜字如金，刘岩权知道他的意思是路过坏在路上的车辆。

刘岩权"哦"了一声，谢天保知道刘岩权心里还有疑虑。他那天回来以后，仔仔细细地回忆了一下那天晚上发生的全部经过，他可以肯定就算在最后刘岩权差点抓住他，刘岩权也没有看到他的脸。在心心咖啡馆，他把这一切告诉罗宽心时，罗宽心吩咐他，接下来不管发生什么，他都要当做什么都没发生过，沉着行事。

谢天保于是像往常一样，从口袋里掏出了一包庐山牌香烟晃了一下，示意刘岩权抽一根。师徒两个都从车底下钻出来了，靠在汽车的引擎盖上，谢天保把烟递过去，刘岩权就从里面抽了一根。刘岩权这次没有急着抽，他看着谢天保在身上翻找打火机。

在谢天保找了半天没有找到以后，刘岩权把手伸了过来，他说："师傅，先用我的吧。"

谢天保的眼睛突然直了，因为刘岩权伸过来的手里，刚好是那只Zippo打火机。火苗在打火机上跳跃，谢天保把脖子伸过去，烟就点着了，他吸了一口，说："不知道什么时候丢了，你在哪里捡到的？"

刘岩权看似轻松地说："就是在你出去修车那天，在一个巷子里捡的。"

谢天保听到这句，被吸进肚子里的烟雾给呛到了，他连连咳嗽。刘岩权又说："师傅，你那天为什么要……袭击罗生门，你们之间有什么过节儿吗？"刘岩权说不出"杀"字，但他知道师傅那天是要把罗生门杀掉。

谢天保还在咳嗽，他咳得惊心动魄。最后他镇定了下来，他的眼神也变得如同鹰隼一样锐利，手也不自觉摸上了身后的扳手，他说："那天晚上你都看到了什么？"

"我只看到了你从巷子里跑出去，师傅，到底发生了什么？"刘岩权从未见过谢天保有过这样的凶狠的表情，他都不禁想往后退一步，但他没有，他目光灼热地还击回去，这件事在他心里憋了这么久，今天他一定要问出一个所以然来。

谢天保看着徒弟眼中的追问，他没有回答，只是继续问："你把这件事告诉罗生门了？"

"没有。"

"那你对谁说了？"

"我谁都没说。"

外面起风了，谢天保看了一眼外面，他悄悄松开了手中的扳手，脸上的神情也松开了，他说："你信不信师傅？"

"我当然信。"

"你信就要记住有些事不能问，我能告诉你的就是罗生门并不是我伤的。"

一根烟的时间已经结束了,外面又刮起了一阵风,却把推着自行车的罗生门刮到了修车行的门口。刘岩权蹲在地上看着后轮胎上那一道深深的划痕,说:"兄弟,你有点儿点背啊,这么齐的切口,一看就是有人故意拿刀划的。"

罗生门不说话,他也不知道这道口子是谁划的,他甚至都没看到这道口子,还是今早李不空靠在他家小卖部的门框上告诉他的。那时李不空正一边啃着西瓜,一边姿态倦怠地跟他说:"我要回老家了。"

"什么时候?"

"下午的火车。"

"我去送你。"

"不用。"

李不空啃完了那块西瓜,才一边在裤子上擦手,一边漫不经心地说:"你的车胎好像破了,看来你应该再去修一下。"

罗生门推着自行车来修的路上,他在想下午他一定要去车站送李不空。从上次他们从笑一笑照相馆回来之后,李不空整天待在他的阁楼上,他知道李不空无法接受眼前发生的一切。可是也是从那一天开始,他觉得心口插的那根箭好像被人拔出来了,解脱了。他开始在心里一点点推翻当初得到的结论：蔡荃也许并没有调包他的头发，是法医马虎搞错了也不一定；康伯认识父亲，也可能只是巧合；那天在巷子里，也可能真的是自己听错了……

李不空要走，罗生门无法阻止，所以他决定要把车修好去车站送李不空一程。罗生门跟上次一样，他一边有一搭没一搭地跟刘岩权闲聊着，一边看着刘岩权把车胎从车轮上一点点卸下来。此刻已经钻回车底继续修车的谢天保，却全身的每一根汗毛都长起了耳朵，它们在听，想听清罗生门和刘岩权说的每个字眼。

突然它们颤抖了一下，因为它们听到罗生门问刘岩权那天他去追凶手的时候，有没有什么特别的发现。刘岩权不受干扰地继续换他的车胎，而在车底下却传来一声扳手掉地的叮咣声。做鬼心虚，谢天保为了掩饰自己的失态，在车底喊离合坏了，让刘岩权过去帮他一把，刘岩权一听毫不犹豫钻进了车底。

生活有时候会在不经意间变成慢镜头，罗生门记得那天他眼前的一切在谢天保的扳手掉地发出那声叮咣声时起，就转变成了慢镜头，他眼前的一切都被放慢，放大，特别是谢天保的那句："岩权，你过来搭把手。"更是被放慢、放大了无数倍,让罗生门震耳欲聋。这句话在旁人听来就是一句再普通不过的话,在罗生门听来却像一块上面有裂纹的晶体,这条裂纹就是在"过"和"来"之间,罗生门清清楚楚地听见,谢天保在咬这两个字的时候中间有很短暂的断裂。

罗生门轻轻一碰,晶体就碎成了碴。

二十

外面的风停了,依旧是个艳阳天。

刘岩杈这次很快就修好了罗生门的自行车,罗生门起初很慢地踩动着脚踏,骑出修车行以后,他的身体突然从自行车上站了起来,他吸足了一口气,狠狠地朝着脚踏踩下去。

风灌进了罗生门的衬衫里,在罗生门的背上鼓起一个包,罗生门踩着踩着突然泄下了气,豆大的汗珠沿着少年的下颌角往下滴,他趴在车龙头上喘气,胸腔里的惊喜和害怕好像马上就要喷薄而出。

他记得他当初在网上搜索当年的案件的时候,无意中搜到了当年的通缉令,上面明确地写着根据目击者描述凶手患有口吃的毛病。刚才在修车行，当他发现谢天保咬字困难的时候，他立马把所有有关谢天保的片段拼凑在了一起，从第一次在医院见到谢天保，他说话都是用简洁的字眼，到后来刘岩权告诉他谢天保平时话少得就像个哑巴，再到现在。他惊觉谢天保这么多年不说话，或者少说话的原因其实就是在掩盖他说话会口吃的特征。

谢天保就是贩婴团的一员，更是当年杀害他亲生父亲的凶手！

罗生门喘匀了气，他就又开始踩踏起来，身体在车上歪来歪去朝着李不空家滑去。咚咚咚的声音从李不空家的木楼梯上传来，罗生门往阁楼上望了一眼，根本没人，罗生门以为李不空已经走了，他又咚咚咚地往下跑，迎面刚好撞到了李不空。

李不空脚上趿着人字拖，手上还拿着一块西瓜在啃，根本就没有一个即将要离开的人的样子。看到罗生门，他把另一只手上的那块西瓜递给罗生门，说："天热，先吃块西瓜。"

罗生门顿时就明白过来自己的自行车是被谁划破的。

李不空坐在楼梯上，罗生门已经把刚才在修车行经历的一切告诉了他。他没有任何反应，只是专注着把西瓜上最后一块红瓤咬下来，才含混不清地说："我就知道这天底下没有这么巧的事。"

李不空把他那块贴满了纸条和画满了箭头的板子从阁楼上搬了下来。在那上面，李不空已经把所有的人物关系做了梳理，罗生门清楚地看见连接蔡荃、康伯、谢天保、郭颜英这四个人的箭头形成了一个闭环，他们就是当年的贩婴团队。

可是在闭环之上，罗生门的身世那一块就像一株横生出来的枝叶，戳在罗生门的心头。他不知道这一块该怎么解释，李不空却拿记号笔行云流水地在板子上把那块画了一个圈，然后再画一个箭头与闭环连接，在箭头的旁边写上：两拨人。

罗生门立马明白李不空的意思是杀害他亲生父亲和拐卖他的是两拨人。这样两块就像积木一样，咔嗒嵌在一起了，严丝合缝。

巨大的喜悦，携裹来的却是巨大的失落感。他们虽然已经知道了这一切，如今也已经时过境迁，就连谢天保的长相都跟当年通缉令上的发生了很大的变化，他们没有任何实质性的证据指控他们就是当年贩婴杀人的团伙。

楼梯中间开了一扇窗，外面风又起来了，钻进了窗户，从罗生门的面额上跑过，带走了溽热，它还在往楼梯上攀爬。

"你还走吗？"罗生门看向正低头看蚂蚁搬运西瓜子的李不空。

"走吗？"李不空把脸转到罗生门这边，风把他的额发吹得一根根翻动，像一面面小旗帜在招摇。李不空立马把脚在楼梯上伸直，身体往楼梯后面一仰，状态很轻松地说："账还没算清呢，先不走了。"

风把罗生门吹得很舒服，他把头转向了窗外，阳光在风里像一块块浮动的鱼鳞，他突然开口问："外面的世界是什么样的啊？"

"外面的世界不也就是这样的。"

"那为什么很多人都想要走呢？我爸也希望我考上大学，离开这里。"

"那你想走吗？"

对于李不空的问题，罗生门没有答案。

他踩着夕阳回小卖部，夕阳的光照在小卖部里的玻璃柜台上，反射出一大片金灿灿的光，罗生门看见父亲的身影就在这片光后面浮动，好像是在记账。他想只要父亲在一天，他就不能走。

可不知为什么，罗生门觉得父亲最近记账的频率似乎变得很高，就算上次在医院里，父亲也在记账。这样想着，他穿过那道光，走进了小卖部里。罗宽心因为腿疼发作，正欠着身子在柜台最靠里边的抽屉的暗格里掏什么东西，抬起的一条腿让他的身体摇摇欲坠。

"爸。"罗生门叫了一声，眼里的目光带着问询。

罗宽心把手从暗格里不动声色地抽了回来，抬起的脚也落了地，他抬起头的时候，脸上的表情自然，说："柜子里进了老鼠。"

罗生门的眼睛往柜台后面看了一眼，又往罗宽心撩起的裤管上看了一眼，他像是明白了什么，他往柜台后面迈腿。罗宽心也往外走，试图遮掩，可是他的小腿好像被什么咬了一口似的，疼痛立刻让他失去了重心，身体一下重重栽在地上。罗生门立刻冲到罗宽心身边，看罗宽心抱着腿，罗生门猛地撩起罗宽心的裤腿，闻见一股浓郁的血腥味。刚刚摔倒的时候，罗宽心的腿被柜台上的一块铁片划伤了。

罗生门立即把罗宽心背起来，就向外跑。罗宽心知道这是去医院的方向，罗宽心喊："放我下来，我没事！"罗生门不理他，只埋头继续奔跑着。罗宽心靠在罗生门的背上，觉得少年的肩膀已经宽阔而有力，他很短暂地笑了一下，就开始厉声呵斥："龟儿子，放我下来！"

罗生门咬了咬牙，把罗宽心往身上颠了颠，他望了一眼前方的路，脚下依旧坚定地跑着。每跑一步，他都在想，当年他要是不去碰那只玉蝉，当年他要是没有听信父亲的话觉得他没事，当年他要是力气大一点，把父亲背到医院去，父亲的腿也不会变成现在这样。于是他回过头来，也大声地说："我不放。"

罗宽心往四周看了看，举目都是人，他把声音放低，说："只是小伤，没必要去医院。"

"我不放。"罗生门又说了一遍，更坚定，更大声。

看着身下情绪有些失控的少年，罗宽心沉默了。等医生给罗宽心完全包扎好，外面的天已经黑了。罗生门又背起罗宽心，从医院一路往家走，不像来时，现在沿途没有一个人，很安静。罗宽心在罗生门的背上，能听到罗生门的心跳，一直跳得不是很安稳。于是他说："医生都说了，只是小伤，不用担心。"

罗生门没立马接话，因为刚才在医院里罗宽心拒绝了做腿部CT。罗生门又把罗宽心往身上颠一颠，他说："爸，那柜子里真的是老鼠吗？"

这句话把罗宽心问得愣了一下，他有点尴尬地笑起来，"龟儿子说什么傻话，柜子里不是老鼠是什么？"

罗生门便什么也不说，直到回到小卖部，罗生门才说："爸，下次再有老鼠就让我来抓。"

罗宽心笑着说好，等罗生门回房间后，他就立刻到小卖部拉开柜台底下的抽屉，那几盒阿司匹林还安静地躺在暗格里，他快速把它们都拿了出来。下午他其实是想从暗格里摸阿司匹林，阿司匹林是他从小诊所买的止痛药，诊所的大夫劝诫他的腿再吃阿司匹林也没有效果了，让他赶紧去大医院看，再拖下去可能整条腿都要废。

他觉得那些医生有点危言耸听，可是今天下午他已经吃了两片阿司匹林痛感却一点都没减少，于是他想再吃两片。没想到这个时候，罗生门却回来了，他不想罗生门发现他的伤势，所以在倒下之前，他故意侧了一下身子，腿就向那块铁片上撞去。

可罗宽心只稍稍想了一下这件事，他就在想上次他在松花糕店铺后门见郭颜英之前，曾让郭颜英通过蔡荃的关系，查到了一批人贩子的信息，罗宽心从中挑中了王桂芝，从而误导了罗生门和李不空。李不空现在已经被南风派出所解雇，并且马上就要离开南风。罗宽心的心情有点轻松起来，他伸手想去拿放在柜台上的香烟，伸了一次手，够不着，他站起身去拿，起了几次身，都又跌坐回椅子上。

像大夫说的那样，他的这条腿只怕是要废了。

罗生门走回了房间，腿一抬，就阖上了门。他站在房间里很久没动，一滴泪水却无声地从他的脸颊上滑落。他下午进门的时候就知道父亲并不是在抓什么老鼠，而是在柜台底下摸止痛药。上次有客人来买东西，零钱一不小心滚到柜台底下去了。罗生门跪在地上掏零钱的时候，无意发现了抽屉底下的暗格，他拉出来一看，好几盒阿司匹林静静地躺在里面。那一刻他才知道父亲一直在背着他偷偷吃止痛药，表面上却跟没事人一样。刚才他看到父亲摔倒，他知道父亲的腿已经不能再拖了。

他必须挣到钱为父亲治腿！

这个想法坚定地在罗生门的脑子里升起。他走到电脑前打开了主机，屏幕一亮他就熟门熟路地点进了一个网站。看着上面花花绿绿的帖子，罗生门就好像回到那个烟雾缭绕的下午，他和李不空一直守在网吧，等待龙大飞这条大鱼上钩。可是那天他们没有等来龙大飞，却等到了一个大约四十岁眼神躲闪的男人，他一进来就挑了一个最靠角落的位置。李不空朝他使了一个眼色，他立马假装来上网坐到男人的身边。男人快速登录了这个网站，最后又快速关闭。男人在走出网吧大门的时候，就被李不空按在了地上。男人拒不愿意承认自己干了违法的事，李不空也没法只好放他走。可是罗生门却清楚地看见那个男人在走时抄下了一串电话号码。

李不空通过这个号码，找到了龙大飞。而他却凭着这个号码，摸到了这个网站论坛里，上面全是各种办假证的帖子，罗生门本来想汇报给李不空。可是那天在听李不空说，蔡荃光替人伪造一份签证证明就收三万块简直丧心病狂的时候。罗生门的心里好像被人点起了一根烛火，他选择了默不作声。

在这段时间，他已经陆续了解到，帮人伪造签证，其实比伪造身份证更加简单。只需要先帮别人伪造一个身份，就是行内的人所说的包装，先把想要办证的人包装成一个体面的身份，然后再帮助他们伪造一份证明文件，证明他们的身份正如文件上所说从而帮助他们申请到签证。

而在上次，罗生门用电脑伪造了一份证明文件，再盖上他伪造的派出所的公章，他拿到公安局出入境管理处差点以假乱真时，他把手缩了回来。

现在罗生门心里那根烛火又燃起来了,可是它像是风中的一根残烛,一直在摇摇晃晃。他把头搁在桌沿上敲了好几次,他甚至还在房间里转了几圈,最终他还是选择坐在了桌前,他觉得他打每一个字手都是颤抖的。

做完这一切,罗生门瘫坐在椅子上,他满头大汗,不断地喘气。他突然觉得房间里很暗,他眯起眼睛努力寻找着光亮。黄昏微弱而柔软的光线,缓慢地在屋子里漫延,仿佛触手可及。罗生门想用脸去盛接那片光亮,却没想到黄昏退去了,他触到的是冰冷的黑夜。

郭颜英站在碧绿的葡萄藤架下,风把葡萄叶吹得哗啦啦响,她看了一眼手腕上的浪琴手表,他们约定的是晚上七点见面,谢天保已经迟了半个小时。郭颜英望着即将隐退的夕阳,她想谢天保再不出现,她就不再等了。她还没想完,天井的院门口就传来脚步声,紧接着谢天保像一只孤魂野鬼一样荡了进来,见到郭颜英,眼神只在她身上停留了一下,就把她扛了起来。葡萄藤架、木楼梯、回廊、夕阳、窗帘、洗脸盆,一样一样在她面前旋转过来,最后到了床边,他一把把她扔在床上。

她感觉谢天保前所未有地疯狂。她使劲拿手推他,却感觉自己快要被他撕碎。窗帘遮住了外面的天光，在黑暗里她抬起了自己的手，只听到啪一声清脆的耳光声传来，房间里一切都静了下来，只有床头上的闹钟在咔嗒咔嗒地转，好像在他们的心上画圈。

"怎么了？"过了很久，郭颜英才问谢天保。

"罗生门发现我了。"谢天保把头埋在郭颜英的胸脯里，身体有点颤抖。

"怎么可能，罗宽心不是已经想办法……"

郭颜英话说到一半，她明白了。他们的身体在黑暗里像两块磁石一样吸在一起，"今天罗生门来车行，我没想到我会结巴。"

是的，他没想到他会结巴。就像他没想到他们精心布局了这么多，罗生门依然没有打消对他的怀疑。罗生门下午在修车行是故意问刘岩权的，他本想从刘岩权那里套出一些信息，刘岩权没有丝毫反应，反倒是他做贼心虚，一听到罗生门问刘岩权的那句话一下慌了神，犯了第一个致命错误让扳手滑落在地，紧接他为了掩饰第一个错误又犯了第二个致命错误喊刘岩权过去帮忙。

当他从车底钻出来，他看到罗生门看都没看他一眼，只是静静在等待刘岩权帮他换车胎，他知道那一刻罗生门什么都知道了。

谢天保突然咬了咬牙，他说："不如我现在就去杀了他。"说完谢天保就已经爬了起来，他望着黑暗里，郭颜英那具皎白如月的身体，他十分地留恋。

郭颜英睁着一双眼仰躺在床上，听见窗外银匠砸银子的声音还在继续，她猛然想起她的前男友吴世军，她是十六岁跟着吴世军一起私奔出来的，在裹着大衣睡觉都会冷的地下室，吴世军会半夜起来为她换热水袋，那时候吴世军对着窗外呼啸的寒风发誓：这辈子一定要让她过上幸福的生活。

幸福的生活到底是个什么样子？她不知道，也不想去想了。现在她只想过上安稳的生活，不彻底解决这件事，那就永远都不可能。于是她说："还有一个办法。"

"什么办法？"

"找到账本。"

谢天保的眼睛在黑暗中眨了一下，他明白郭颜英的意思，当初账本上的每一笔分成，都是经由他们的手签过字的，如果他们能找到账本就可以进行篡改，把上面不利于他们的信息，全都改成罗宽心，但他说："那个人都已经失踪十年了，我们上哪里去找？"

"如果想活命，我们就要尽快找到。"

二十一

桌上饭菜从冒着热气，到彻底凉透，到再冒着热气，到再凉透。如此反复好几次，刘大茂才敢挪动腿站到刘岩权的房门口敲门。

刘大茂是没有料到刘岩权今天会回家的。从刘岩权初三辍学开始，刘岩权就基本上是住在谢天保的车行里。今天刘岩权突然回来让他又喜又惊，他立马把桌上那碟花生米一收，在厨房又是炒，又是煎，搞得像是要过年一样，刘岩权在房间里却一点动静都没有。

刘岩权一回来就把自己抛在床上，他望着天花板发呆。他在想今天下午在修车行发生的事，从师傅的反应他知道那天晚上出现在巷子里的黑影就是师傅，可师傅却告诉他罗生门并不是他伤的。那会是谁？难道那天在巷子里，除了他们以外，还有第五个人？

今天在修车行，罗生门在问出那句话的时候，他的内心其实已经波涛汹涌，可他装作若无其事。在车底帮助师傅一起修离合器的时候，他发现离合器其实根本就没坏。还有他注意到罗生门今天从车行离开的时候，表情虽然镇定，却总让他感觉带着一股迫不及待。而师傅也在罗生门离开修车行以后，整个神情都灰败下来。

他知道这中间一定隐藏着一个巨大的秘密，罗生门知道，师傅知道，但他不知道。

敲门的声音响起，只敲了一下，不敢再多敲。刘岩权刚想把枕头捂在脸上，门外刘大茂的声音就响了："岩权，做了你最爱吃的糖醋排骨，出来吃一口吧。"语气也是极尽卑微的。

同时枕头上清洗过的清洁的气味也钻入刘岩权鼻腔里，他知道他不在家的这些日子，刘大茂一定把他的被子反复拆开，清洗，晾晒。他再看他的房间，被打扫得纤尘不染。

其实如果不发生母亲那件事，刘大茂在刘岩权心里一直是一个好父亲的形象。他不喝酒，不打牌，偶尔抽烟也会走出去到阳台上去抽，再忙也会去接他放学，会包揽家务，会讲故事哄他入睡……他有那么多的好，却偏偏是个懦夫。

刘岩权不想在家待了，他起身拉开房门抬腿就要出去。

刘大茂一路跟到大门口，看着刘岩权在穿鞋，又不敢开口挽留，就一脸局促地站在一旁，让刘岩权都产生一种他才是老子、刘大茂是儿子的错觉。

刘岩权穿了半天鞋，鞋带始终解不开，他双手一甩，对刘大茂怒目而视，说："你就不能硬气一回吗？"

他显然对于刘大茂这样卑微的样子有点恼怒。刘大茂好像没听到、没看到似的，他蹲下身，慢慢地开始帮刘岩权解鞋带。刘岩权本想把脚抬开，却被刘大茂按住了，刘大茂把刘岩权两只鞋都穿上了，在帮他整理裤腿的时候，他才说："下次做什么事，都不要这么心急。"

刘岩权站了起来，刘大茂的身体一下就在他眼前矮下半头，他看着刘大茂眼里流露出挽留的神情，再看了一眼桌子上的菜，每一个都是他爱吃的。他的腿没有往外迈，反而往桌边走，说："我吃了饭再走。"

刘大茂以为自己听错了，等到刘岩权走到桌边坐下，他才意识过来，身体立马也向桌边滑去。刘大茂开心得不知道怎么表达，所以就一直往刘岩权的碗里夹菜。刘岩权看着碗里快要溢出来的菜，不耐烦地说了一声："我会夹，你自己吃。"

刘大茂这才讪讪地收回手，端起自己的饭碗，说："我不夹，我不夹，你吃，你吃。"可是半天他也只是捧着饭碗看着刘岩权吃，筷子根本动都没动一下。刘岩权注意到了，他没再说什么，只是眼睛一扫，扫到了刘大茂放在桌角上的庐山牌香烟，他一边扒饭，一边随意地问："你的烟在哪买的？我在南风怎么买不到。"

刘大茂看了一眼桌角上的香烟，他愣了一下，才说："我在外县跑车，雇主送的。"

刘岩权"哦"了一声，就又继续扒饭，他没发现，刘大茂趁他起身去厨房里盛汤的时候，快速把那包庐山牌香烟塞进了兜里，然后若无其事地扒起了饭。

饭吃完了，刘岩权的手机却在这个时候响了起来，他打开一看，是小糖给他发了短信，他看到内容高兴得差点跳起来，最后他克制住了，他往房间走去，还是忍不住挥出拳又收回来，连说了好几个"Yes"来表达自己的兴奋。

刘大茂看到儿子留下来过夜，他也高兴得想要挥拳，可是他口袋里那包香烟却像一把刀一样抵在他的腰间。他连忙端着盘子跑到厨房，把那包香烟撕得粉碎，想让水流把它冲到下水道以此来毁尸灭迹。可是他才撕开香烟的包装，就累得满头大汗，甚至发出沉重的喘气声，像是在干一件十分费力的事一样。那些烟叶被水泡发以后，却固执地堵在下水口，刘大茂只能不厌其烦地拧开水龙头，冲刷，再拧开水龙头，再冲刷，再拧开水龙头……

可罪孽真的冲得走吗？

火车站的月台上，几只麻雀依然停落在上面跳来跳去。还是上次的那只小麻雀，它没有跳，它的眼睛正看着垂头坐在摩托车上的刘岩权。其他的摩托客聚在另一边叽叽喳喳，像另外一群麻雀。

小麻雀听见他们说："大哥最近怎么了，摩托车也不骑了？"

"怎么了？这都看不出来，恋爱了呗。"

"恋爱？跟谁呀？"

"还能有谁，就是上次大哥用自己手帕给她包扎的那个女的呗。大哥今天出现在这里，就是为了来接那个女的。"

"真的假的？"

"当然是真的……"

小麻雀觉得他们十分聒噪，又把眼睛转向了刘岩权。火车轨道上吹过来的风把刘岩权的衣下摆吹过来，又吹过去，刘岩权一直握着他的手机，眼睛盯着手机屏幕上的时间，两点十三分的火车，现在已经晚点半个小时了。

昨夜小糖给他发短信，他反复地看了好几遍，才敢确定小糖发给他的是：我明天回南风，你会来接我吗？

他捧着手机，直挺挺地栽在床上，他的内心有点喜悦又有点做贼心虚。喜悦是因为小糖终于要回来了，做贼心虚是因为这么久，他一直在冒用罗生门的名义给小糖发短信。也就是小糖所期待的是让罗生门去接她，而不是他。

他为什么会冒用了罗生门的名义。是在他看了一堆罗生门推荐给他的言情小说后，他踌躇满志地要发一条短信给小糖，可在他还没有发出去的时候，小糖先发短信给他了。小糖在短信里跟他说："罗生门，我知道是你。"刘岩权在那一刻特别不争气地把自己已经编辑好的短信，一个字一个字地删除掉，在小糖的短信下回复：是我，你最近过得还好吗？

短信于是就这样一条又一条地发过来，又发回去。在很多时刻，他都会想一冲动就给小糖发过去"我不是罗生门"。他终究没有那样大的勇气，他把自己当成了罗生门，他按着罗生门的语气给小糖回了短信，他说："我会去接你。"回完，他又按着罗生门的想法在想小糖真的会回来吗？她怎么会突然要回来呢？她是不是在外面遇到麻烦了？

……

他越想越多，想到最后，他竟然失眠了一夜。到现在他竟然又想，要是罗生门，也会像这样失眠一整夜吗？

手机上的时间已经到三点过十分了，刘岩权抬起头往铁轨那里望了一眼，火车车轮撞击铁轨哐当哐当的声音已经很近了，其他的摩托客突然兴奋了起来，他们喊着："来了！来了！"把月台上的那一群麻雀又惊飞了，那只小麻雀在飞起来的时候，它听见刘岩权在默念：

"是的，她回来了。"

小糖走出火车，站在艳阳下用力吸了很大一口气。然后她转头向四周看了看，铁轨还是这条铁轨，月台还是这个月台，阳光还是这样的阳光，南风镇一点都没有变，为什么她却有一种恍如隔世的感觉？

其实如果有可能，她这辈子都不想再回来，可是现在她回来了，说明这里有很重要的事等着她回来办。小糖于是收回目光，她开始在攒动的人群里寻找什么。

刘岩权就站在人群里，他早就注意到小糖了，他知道她是在寻找罗生门。刘岩权出挑的身高，让小糖在人群里一眼就看到了他。他微笑着站在那里，笑容带着一丝痞气，又好像带着些别的什么，人流熙熙攘攘地从他身旁走过。小糖那一刻觉得刘岩权的笑容好像是被南风的太阳晾晒过一样，那样温暖。可这又关她什么事，她在心里还记恨着上次刘岩权以罗生门的命威胁她亲他的事。

小糖打算顺着人流离开火车站，刘岩权却逆流而上朝她走过来，在小糖还没反应过来的时候，他一把就接过了小糖的行李，说："走吧，罗生门让我来接你。"

说完，刘岩权长腿一跨，就走到了前面，汇入了人潮里。小糖虽然不情愿，暂时也只得跟随在他身后，也汇入了人潮。刘岩权能想象到小糖跟在自己身后，努力跟上自己步伐的模样，他的嘴角不自觉地向上扬起。

火车站进出口的铁栅栏上缠绕的荼蘼花瓣翩翩往下坠落，纷纷扬扬像是在下雪。小糖看着已经跨上摩托车，并把一个头盔伸向她的刘岩权。日光晒得她的眼睑发疼，她没有眨眼，也没有伸出手去接，她只是开口问："你们又把罗生门怎么了？"

这话一出，一旁的摩托客们发出看戏的笑声。刘岩权在阳光下眯缝起眼睛看了一眼小糖，立马又睁开了，他侧了一下脸，原来在她眼里他依旧是个十恶不赦的坏人。

他转回头的时候已经从摩托上下来了，他说："我没把他怎么样，是他叫我来接你。"说完就把那只他专门买的粉红色头盔要往小糖头上套，小糖本能地后退，她的眼里写满了不相信。刘岩权却前进一步，把头盔一下就套在了小糖的头上，小糖伸出手抵抗。刘岩权又像上次一样，发出一声看似凶狠的警告："别动！"

小糖真的被这声吓到了，她乖乖站在原地，她的眼睛能看到刘岩权低下头，小心翼翼地帮她调整头盔搭扣的长度，最后咔嗒一声扣在她的下巴上。她还能看见刘岩权嘴唇上那个被她咬伤留下的伤疤，当初咬他的时候，她用尽了全力而致使她的身体都产生了痉挛，可他一动未动。

"走吧。"刘岩权看了一眼变得愣愣的小糖，再次跨上了车，眼神里是邀请。

小糖还是没动。

周围的摩托客都看不下去了："小妹妹，你放心吧，我们大哥不会骗你的。"小糖认得他，是上次那个拽着她胳膊的摩托客，她更不信了。刘岩权有点无奈，他伸出了手，把小糖吓得偏了一下头，她以为他要打她。刘岩权注意到了，他的手只是伸向了兜里掏出了自己爱立信的手机，在上面按了一串数字，电话就通了。

小糖看到号码，知道刘岩权打给了罗生门。刘岩权装作一副罗生门知道的样子告诉罗生门小糖到了，正在火车站。在电话那头的罗生门听到以后，愣了好几秒，才颤着声问："你说什么？"他听清了，只是想再确认一遍。

刘岩权也就再重复一遍："小糖到火车站了，她不愿意我送她回来，你跟她解释吧。"说完就按了免提，手机里罗生门喊"小糖"的声音就传来了。罗生门的声音在抖，小糖的心也在抖，她说："是我，我在这里。"好像罗生门正在寻找她一样。

"现在可以相信我了吧。"刘岩权把手机收回了兜里，盯着小糖看。因为刚才罗生门在电话里告诉小糖："你让岩权先送你回来，我在家等你们。"

小糖这才亦步亦趋上了刘岩权的摩托车，可中间的空隙完全可以再坐一个人。刘岩权偷偷坏笑了一下，他握住车把，轻轻一拧，车子就飞驰出去，惯性带来的力量，吓得小糖紧紧抱住了刘岩权的腰。

摩托车的引擎在呼啸，刘岩权能感受到腰间女孩软软的身体在散发着热气，他的嘴角又微微向上扬起。

二十二

刘岩权站在小卖部的蓝色雨棚下嚼司必林的泡泡糖。下雨的时候这个雨棚可以遮雨，不下雨的时候，这个雨棚可以遮阳。在他身后的小卖部里，罗生门和小糖正在说着他们才懂的话题，他丝毫都插不进话，于是识趣地退了出来。

罗生门和小糖彼此都说了好多不着边际的话题，有时候是小糖在说她在外面的遭遇，有时候又是罗生门在说他最近发生的趣事。一个人说的时候，一个人就在笑，笑到最后，空气都有些僵了。见面之前彼此的心都在颤抖，那种喜悦像是灌满的水壶不断往外溢着，可是一见面，水壶好像一下就被人盖上了。他们把喜悦和想念都憋在心里，明明说的每个字都好像充满了暗示性，可是每个字又好像毫无关系，这样的感觉就快要把他们两个人掀翻。小糖其实在等，等罗生门开口，可罗生门还在说天井里那棵西番莲树上的蝉是如何在半夜聒噪的，为了不被这感觉覆灭，小糖打断了罗生门，她在喊他的名字："罗生门。"

这让罗生门猛然记起母亲离开的那个下午，也是这样叫他，语气轻轻的，凉凉的，直接撞进了他的心里，于是他停了下来，"嗯？"了一声。

罗生门以为自己猜到了小糖接下来要说什么，小糖开口却是说："罗生门，你知道我为什么会回来吗？"小糖说话总是会这样，语气神秘，让人总是想听她说下去。

时光静谧如水，小糖的话也像水，一开始只是慢慢地涌过来，等到小糖说完的时候却变成了一股浪潮一下一下拍击在罗生门的心门上。

这股浪潮让罗生门有点心神凛冽，他不自觉地拉起了小糖的手，说："你说的都是真的？"

小糖那如水一样的话里，告诉了罗生门一个重要讯息：小糖现在的舅舅曹良才并不是她的亲舅舅，她的父母也并非死于十八年前南下打工的那场车祸。实际上小糖十八年前被她的亲伯母周岳红拐走了，后来才被曹良才买下来当成他儿子的"童养媳"，并且对外声称他是小糖的舅舅。小糖的亲生父母也早在十八年前，因女儿被拐，多方寻找无果后，伤心过度，从而烧炭自杀了。

这么说，小糖也是在十八年前被拐卖到南风来的！

小糖没有注意到罗生门在想什么，她只感受到了属于罗生门手心特有的湿热感沿着她手背上的皮肤快速往她的整条手臂上漫延，小糖愣住了。罗生门也没注意到小糖在想什么，他看小糖不说话，指尖不自觉加重了一点力度，再次问："小糖，你说的都是真的吗？"

小糖这才反应过来，她直愣愣地盯着罗生门的眼睛说："当然是真的，我什么时候骗过你。"

里面突然发生的一切，刘岩权从门板上的小洞里已经看得一清二楚，他狠嚼了几下泡泡糖后，猛然一转身，就走了进去。真切看到罗生门拉着小糖的手，他的眼睫痛苦地眨动了一下，就开口问："怎么了？"

刘岩权的眼神走向，让罗生门意识到自己此刻还拉着小糖的手，他像被烫了一样快速把手缩了回去，湿热感一下就从小糖的手臂里被抽走了，小糖有点生气地看向了刘岩权，她没好气地说："这是我和罗生门的事，你怎么还不走？"

刘岩权听出了小糖话里的界限。这种感觉让刘岩权很不爽，他们两个处处都是话题与秘密，他却像一个被关在门外的人一样，怎么也进入不了他们的世界。可他只是故意把那块泡泡糖摁在玻璃柜上以后，就拿他的长腿在小糖的身边一挑，把挂在椅靠上的头盔用脚钩了过来，用手一捞，也不顾小糖快要发火，说："走了。"

刘岩权的摩托声已经远了，转眼间，小卖部里就只剩下他们两个人。所有的氛围也仿佛被刘岩权带走了，小糖安安静静地坐着，罗生门也安安静静地坐着，他们一起看着小卖部门外被遮雨篷切断的阳光。

以前不是这样的，小糖记得以前她每次和罗生门见面的时候，他们都会一边吃着冰棍，一边坐在南风镇水库边的水塔上面摆动着双腿，那时候一句话，一个眼神，哪怕是一个拥抱都是自由的，亲密的。她还记得有时候她会突然站起来，冲着水库上粼粼的波光大喊一声："我是罗生门，你是谁？"

罗生门这时候也会站起来，喊道："我是小糖，等我以后有钱了，我一定买下小糖所有的冰棍，我还要带小糖离开这里。"

这时候她就会在旁边一边笑，一边说："你说错了。你都把我说成是你……"

"我没有说错。"罗生门迎着风转过脸来认真地对她说,"小糖,我说的都是真的。"

冰棍从木扦上化掉了,糖水沿着小糖的指缝一直往下滴,吧嗒吧嗒,全都滴进了小糖的心里,她相信了,她相信总有一天罗生门要带她走。

可是,少年的话哪能信啊。

她信。

时间仿佛转过了一个轮回,罗生门才再次听到小糖开口:"罗生门,在我走的这段时间,是不是发生了什么?"小糖指的是他和刘岩权的关系,明明八竿子也打不到一块去的人,竟然变成了好朋友。

罗生门却以为小糖是在问别的,他想了一下才开口说:"小糖,你伯母或许跟当年拐卖我的是一伙的。"

这句话震惊了小糖,她睁大眼睛看着罗生门。天已经慢慢黑下来,罗生门也渐渐看不清小糖的脸,他只能感受到小糖的呼吸不时喷在他的手臂上,那么轻,那么近。这一瞬间,他多么想在黑暗里拥抱小糖,哪怕一秒钟,可是他忍住了。

小糖没想到在她离开的日子里,发生了这么多事情。在最后小糖突然叹了一口气,她说:"你们现在打算怎么做?"

罗生门刚刚把一切都告诉她了，从那个妇女到小卖部里讨水喝一直到他发现谢天保是杀害他亲生父亲的凶手，他都毫无保留地告诉了小糖。

"我们需要找到他们杀人的证据。"

"那你们找到了吗？"

罗生门沉默了一会儿才在黑暗里摇摇头，说："没有。"时过境迁，想找到证据简直比登天还难。

可是这样的情况，在今天下午小糖说出她的身世的那一刻，又发生了逆转，因为他和小糖都是从四川被拐的，被拐卖的时间地点也接近，又同样是被拐卖到南风，最主要的是小糖的伯母叫周岳红，罗生门曾在李不空从龙大飞那里拿回的名册上，也看到了周岳红的名字，他们很可能就是一伙的。现在只要找到周岳红，可能这一切就会有答案。

小糖明白罗生门心里的想法，况且她这次回来的目的也是为了找到当年把她拐走的伯母，她想亲口问问当年她为什么要拐走她，为什么让她遭受了这么多本来不该属于她的人生。小糖下定决心了，她说："罗生门，让我帮你吧。"

罗生门在黑暗里笑了，他说："小糖，谢谢你！"

到现在，那股熟悉自在的感觉好像才回来。这时，小卖部里的灯突然亮了，是罗宽心跟人下完棋回来了。

吃过晚饭，罗生门和小糖才走出小卖部。因为罗生门考虑到家里全是男人，曹良才家暂时也不能回去，罗生门决定找个旅馆先让小糖住两天。

罗生门和小糖并排走在南风镇的石板路上，温热的风在吹，世界充满了虫叫蛙鸣，偶尔还会有一两只蛤蟆从他们脚前爬过，他们就会默契地停下来等着蛤蟆经过，才继续走。一路上都没有路灯，全靠路两旁人家窗户里漏出来的灯光和头顶的月亮照明，他们两个人的手悬在空中若即若离，小糖偶尔会问起红姐的身体状况，因为在南风镇，除了罗生门，就是红姐对她最好。罗生门简短地答过以后，他们就一直沉默地走着，终于快要到旅馆了。

"小糖。"罗生门突然叫她。

"嗯。"小糖立马应答，并且抬起头来看他。

"谢谢你晚上向我爸隐瞒我们在调查身世的事。"

"这有什么。"小糖低下了头。

又走了一段路。

"小糖。"罗生门又在叫她，她立马又把头抬起来了，眼神亮晶晶的，充满了期待。

"你是怎么知道你的身世的啊？"今天他只听到小糖说她是回来找她伯母的，却没有听到小糖说她是怎么知道自己的身世的。

听到是这句话，小糖明显有些失望，她还是说："我在我打工的地方遇到了我的亲舅舅，他通过我脖子上的玉坠认出了我，就把这一切都告诉我了。"

罗生门"哦"了一声，他们就到旅馆门口了。

在旅馆门前，小糖总觉得不甘心，她立住脚，叫了一声："罗生门。"

罗生门应声回头，他知道小糖眼里在渴望什么，他假装没看见，又"嗯？"了一声。

小糖说："你真的不知道我想说什么吗？"

"你想说什么？"罗生门突然露出了笑容，在旅馆灯光和月光的辉映下光华万千。

小糖看到这样的笑容，她突然走进了旅馆里，她在跟罗生门怄气。罗生门也跟了进去，他帮小糖办理好入住，看着小糖进房间他才离开。小糖站在窗口，望着罗生门朝她挥了挥手，就毫不犹豫地走进了夜色里。她的手抠着窗户上铝合金的边框，眼泪却不自觉地滴了下来，她想起了自己要离开南风的那个下午。

火车缓缓开动,火车哐当哐当的声音把黄昏碾得格外长。小糖把头伸出窗外,看着罗生门躺在刘岩权的身下呜呜地叫着,好像是在叫她不要走,又好像是在叫她留下。小糖突然就很难过,在罗生门追着火车跑的时候,有那么一瞬间,她都想从车窗里跳下来,最终她没有选择那么做。她只是一直尽量地把自己的头和身体往外伸,她希望再多看罗生门一眼。因为这次离开,她可能永远都不会再回来,她要记下她在南风镇唯一的念想——罗生门的模样。

罗生门再快,终究也追不上火车的速度,她只能看见罗生门的身影从她的世界里一点点远去,最后她把身体缩回车厢,她捧着脸开始号啕大哭。

以后,她的世界只有她自己了。

她一路北上,去了北京。在北京,为了生存,她在高速公路口一家卖鱼丸串串的店找到了一份下鱼丸的工作。老板也是个云南人,把她当老乡,这里每天会有许多南来北往的顾客到店里光顾。有些客人因为她年纪小,会对她毛手毛脚,为避免跟客人冲突,她会马上躲开,在去倒垃圾或者去端鱼丸的时候,骂一句:去死吧。因为她以前在南风卖冰棍的时候,也会有些大人想占她的便宜，一份的钱想要买两根冰棍不说，还要外带捏一下她的脸摸一下她的屁股，她都会在他们走后，骂一句：去死吧。

可是谁又会因为一句诅咒而死呢？

没有，所以她只能逃。

第一次遇到这种情况后，她在下班回去的路上，眼泪大颗地往下掉，像这样的时候她就会发了疯一样地想念罗生门，想着他在身边的话会不会出手把那些顾客揍翻，想着想着她又笑了出来，然后把手机从口袋里掏出来看一眼，依然没有罗生门的电话，她没有失落，她知道罗生门肯定会打电话给她。

果然在一天晚上，鱼丸店结束营业，她正蹲在地上努力地刷煮鱼丸的那口大锅上沾着的油花，兜里的手机就响了，是一个陌生的号码，接通以后，任凭她在这边怎么"喂"都没有人说话，但她知道站在电话那头的人一定是罗生门。

罗生门就是她每天从北京的地下室醒来，第一缕从那紧贴着地面的矮窗里照进来的光，是他照亮了她。如果说这次回南风仅仅只是为了来溯源她的身世，她是永远不会回来的，她回来的最大原因，是罗生门还在这里。

是你还在这里啊。

罗生门深一脚浅一脚地踩在回去的路上，温热的风息了，周围的虫鸣蛙叫也止了，一切好像都在屏息凝神地注视着他。突然，他一脚踩进了一个深坑里，整个人一下跌了进去，半天坑里都没有动静，一切又好像伸长了脖子在往里面望，它们望见了他眼睛里流出来的泪水。

他不是不明白小糖的意思，他觉得现在还不是时候，但他觉得那个时候应该很快了。

风又开始了，虫鸣蛙叫也鼓噪起来，他又深一脚浅一脚踩在回去的路上。

二十三

他们都挤在李不空家的木楼梯上，小糖和罗生门错着坐在上下一阶上，李不空一只脚在上、一只脚在下站在他们对面。

小糖刚刚已把她在北京是如何遇到亲舅舅，以及如何知道自己身世的前因后果都告诉了李不空。现在他们知道小糖伯母的信息只有两条，第一就是她的名字叫周岳红，第二就是她的额头上有一块疤。小糖听她的亲舅舅说，她的伯母在拐走她之前，曾被她的伯父醉酒后砸破了脑袋，不久她伯父车祸身亡，也许是因为想要报复她伯父的家人，她伯母才把她拐走。

知道了这些，李不空觉得可能要先从曹良才下手，才可能找出周岳红。

说完，李不空才发现两人没有动静。空气凝滞了片刻以后，李不空问："你们俩怎么了？"小糖先看了一眼罗生门，发现他没反应，她也没回答李不空，直接从楼梯上站起来走了出去，没一会儿她就感受到罗生门跟了上来。

他们知道昨晚的事他们只是暂时搁下了，并不代表这件事已经过去了。

一棵巨大的老树后面，一栋两层的平房，前面围了一个巨大的院子，两扇上了锈的铁门像两只断臂一样挂在院墙上。小糖的傻表哥踩着其中一扇铁门在院子门口荡来荡去，荡一下地下堆积的彩色冰棍纸就飘一下。突然傻表哥的眼睛亮了，他看看前面，又望望院子里，一副很急迫的样子，最后他只能顾一边，他朝着前面喊："小糖，你回来啦！"说完，他就从还未停止的铁门上跳下来，一个趔趄让他差点跌在地上，他管不了那么多，他跑到小糖的面前，想要去拉小糖的衣角。他记得以前小糖在家的时候，出去玩小糖从来不要他牵她的手，有一次因此把他丢了，小糖回来挨了他爸一顿藤条，后来再出去，小糖依然不要他牵她的手，却准许他拉着她的衣角。

小糖狠狠地瞪了傻表哥一眼，吓得傻表哥缩回手去，只说："小糖，你终于回来了，我好想你。"

小糖一听到这句话，她心里酸涩了，她后面的罗生门心里也酸涩了。

小糖再次见到曹良才的时候，曹良才正在午睡，嘴角还淌着口涎，当他的傻儿子把他摇醒的时候，他像突然抽搐了一下从椅子上弹起来，嘴里说着："谁，谁回来了？"然后他的眼睛才全部睁开，看到了站在门口的小糖和罗生门。听完小糖说的话，他才又一屁股跌回躺椅里，椅子连着他的身体又摇了几摇，在椅子完全安定下来后，他才说："瞎说，你就算去报警，我也是你舅舅。"

"舅舅。"小糖冷笑了一下，好像在嘴里把这两个字咀嚼了一遍，才吐出来，然后她又盯着曹良才那张干枯的脸说，"你配吗？"

"配不配我都是你舅舅。"

"你确定?"

小糖好像就是在等这句话,一听到曹良才说出这句话,她突然就笑了,这让曹良才弄不清小糖的路数,堵得他不知道说"确定"还是"不确定",到底还是做贼心虚。一旁的傻表哥不知道这剑拔弩张的气氛是怎么回事,他跑过来拉小糖的衣角,说:"小糖,你别这样。"小糖没好气地打开了他的手,并且盯着他的脸问曹良才:"如果他真的是我表哥,你为什么还要把我嫁给他?"小糖说完就把脸转过来,平平静静地看着曹良才。

傻表哥突然也觉得这好像是个问题,见着父亲哑口无言的样子,他又跑到曹良才那边去,说:"爸,你快回答小糖的问题,你快回答小糖的问题。"曹良才看了一眼自己的傻儿子,像是生气,又像是无奈地一巴掌甩在傻表哥的脸上:"我怎么就生了你这么一个傻货,连个老婆都看不住。"

小糖一直站在门口,正午的阳光,让门檐刚好成为一道明和暗的交界线。小糖终于挪动她的脚从交界线上走了出来,罗生门跟在她的身边。而刚才曹良才的话还像一段干枯的藤蔓一样缠绕着他们。

"你不是我买来的,你是我捡回来的。"曹良才拿着烟杆，吧嗒抽了一口，烟雾就从鼻孔里冒出来。

"你在哪里捡的？"小糖穿透烟雾，盯着他。

"就在冰棍厂对过电线杆子下。"

"有看见是谁扔的吗？"罗生门插嘴。

曹良才看了一眼罗生门，把烟杆放在桌角上使劲敲了一下烟灰，接着说："没有。大早上，鬼都没有，哪里还看得见人。"

小糖看了一眼罗生门，罗生门用眼神安慰了她一下，又接着问："你有什么证据？"

"没有。"曹良才还在敲，语气不十分配合。

"那你怎么能证明小糖是你捡的？"

曹良才依然在敲，根本就没搭理罗生门。小糖见状正要开口，傻表哥却突然开口了："我有证据，小糖，我看到我爸捡你了，你就在一个粉的里面，你哭，我爸就用脚踢你，我抱你，爸说给你做老婆。"傻表哥讲得语无伦次，小糖和罗生门却都听懂了。

小糖真的是曹良才捡回来的。

等他们走出那两扇铁门的时候，风一下就把地上的冰棍纸全都卷了起来，傻表哥却突然追了出来，他从地上捡起一张黄色的冰棍纸,他在小糖面前卖力地摇了摇,说:"芒果味,小糖,她喜欢吃芒果味。"说完还要把冰棍纸塞到小糖的手里。

小糖一下撤开了手,她生气地把傻表哥推倒在地,然后头也不回地往前走,罗生门看了一眼地上的傻表哥,又看了一眼走出去的小糖,他追了上去。

小糖在前面发了疯一样地走,最后竟然跑了起来。罗生门追上去,一下就捞住了小糖的手,把小糖拉得停下来,却发现小糖已经泪流满面。

周围已经是八月的世界,大片的向日葵,把花盘向着日光,开得一片灿黄。罗生门忍不住了,他一下把小糖拉进了怀里,他用下巴抵着小糖的脑袋,手掌轻轻抚摸着小糖的头发,一直在说"对不起"。小糖在罗生门的怀里哭得肩膀一耸一耸的,鼻涕和眼泪全都粘到了罗生门的T恤上,可她才不管呢,她就是想大哭一场。

等到小糖哭累了,怀里再没有声音传来的时候,罗生门松开手,低下头去看她。小糖却带着泪眼在他的怀里笑,就像周围那一大片的向日葵,把他的心都带得明亮、灿黄起来。

日光在跳跃,刚刚罗生门把小糖拉进怀里的时候,他就决定了这一次他不会让小糖再独自离开。

因为小糖是曹良才捡来的，也不知道丢弃者是谁，这条线索查到这里也算是断了。

中午，罗宽心给罗生门和小糖做了午饭，就又出门找人下棋去了。罗生门把床上的竹席用水擦了一遍，电风扇吹着清清凉凉的，罗生门和小糖背靠背坐着，小糖让罗生门给她念《水浒传》里林冲风雪山神庙那一段。念着念着罗生门感觉到背上的小糖在往下滑，他一回头，小糖已经睡着了。

罗生门托住小糖的头，把她轻轻地放在自己的床上。他走到了电脑边上，屏幕亮了以后，他朝床上的小糖看了一眼，确认小糖是熟睡的，他才点进那个网站论坛。

他看到自己发的帖子已经沉下去了。他的帖子发得十分谨慎，在内容里没有附加电话号码，只留了一个镇上邮局的地址。在帖子里他明确要求只办证明，不露面。谁若是想要办证明，先把做证明所需的资料寄到邮局，他办好了回寄一部分，钱打过来，他再把剩下的部分回寄。

上次他在价格上犹豫了很久，最后他怕定太高会没有人上门，最后他才定了五千块一份。

思索了一会儿，罗生门觉得帖子无人问津的问题，可能出在了价格上，他把"5000"删除，改为了"10000"，改完之后他再仔细检查了几遍，才从网站里退了出来，把所有浏览的路径都删得一干二净，他做完这些才花了一分钟不到。

为了驱蚊，罗生门在水里洒了一些花露水，风扇一吹，满屋都是花露水的清香。小糖蜷缩在他的床上，只占了很小的一块位置。他想到小糖醒着的时候，时刻都像一只炸了毛的猫，睡着的时候却跟一只无助的羔羊似的。突然，他也站起了身，走到床边，在小糖的身边躺下了。

这真是一个美好的下午。

罗生门和小糖醒来的时候，已经到了下午六点钟，可对于南风来说，好像才是其他地方的下午四点，天还狠狠地亮着。说实话，他们其实是被刘岩权吵醒的，刘岩权像一股风一样窜进来告诉他们现在屋子里太热了，不如他骑摩托车带他们出去兜兜风。

小糖不是很情愿，因为罗生门满心满眼都写着"去吧""去嘛"，小糖才上了刘岩权的摩托车，小糖被他们两个男生夹在中间，但是她把背紧紧地靠在罗生门的胸膛上。

刘岩权的摩托骑得不快，南风镇的景色也就不紧不慢地从他们的眼前掠过。小糖紧绷的肌肉也被风吹得渐渐松弛下来，情绪一松，小糖的话匣子就打开了。可她存心要说她和罗生门才懂的话题，听着罗生门和小糖在后面说说笑笑，刘岩权那股不爽的感觉又上来，他狠狠拧动车把，车子一下就提了速，在路上飞驰起来，差点把罗生门掀翻下去。小糖却在心里暗自开心，她反而说得更起劲了，突然她问起："罗生门，你每次给我打电话的时候为什么不说话啊？"

小糖这句话说得很轻，风却把它同时吹进两个人的耳朵里。刘岩权在后视镜里看到罗生门嚅动的嘴唇，他突然说："拐弯了，抓紧。"话还没完，车身就已经紧贴着地面拐过去了，把小糖吓得哇哇大叫，忘了要去听罗生门的答案。

罗生门在车子平稳的时候，看了一眼刘岩权在前面弓起的背，他好像突然意识到了什么。刘岩权把摩托车停在了叠水桥上，他迈开腿，径自走在前面，罗生门和小糖走在后面，他们在南风漫无目的地逛着。

太阳已经从天幕跌到天边，应该很快就要沉下去，他们也觉得应该要返程。在返程之前，他们坐在一处开阔的水坝上，刘岩权一只脚放在水坝上，一只脚荡在下面，目光悠远地抽着烟。突然他感觉有什么在戳他的背，他一回头，就看到一个小女孩，她的脖子上挂着一只泡沫箱子，那里面还剩下几支没卖完的冰棍。刘岩权一抬眼就看到小糖的眼睛盯在女孩身上，他一下就从水坝上跳了下去，问女孩冰棍还剩哪些口味。

趁着刘岩权买冰棍，罗生门的手一直在口袋里拿出来，又伸进去，最后他把那盘《黄昏》的磁带拿了出来，伸到了小糖的面前，本来上次就要送给她的。

小糖接过来，她用手指摩擦了一下上面周传雄那张看似粗犷的脸，脸上立马露出了开心的笑容，她说："你什么时候买的？"

"你上次……"一瞬间，后面的话吞回去了，因为他感受到了小糖的身体紧贴着自己身体的热气，小糖已经伸出手抱住了他，把嘴贴在他的耳朵上，轻轻地对他说："罗生门，谢谢你！"

这一刻，罗生门觉得好像有一头小鹿冲撞进了他身体里，让他的心一直怦怦地跳着。

这个下午已经美好得有点不像话了。

"没有荔枝，只有芒果，你要不要？"小女孩用她被太阳晒得赭黑的手把箱子里剩下的几支芒果口味冰棍全部拿出来，抬起头冲着身前的刘岩权说了好几遍，刘岩权的眼睛却一直在盯着水坝上那对突然相拥的少男少女。

小糖听到了这边的动静，她放开了罗生门，刘岩权也立马收回眼睛，假装一直在跟小女孩交谈的样子，手还在小女孩的手中拨了拨，全都是明黄色的冰棍纸："一根其他口味都没有了？"

"没有。大家都喜欢吃其他口味的，只剩下这种的了。"小女孩跟刘岩权解释。

"就拿三支芒果的。"小糖已经走了过来，她笑意盈盈地蹲下身从小女孩的手里取出三支。因为她以前卖冰棍的时候，最难卖掉的也是芒果口味的，人们喜欢的一般都是草莓、荔枝、菠萝这些受众广的口味。

小糖拿过以后，很自然地放在鼻子前闻了闻，浓郁的芒果气息就冲进她的鼻腔里。突然，她愣住了，她的脑子里想起了她去见曹良才那天，傻表哥追出来告诉她的那句话："芒果味，小糖，她喜欢吃芒果味。"

她好像突然明白了什么。

回去的路上，刘岩权从后视镜里看到罗生门和小糖的眼神仿佛缠绕在了一起，里面好像包裹着一种巨大而不能言说的喜悦。刚刚小糖在拿到冰棍时，突然爆发出一声"我知道了"，然后就朝着罗生门快速跑去，刘岩权在这时看见，罗生门悄悄给小糖使了一个眼色，小糖立即平静下来。

又是那种被关在门外的感觉,他只能把油门拧到底,速度,刺激,带给人感官上的愉悦,从而去忽略掉一些东西,可是迎面吹来的风,却像一双湿润的手,紧紧地捂住他的口鼻,让他难受得窒息。

烈日,院墙,铁门,平房,高大茂密的老树。

小糖看着眼前的这一切止步不前,因为这一切在儿时小糖的眼里,就像一座固若金汤的监牢,监禁了她所有的快乐和希望。上一次她站在院子里,面对曹良才的时候,她的两条腿都是软的,她想要跑。因为她即使脱离了这里,她依然对这里怀着深深的恐惧感,好像只要她踏进那道铁门,地下就会出现一个怪兽,会把她拖进去,拖进无穷无尽的黑暗里去。

罗生门走在前面,看着落后半截的小糖,又走了回来,眼神中在询问她怎么了。小糖仰起头,就看到罗生门白皙的脖颈,小糖突然想,南风的日光真的偏心,这么多年竟然一点都没有把罗生门晒黑。她的眼神往上爬就看到罗生门眼里的关切,只看一眼,心里那股害怕的感觉突然就烟消云散了,她冲着罗生门粲然一笑:"没什么,走吧。"

他们走到了那棵老树下,小糖的傻表哥正用一根小木棍在逗蚂蚁。傻表哥感知到眼前的天光突然被遮住一块,他抬起头，立马开心起来，他叫："小糖！"

小糖和罗生门之所以再次出现在这里，是因为昨天下午小糖想起傻表哥对她说的那句话时，她立马就意识到傻表哥可能见过那个丢弃她的人，并且还知道那个人喜欢吃芒果口味的冰棍。有了这一发现，他们恨不得立马就来找傻表哥，可当时刘岩权在场，他们选择了隐而不发，因为罗生门告诉过小糖这件事要对刘岩权保密，因为一旦让刘岩权知道这件事，他很可能就会告诉谢天保，从而打草惊蛇，他们所做的一切也会跟着前功尽弃。

于是他们选择隔天才到曹良才这里来。

浓郁的树荫下，小糖蹲下了身，也拈起了一根小木棍陪着傻表哥逗起蚂蚁来。傻表哥特别开心，看着小糖不得逗蚂蚁的办法，他说："你不对，你要这样。"说完就手把手教起小糖来。以前的傻表哥在小糖的眼里就是洪水，就是猛兽，就是让她痛苦的根源。现在她看着他，他不过就是一个心性还停留在小时候的孩子，有时候她都觉得傻表哥可能就是罗生门跟她说过的彼得·潘，不愿意长大，不愿意去承受那些长大后的风雨，所以才会这样。逗着逗着，小糖突然问："哥，你有见过那个芒果味吗？"

这是属于她和傻表哥交流的语言。傻表哥听见小糖的问题，他突然停下了手上的动作，开始挠头，罗生门和小糖也屏息凝神地等待着，生怕任何一点动静就惊飞了傻表哥的思绪。在周围的气温像是放在高压锅里加热过，已经在噗噗冒气的时候，傻表哥终于停止搔动他的头皮，他开始指着自己的脑门说："我见过她，她头上有花。"

这句话就像久旱后的甘霖，突然就浇到了罗生门和小糖的心头上，让他们一下兴奋地鼓圆了眼睛，小糖看了一眼罗生门后，就开始问："什么花？"

"红色的花。"

"你在哪里见到的？"

"你卖不完冰棍，我爸要打你，我就见到了。"

"那你能找到她吗？"

"能，我能，她就住在那里。"

傻表哥说完用手指遥指了一个方向，罗生门和小糖的目光就顺着傻表哥的手指望过去，只看一眼，他们觉得眼前的天好像黑下来了，罗生门于是抬头看了一眼，天上的云层正在一层一层地加厚，已经盖过了日光。

看来马上就要下暴雨了。

二十四

傻表哥记得,那天下午,他们是被绵密的雨脚赶进红姐的染坊的。那时候红姐正在院子里把她晾晒在竹竿上方的布匹一匹一匹拉下来,等拉到最后一匹的时候,她听到了门口的动静,于是她走过来拉开了门,傻表哥就带头冲进了门内,小糖和罗生门本来犹豫了一下,可是他们听见红姐焦急的声音:"快,快进来!"罗生门和小糖就也冲了进去。

他们站在晾檐下,像一群狮子狗一样抖着自己身上的雨水,红姐嘴角抿着笑,已经替他们拿来了干毛巾,一边递给他们还一边问:"这么大的雨,你们怎么跑到这来了?"

小糖和罗生门没有一个人说话,他们都把头按在毛巾下,安静地擦拭着。傻表哥看见小糖他们不说话,却一把扯下头上的毛巾,邀功似的对红姐说:"小糖让我带她来找芒果味的。"

红姐嘴角还噙着笑意,她说:"你们找到了吗?"

傻表哥突然不知道怎么回答了,他也不知道算是找到了还是没找到。因为在来的路上,他一直在前面带路,在看到前面一片红一片黄的染坊的时候,他指着说:"就是那里,小糖,她就在那里。"

小糖却问他:"这里有这么多地方,你真的确定是那里?"傻表哥这个时候又开始挠头了,对于他这样的脑袋来说,只能问他一些直来直去的问题,像这样的问题他是考虑不清楚的,所以半天也不能给小糖一个答案,现在他就更不知道该怎么回答红姐了,他就又说:"小糖让我找冰棍,芒果味,还有额头上的花……"说到这里他好像突然想通了,他跑过来一只手拉住小糖的衣角,一手指着红姐的额头说,"小糖你看,就是这个花!"

红姐的眼皮跳了一下,这时一个闪电刚好在竹架上空炸开,不但把小糖擦水的动作炸得停滞住了,还把小糖的脸映得有一些惨白。傻表哥也不知道那天,小糖为什么突然会生他的气,他记得小糖一把就打开了他的手,对他说:"你就是个傻子!"

傻表哥本想告诉小糖他不是傻子,他看清楚了,当年就是这朵花把她放在电线杆子下的,但是在他看见小糖已经有点发红的眼圈时,傻表哥保持了沉默,只要不让小糖难过,他想那就让他做一个傻子吧,所以傻表哥在下一秒仰起了他的傻瓜脑袋,告诉红姐他饿了。

红姐愣了一下，这才"哦哦哦"地说："你们还没吃午饭吧，我去给你们做饭。"然后就转身走进了厨房里。小糖在这时好像被人抽走了身体里的骨头，身子一软就要往下跌，罗生门及时拉住了她，小糖这时候已经哭出来了，她说："罗生门，我不相信是红姨。"

罗生门用手托住小糖的整个身体，说："没事，剩下的交给我。"傻表哥记得那天，罗生门说完这句话以后，就让他扶着小糖，然后也转身走进了厨房，当时的感觉，傻表哥的傻瓜脑袋想不出一个好的词来形容，他只能有些不知所措地"啊啊"了两声，来表达自己的情绪。

罗生门跨进厨房的刹那，红姐正蹲在地上杀一条鲫鱼，看着罗生门走进来，红姐惊了一下，随即就说："一会儿给你们做红烧鱼吃。"

罗生门没接话，就蹲在一旁的地上洗起青菜来。一棵青菜上有一条肥硕的绿虫，罗生门觉得心头一阵恶心，可是他还是忍受着恶心，把那条虫从菜叶上扒下来，甩在了水盆里，那条虫在水盆里弯弯曲曲地扭动了几下，就不再动了。红姐在这时又开口说话了，她说："时间过得真快，一转眼十八年都过去了，当年我抱着你，你还只有这么一点。"红姐放下了刀，用手比画了一下，之后又拿起来，继续说，"现在都长这么大了。"

罗生门没有理会红姐，他还在洗着青菜。红姐却又说："以前我和你爸总以为你长不大呢。"

罗生门停下了洗菜的手，说："人总会长大的。"

红姐转过脸来，看了一眼罗生门，可少年脸上的神情就像一座堡垒，看不透也更加看不穿。于是红姐只好在看了一眼还在晾檐下盯着外面雨幕发呆的小糖后，就开始刮鱼背上的鱼鳞："是呀，人总会长大，你和小糖都长大了。"

罗生门终于把那盘青菜洗好的时候，红姐的鱼也处理好了，她的手上沾满了鱼血，她站在厨房的门口，把手伸进了屋外的暴雨里，顿时雨水就把她手上的血迹冲刷得一干二净。她甩了甩手上的水说："我老家杀鱼有一种办法，在鱼的鳃两边划两刀，再把鱼放回水里，血就会在鱼游动的时候流出体外，等到杀鱼的时候就不会沾一手血。"

罗生门看着红姐已经被冲刷得干净的手指，他感觉上面好像依然沾满了血，他在这时听见自己的声音："你老家在哪儿？"

"重庆江津，传说酸菜鱼就是从那里传出来的，我已经很多年没有吃过家乡的酸菜鱼了。"

"那你为什么不回老家，要留在南风？"

为什么？红姐也这样问自己。是不是那一天在医院里，罗宽心一拳把俞寿全打倒在地，然后又揪着俞寿全的衣领把他拎起来，语气平静地说"男人打女人有什么出息？你要真有出息的话，现在就带你老婆去把伤看了"的时候，她就注定了再也不能回去？

那天所有的细节她都记得很清楚，她特别记得的是医生正在给她缝针，她的目光却一直停留在诊室外的罗宽心身上，突然她"哎哟"一声站了起来，然后她大约花了十秒钟从医生手里夺过剪刀剪断自己额头上还没有缝完的线，在夺门而出的那一刻，她听见背后传来俞寿全的咒骂："她就是个疯女人！"

她跑得很急，额头上的血一滴一滴地往外沁，风一吹，在脸上疯狂地肆虐。等她追上前面两个同样也在拼命奔跑的警察时，她一下摔倒在他们怀里，惊恐地喊："救救我，我丈夫想要杀我，他来了，他就在后面……"

两个警察望着前面已经空旷的巷道，又看看此刻怀里血流满面、不断颤抖着的女人，他们选择掉转了头。等两个警察带着她找到她丈夫的时候，俞寿全已经躺在马路中央的血泊里，他死了，他是在跑出去追她的时候被车撞死的。

从警局出来，她的额头还在流血，她走到一块台阶上打算休息一下，好好想想这一天到底发生了一些什么。这时候台阶上方传来脚步声，罗宽心和谢天保向她走了过来，罗宽心抽着烟居高临下地看着她，问："你为什么要救我们？"

她在那一瞬间猛然就想起罗宽心在医院从一个正要系鞋带的女人手里抱过孩子，然后悄悄跑出门的场景。这个时候，她特意仰起脸，露出笑意，她说："因为我想加入你们。"

罗宽心的眼神不明，谢天保却像是有一点愤怒了，他说："你知道我们是干什么的，你就要加入我们？"

她明显不是问谢天保，所以对于谢天保的问题她并不想回答，她依然看着罗宽心。罗宽心向下审视着她，过了一段时间，才开口："要是你也能拐一个孩子来，我们就同意你加入。"

在罗宽心和谢天保快要走出她的视线的时候，她朝着罗宽心的后背喊了一声："你说的都是真的？"没有人回答她，她却很雀跃，雀跃到完全忘了她是一个刚刚死了丈夫的女人。后来她在俞寿全的葬礼上，努力地拍打棺材想让自己哭出来，可是她嘶喊得快要晕倒了，还是一滴眼泪都流不出来，一群人却突然拥上来扶住她，把她扶到房间里去劝她节哀。那时候她却真的悲从中来，不过她是为自己难过，为自己过去悲惨的生活难过，所以她真的号啕哭了一场，哭完之后她又放声大笑。笑完她就擦掉了眼角的泪，她轻车熟路地走进了她丈夫弟弟和弟妹的房间，把他们的女儿从摇篮里抱了起来，小女孩澄澈的眼睛让她的心磕了一下，但她还是抱起小女孩趁着人多杂乱的时候偷偷从后门跑了出去。

当然红姐没有把这些告诉罗生门，她只是手很稳地把油倒进已经烧热的锅底后，才抬起头来："你说呢？你觉得我为什么不回老家？"红姐的脸上盈着笑意，在腾起来的油烟里，罗生门却觉得红姐的这个笑容好像很苦，很涩。于是他撇开眼睛，朝窗外看了一眼，小糖还在晾檐下看着雨从天上落进竹架旁墨绿色的染池里，就好像从来都没有动过一样。这时红姐就把那条鱼丢进了锅里，锅里立马就传来噼里啪啦的煎炸声，于是他又把目光转向锅里被炸得酥脆的鱼皮，他说："没准你是一个逃犯。"

那天饭吃完的时候，正是雨停的时候。红姐站在门框外目送着他们离去，直到他们在她眼里变成了一个虚化的影子，她才回过神来。这时天边密集的雷声又开始了,好像有无数的雨水正在云层里赶路。红姐只微微仰了一下头,就快速地关上门,跑回了卧室,拉开了卧室的抽屉,她看到她专门放在铁皮饼干盒上的一页旧报纸本来是第三行字正对着盒沿的,现在却变成了第四行字。她的整个身体一下像被戳漏了的气球,瘪了下来。她记起来,当她在厨房做饭的时候,她突然发现小糖从晾檐上消失了一会儿。

这时,在云层里赶路的雨终于下下来了,红姐听见雨滴把红坊上方的青瓦打得发出哔哔剥剥的声响,她的头又开始疼起来。

天上的雨是没有尽头的,就像地上的人,伤心也没有尽头。

小糖和罗生门并肩在雨里走着,走在前面的傻表哥像一只淋了雨的乌脚鸡一样,耷拉着脑袋在雨里一颠一颠地跑着,等到他发现小糖他们落后的时候,他又一颠一颠地跑回来,地上的泥水被他犁出一圈又一圈的涟漪。

"我看到了。"小糖突然停下来把脸转向罗生门,罗生门看见小糖的两扇睫毛,被雨打得就像枝头摇摆的两朵栀子花,映着小糖苍白的脸颊,显得是那么脆弱,看着好像马上就要坠落,他再次听见小糖说:"我看到另外半根玉坠了。"

下午小糖在晾檐上其实是假装在看雨，这是她和罗生门在冲进红坊的那刻达成的无声的默契：罗生门负责去引开红姐的注意力，她负责去找证据。在她关注到红姐和罗生门聊得正欢的时候，她的脚就已经走进了红姐的卧室，她开始小心翼翼地翻找起来。找了一圈，发现在红姐的房间里找不到任何证据时，她好像突然松下了一口气：也许不是红姐，也许是表哥搞错了，额头上有伤也很正常。直到她拉开抽屉，打开铁皮盒的瞬间，她愣住了。

她看到了安静躺在盒子里的另半根玉坠，上面雕刻的细腻而繁复的花纹与自己脖子上挂的那半根一模一样，只是花纹的纹路走向是相反的。小糖突然记起她的亲舅舅曾跟她说过却被她忽略掉的一条信息——这根玉坠本来是一整块的，后来分家的时候，她的伯父不乐意，硬生生把这根玉坠切成了两半，而在她伯母消失以后，那半根玉坠并没有找到，根据她舅舅的猜测那半根玉坠应该是被她的伯父卖掉拿去当成赌资了。现在它却出现在红姐抽屉的铁皮盒里，小糖只看了一眼就落荒而逃，关抽屉的时候已经忘记了铁皮盒上的旧报纸本来是第三行字对着盒沿的。

如果今天一整个下午小糖还心存侥幸的话，那现在这个发现完全粉碎了她的侥幸。红姐就是她的伯母！小糖终于撑不住自己身体，她往地上的泥水里扑跌而去。

在罗生门伸出手的那刻，他知道矗立在枝头的那两朵栀子花，坠落了。

不知道从什么地方传来了女孩的哭泣声，于是她循着哭声一直往前走，最后她看见了正在叠水桥上卖冰棍，十二岁的自己，南风的太阳早就把她的皮肤和瞳孔都晒成了黧黑色，穿着傻表哥换下的旧衣服，发育不良的身体，让她看起来像一根被人吃剩下的冰棍扦。此刻她正捂着自己的裤子死死地贴着桥壁，而一些比她年纪大的男孩子，却拼命要把她拽过来，想看看她弄在裤子上面的经血。她像一块布匹一样被他们撕扯着，她的哭喊、求饶，反而让那些男孩更加肆无忌惮，他们哈哈大笑。在她要冲出拯救十二岁的自己的时候，空气里突然传出一声暴喝，把那些男孩吓得纷纷回头，她也回头，看见红姐走到十二岁自己的身旁，牵起她的手，眼睛就在那些男孩身上转了一圈，她问："刚才是谁欺负她？"

后来那些男孩都在红姐的眼神威吓下，排着队一个一个向她保证以后再也不欺负她。她看到十二岁的自己眼角还挂着泪珠，却根本没有看那些男孩一眼，她一直盯着红姐额角那朵盛开的花，她觉得就像西瓜口味的冰棍，红彤彤的。

她站在一旁，看着这一切，在红姐蹲下身来，擦掉她脸上的脏污，问她："你愿意跟我回去吗？"十二岁的自己狠狠点头的时候，她想冲过去拽住自己，如果当年的这一天她知道像一个救世英雄一样出现在她面前的红姐是造成她这一生悲剧的人，她一定不会跟她走，可是自己却好像被一层玻璃给挡住了，不论她怎么捶砸，她们看不到她，也听不见她的声音。而她们的笑容，特别是她自己的笑容，她都看得清清楚楚，她看到红姐帮她洗澡，教她使用卫生巾，帮她扎头发；看到自己忍不住抱住红姐告诉她"你要是我妈妈就好了"；还看到后来她无数次伤心扑入红姐的怀抱，红姐都耐心地哄着她，更在她卖不出芒果味冰棍的时候，把剩下的芒果味冰棍都买下来，并告诉她："芒果味最好吃了，怎么会有人不喜欢吃芒果味呢？"……

她从捶玻璃变得泪流满面，她拖着哭腔问这个世上明明有那么多人，为什么偏偏是你？玻璃那边的红姐好像突然能听见她的话，她转过身朝着她笑了一下，就牵着十二岁的自己越走越远。渐渐地所有的画面开始褪色，开始变得黯淡，她将头抵在玻璃上，冰凉的触感传来，人的声音也传来，睁开眼,刘岩权正把手搁在她的额头上试探温度,他说:"你醒了。"声音沙哑得像是熬了好几个大夜。

刘岩权先是检查了一下她手背上扎针的情况,又抬头去查看挂在床头的输液瓶,里面还有半瓶葡萄糖没有挂完。小糖却越过刘岩权,在屋内看了一圈,最后她又看向刘岩权:"罗生门呢?"刘岩权没有回她的话,小糖这就要爬起来,刘岩权却在空气中"嘶"了一声以后,就警告她:"别动!"小糖像是对这句话有条件反射一般,她真的怔住不动,很快小糖反应过来,心里对刘岩权的那股厌恶感也翻上来,她说:"关你什么事!"

"是不关我的事。"刘岩权看着小糖因为挂水已经肿起的手背,他有点赌气似的说。罗生门在这时拿着一个竹篾热水瓶进来,小糖一见到罗生门立马笑了,她说:"罗生门,你去哪了?"

罗生门没有告诉小糖刚才李不空来找过他,而是把热水倒进杯子里,又从药板上抠下两粒退烧药,走到小糖面前,吹了一会儿,才递给小糖,又把药送到小糖的嘴边,顺便说:"医生说你发烧了,要吃了药才能完全退烧。"

刘岩权这时已经从床边退到了罗生门的电脑桌前,他靠坐在上面尴尬地看着罗生门给小糖喂药。小糖也感受到他的目光，她抬起头有些刻薄地说："你修车行不忙吗，非要待在这里碍事。"

刘岩权这时站直了身体，说了一句："我碍了你什么事了？"

小糖听完这句话瞪圆了眼睛，针锋相对地说："你心里明白。"

是啊，他明白。

他舔了一下上牙龈，习惯性地偏头，之后又转过头来，盯着小糖的眼睛一字一句地说："好，那我走。"走之前他故意把房间里的凳子踢得哗啦啦一片响。

一个不巧，一把椅子刚好撞到罗生门的电脑桌上去，把上面一个兔儿爷的面人撞了下来，摔成了两半，小糖气得差点要从床上起来追出去，过了半天，看着罗生门把那摔坏的面人拿起来，只能不甘地抱怨道："真是条疯狗！"

罗生门突然就笑了，他说："小糖，你是不是有点针对他了？"

"我针对他，要不是他那天拿你的命威胁我……"说到后面小糖死也不说了，她不想说出"亲他"这两个字，所以后面的话都憋在嘴里,让她气鼓鼓的。看着罗生门在拼凑着那个面人,她的表情又松动了,有点委屈地说:"已经两半了。"

罗生门看着面人的头又从身体上掉下来,他说:"没事。"

小糖继续说:"可这是你小时候你爸送你的,你保留这么久……"小糖止不住又要怨怪刘岩权,罗生门却伸出手在她头发上揉了揉,然后就把额头靠在小糖的额头上,安慰她说:"真的没事。"

小糖在那一瞬间感到耳热心跳,也忘记了要去怨怪刘岩权,他们静静地靠在一起,在他们快要融为一体的时候,罗生门突然听见小糖说:"红姨就是贩婴团的一员是不是?"

如果是别人可能会忽略掉刚刚罗生门进门时那一闪即逝的表情,可她不会忽略掉罗生门任何表情,在她问罗生门他去哪了他不回答的时候,她就知道罗生门一定是知道了什么。

罗生门这时慢慢睁开了眼睛,看着小糖如同琥珀一样的眼睛,他重重地点了一下头,说:"是。"

二十五

罗生门的确知道了些什么，但他不想让小糖知道，并不是不愿意告诉小糖。

下午罗生门正在天井里盯着那只水已经咕嘟冒泡的铝锅发呆，李不空正是在这个时候走进天井，他把身体往西番莲的树干上一靠，提醒罗生门水开了。罗生门这时才结束发呆，等他把热水都灌进热水瓶以后，李不空对他歪了一下头，示意他出去走走。

清风吹过山顶，罗生门和李不空的头发在飞扬，他们现在正站在矗立在南风镇中心一座矮山上的亭子里。罗生门看见暴雨过后的艳阳把匍匐在下面的南风镇晒得好像起了一层水蒸气，李不空没有看，他在酝酿着怎么开口，终于他说："小糖怎么样了？"

"医生说只要退了烧就没事了。"

李不空哦了两声，又说："那就好，我还担心……"李不空还没说完，罗生门说："你应该不是想跟我说这个吧。"

李不空转过脸，却发现罗生门已经在看着他，他也觉得自己没必要再说废话,他说:"跟你想的一样,红姐就是周岳红。"

自从线索从曹良才那里断掉以后,李不空一直没有停歇下来,他联系了当年跟他父亲一起带队抓捕贩婴团伙的老同事,从他们那里他知道,当年父亲和同事是在凌晨一点钟展开的抓捕,贩婴团虽然反应及时,可是终究匆忙,他们当中一人逃跑的时候扭到脚落单了,被他父亲制住了,可是贩婴团里突然有人折回打伤了他父亲,但因父亲脑子上有旧伤,当场就倒下了。但是他们没有想到,在他父亲快不行的时候,用口袋里的微型摄像机,拍摄下了正要逃跑的两个人的背影,而红姐因为心有余悸,回头看了一眼,刚好照下了她一个模糊的正脸。

李不空把那张照片递给了罗生门,罗生门只看了一眼,就能清楚地把那张模糊的人脸从照片里挖出来,突然他的目光聚焦在那张照片上另一个模糊不清的背影上,就在这一刻,他觉得好像有一只手伸进了他的心脏里,轻轻一捏,噗,他的心脏就碎了。当他把照片收起来的时候,李不空看他的脸色突然变得苍白,有点怀疑,他问:"你是不是发现了什么?"

罗生门摇了摇头。

"真的？"

"我应该发现什么吗？"罗生门狠狠蹙了一下眉，盯着李不空。

李不空被他盯得愣了一下，然后才说："我没有别的意思，只想尽快把这件案子查清。"

现在罗生门又把这张照片递给了小糖，小糖跟他一样，很容易就辨认出那张模糊的脸就是红姐。小糖在看了这张照片很久以后，嘴唇稍微有些颤抖着问罗生门："你们已经报警了？"

"还没有。"罗生门和李不空已经商量过了，他们要沿着红姐这条线继续深挖，把所有隐藏的人员全部挖出来。因为李不空结合现有的线索分析出当年的贩婴团人员现在可能都生活在南风镇，并且保持着某种隐秘的联系，只要他们咬住红姐这根线头，其他人肯定会慢慢浮出水面。

小糖又说："那最后红姨会怎么样？"

罗生门没说话，小糖就明白了，她擦掉了含在眼眶里的泪，拔掉了手背上的针头，她走到床边，呼啦一声窗帘就被拉开了，一团橘黄色的光线就滚落进来，把他们都包裹住，黄昏已经来临,明和暗马上就要交替了。小糖虚虚地攥了一把那些光线,说:"需要我做什么吗?"

罗生门望着那些似有实无的光线,他自己突然也不知道该做些什么。

第二天晚饭时分,又下了一场雨,很短,很急,就像一个人打了一个喷嚏。

红姐在厨房里,弯着腰一手拎锅盖,一手拿着汤勺正在锅里搅拌,而罗宽心正在旁边为她切着葱花。红姐是在为小糖熬大米药粥,锅里的水蒸气,不断往她的脸上扑,让她看起来好像出了一场大汗。突然她想起来前天也是在这里,当罗生门说出"没准你是一个逃犯"的时候,她真的出了一场汗。也许是那场汗,引发了她的偏头疼。她痛得在床上直打滚,甚至呕吐,觉得生不如死。她第一次患上偏头疼,是当年她看着谢天保和罗宽心从公园里跑出来,谢天保哆嗦着嘴唇说:"我也没想到他会撞到我的刀口上来。"那时她只觉得脑子像被蜜蜂蜇了一下一样,嗡的一下疼痛就过去了,真正严重起来的时候,是在昆明。

那夜的月色出奇地好,她跑得很慢,心跳却很响,她落单了。在跑下小旅馆后面的消防楼梯时,她因为心急扭了脚,把怀里才几个月大的小糖递给了罗宽心，罗宽心本想伸手去拉她，她却一把把他搡开了，她说："快走，帮我照顾好她。"

皎洁的月光铺了一地，她故意朝着他们相反的方向跑去，最后在一个隐蔽的巷子里，她被一个姓李的警察发现并追上，那个警察喘着气站在她身后，他说："站住。"她就站住了，她转过身来的时候，月光洒在那个警察的身上，她看见他额头上冒出热腾腾的汗，再扫一眼，就看到他露出的右手腕上有一块小孩子用彩笔画上去的手表，不知为何，她笑了一下，说："我不跑。"

那个警察很熟练，迅速拿出手铐就要铐住她时，一抔鲜血溅在了她的脸上，然后那个警察就倒下了，罗宽心的脸出现在她面前，他的手里还拿着一块砖头。她很清楚地记得，在罗宽心拉起她的手说"快跑"的时候，那个警察突然伸出手死死拽住了她的腿，他说："你们逃不掉的。"那一刻她觉得脑子疼得好像要炸了，她用力地踢开那个警察，跟着罗宽心跑了起来，但她还是没忍住，回头看了一眼，那个警察已经倒在地上，不断地抽搐。

锅里的粥在咕嘟咕嘟地冒泡，罗宽心把切好的葱花递给她，叮咣一声，她吓得把勺子扔进了锅里。她又手忙脚乱地去捞，最后"啊"的一声，手被锅里翻腾的米汤烫得一片红肿。罗宽心看了一眼神色有些失常的她，然后捉起了她的手，把她拉到冷水下冲凉。一撸袖子，就发现她手臂上有好几个触目惊心的血窟窿："怎么弄的？"

红姐也看着自己的那条手臂，她又抬头看了一眼罗宽心，从罗宽心的眼睛里她看到昨晚自己躺在床上，想起吃饭的时候小糖眼里透露出来的对她的失望和厌恶，让疼痛一次次滚动着袭来，为了减轻痛苦，她把指甲深深地抠进自己的手臂，直至她把两条胳膊都抠得血淋淋的，她才觉得自己好过一点。

但她并不想让罗宽心知道小糖已经知道了她的身份，于是她说："我又梦见他了，他又跟我说我们逃不掉。"

罗宽心知道她说的是那个姓李的警察，他没说话，只是把她的手从冷水里捞起来，又从橱柜顶上拿了茶油，帮她涂上，涂完他才说："姓李的警察已经死了，一个死人说的话，没有意义。"

"死人说的话没有意义，那活人说的话呢？"红姐拿眼睛盯着罗宽心，像是在质问他，罗宽心的眼睛只眨动了一下，红姐把头低下了，又说，"这么多年我都不敢看这两个孩子的眼睛，每次小糖看我，叫我'妈'，我就觉得对不起她，我就觉得当年在昆明，该死的不是那个警察，而是我。"

罗宽心靠在灶台上，他点了一支烟，深吸了一口，缓缓地吐出来："该死的人不是你，不是我，也不是那个警察，我们谁都不想走那一步。但世事就是无常的，现在我们都没有退路，只能往前走……"他停了一下，也盯着红姐，"不，我们是必须往前走。"

红姐摇了摇头，她说："这几天我总有一种不好的预感，我们走不了多远的。我不后悔当年出来跟着你，可每次头疼的时候，我就觉得这一切都是报应，最近我隐约觉得当年我们欠下的账，已经到了要还的时候了。"

罗宽心的左腿适时疼了起来，像千万只蚂蚁在啃噬一样，他皱了一下眉，这也是报应吗？

过了很久，罗宽心才说："那你想怎么做？"

红姐把厨房里的窗子打开了，湿润的空气一下子就涌了进来，她看见风吹起了罗宽心的头发，发丛中有几缕白发，她还是第一次发现眼前的这个男人已经老了，她说："老罗，我们不能再错下去了，我们去自首吧。"

罗宽心后来独自走在回家的路上，他走得很急，因为他的腿很疼。他是绝对不相信红姐所说的报应的，但是最近他心里却有红姐同样的感受，那就是还账的时刻已经到了。

这时罗生门正在房间里到处翻找着他文曲星的录音机，他想给小糖放那首周传雄的《黄昏》。在遍寻不着的时候，小糖却突然指着罗生门电脑菜单栏下跳动的图标，问罗生门这是什么。小糖还没来得及点开，罗生门就一把扑了过来，按下了主机的关机键。屏幕在一瞬间黑了，黑掉的屏幕上映下罗生门一个慌张的影子。小糖被罗生门这突如其来的举动吓得怔住了，罗生门为了掩饰尴尬，他说："这是一些病毒广告，一旦点开电脑就会死机。"

小糖还是愣愣的，她说："是吗？"

罗生门点头说了一声："嗯。"看着小糖依旧愣愣地看着他，他为自己找台阶，"录音机可能被我爸收起来了，我去问问他。"说完他就走出了房门，背上却好像爬上了一群潮湿的蚂蚁。罗生门很清楚那并不是什么病毒广告，而是这几天他发在网站上的那个帖子终于有了回复，看起来对方应该是一个很有钱的人，他愿意出比罗生门更高的价格办两份申请签证需要的材料，罗生门看着那个价格他心里的烛火有点摇摆不定。

罗生门在家里找了一圈，也没有发现父亲的踪影。走到父亲房门口时，他突然停住了脚，他突然想起上次他就是站在这里，听到了红姐和父亲的密谈。他想要是那次他什么都没听见，是不是现在他就可以什么都不用做，只要静静过完这个暑假，就可以正常地去上大学。这么想着，他推开了父亲的房门，房间很干净，看起来就像是一个普通中年男人的房间。他开始慢慢翻找着，突然他在父亲床下发现一个藤条箱，他打开，里面放了很多小物件，有他小学一年级穿的校服，他玩过的玻璃弹珠，他换下的牙齿……所有的一切，父亲都精心保留着。这时他在藤箱的夹层摸到一个硬硬的东西。罗生门掏出来，是上次父亲一直在记账用的账本。

账本怎么在这？

带着这样的疑问，他轻轻翻开了账本，前面并没有什么稀奇，记录的全是这些年来他们父子俩日常生活的收支和开销，每一笔父亲都记得很详细。再往后翻，罗生门的手指突然僵住了。

夜幕降临的时候，罗生门还静静地坐在罗宽心房间的地板上。这时小卖部里却吵吵嚷嚷起来，很快就有杂乱的脚步声沿着天井的廊屋往他这边跑，他把账本和其他从箱子里翻出来的东西又放回去，又把箱子放回原处，然后他就迎了出去。隔壁渔具店的老李背着罗宽心就进来了。罗生门看着父亲满脸是血，伏在老李的背上，气息好像是有，又好像是无，他急问："李叔，我爸怎么了？"

老李还没来得及说话，老李的老婆却在一旁跟倒豆子一样噼里啪啦把事情的原委全倒出来了。她说这可不能赖我们，刚刚老李在倒车，是你爸自己走到车屁股后面就倒下了，老李可没碰到你爸半个指头。

听完，罗生门看着躺在床上，紧紧闭着眼睛好像在忍痛的罗宽心，他说："我知道了，麻烦李叔了。"

老李夫妇还说了几句客套的话，罗生门就把他们送了出去。等罗生门拿着双氧水再进来的时候，罗宽心已经睁开了眼睛，他用手背蹭着嘴角的血迹，看着罗生门进来，他说："不要紧，就跌了一跤，擦破了一点皮。"

罗生门默默拧瓶盖，把双氧水蘸在棉签上，然后小心翼翼地涂在伤口上，双氧水一接触皮肤，顿时泛出泡沫，短短一会儿的工夫，罗宽心的脸上布满了血色的泡沫。望着那些血淋淋的伤口，罗生门觉得有人拿刀在他的心上狠狠地剜了一刀。刚刚老李的老婆走到门口的时候还补了一句，她说：

"你爸刚倒下的时候一直抱着左腿,你看看他是不是腿出了什么问题。"

蘸双氧水的时候,罗生门觉得自己的两只手都是僵硬的,清理伤口的每一个动作都显得异常笨拙,其间好几次,他觉得自己好像力气使大了,可每次罗宽心都摇着头对他说不疼,直到将所有的伤口清理完,罗生门感觉整个人好像是经历了一场长跑,一场灵魂上的长跑,他虚脱了。

他把双氧水瓶盖盖上,他说:"爸,我们去医院看看吧。"

"没事,就破了点皮,哪用得着去医……"

罗生门打断罗宽心:"我去问过医生了,医生说只要肿瘤没恶化,花不了多少钱,我们去看看吧。"

罗宽心看着罗生门已经把瓶盖拧好了,转过头来目光直接地看着他。他知道这一切已经瞒不住罗生门了,于是他说:"前几天我已经去医院看过了,片子和药都拿了,医生说不是肿瘤,就是腿上静脉曲张了。"好像是怕罗生门不相信似的,说完他还从床头柜里掏出了X光片和检查报告,罗生门看着检查报告上写的"静脉曲张"刚想开口。

这时,小糖看罗生门去找录音机找了几个小时都没回来,她找了过来，还没开口问找到了吗，就看到了躺在床上的满脸伤口的罗宽心，她走过去："罗叔怎么了？"

她明显是问罗生门，罗宽心却笑了笑说："你红姨知道你病了，熬了药粥，下午让我去拿，回来跌了一跤，现在全洒了。"

小糖不关心粥，她说："严不严重，要不要去看医生啊？"

"不用去看医生，就是小伤，我有分寸，不会拿自己的身体开玩笑的。"罗生门知道这句话是对自己说的。

所以那晚罗生门最后选择了把脸朝向了屋外的天空。毕竟是下过一场短雨，空气里到处都飘浮着泥土的土腥味，罗生门觉得自己的眼睛有点泛潮。

这晚，罗宽心有点忧心忡忡地躺在床上，他不知道刚才他说的那些话，罗生门到底信了几分。而他的腿，此刻像走在刀子上一样疼，于是他爬起来，撩起了自己的裤腿，可以明显地看见他的小腿从脚踝那里已经开始溃烂了。

其实刚才罗宽心有一点没有骗罗生门，他真的去看医生了，他想知道自己到底还能活多长时间。当医生看了看验血报告，又看了看他溃烂的腿，说这已经很严重了，再不住院，半年都活不过的时候，罗宽心竟然释然地笑了笑，他说："半年足够了。"

但还是有一件事让他很忧心，那就是今天下午红姐对他说的那番话，让他想起了今天他出门时，谢天保居然特地跑过来跟他打听当年账本丢失的细节。而这样的事情，只有当年账本丢失的时候才发生过，那时候谢天保把司机按在地上，他把司机往死里打。因为账本丢失那天，司机去过小卖部买东西，他觉得账本丢失一定与司机脱不了关系。而司机哭叫着不断反抗，他说什么账本，我就是一个开车的，你们不能诬陷我，我什么都不知道。谢天保掐住司机的脖子，他说少他妈装蒜，你藏在哪里了？

司机还在挣扎，说我没拿。在司机快要被掐死的时候，郭颜英才说："白痴，你打他有什么用，警察可能马上就要来了。"

这句话像一柄剑一样一下悬在他们心上。可是警察一直没来。十八年过去了，警察一直没找上他们。这让他们慢慢放松了警惕，再也没人主动来过问过那本账本怎么丢的，每次他提到要找，他们也意兴阑珊。现在谢天保又为何突然积极起来？

罗宽心觉得眼前好像起了一团雾，他觉得现在他已经越来越看不清每个人的面目了，也看不清事情的走向，所以他觉得他需要抓紧时间把要做的做完，所以他伸手从床底下拉出了那只藤条箱。罗宽心小心翼翼地把箱子里的东西一件件拿出来，就像是在整理遗物一样，最后他拿出那本账本，又开始记录起来。

在记录完以后，他又把那些东西整理好，一件一件又放回去。等他拿起一件小毛衣的时候，他想起这件毛衣还是罗生门上小学三年级的时候他跟着红姐学，亲手织给罗生门的。可是这件毛衣最后一只袖子长，一只袖子短，罗宽心看着觉得有点好笑，笑着他的眼角却渗出了泪珠，他用双手抹了一把眼角，然后靠在床头上又点燃了一支烟。

他又想起在那个冗长而又闷热的黄昏，婴儿罗生门咯咯笑着喊他"爸爸"的时候，他的心里就萌生了一个想法：他要他活下去，他要他过上正常人的生活。

想到这些他在心里不禁又笑了起来，他很享受地把那支烟抽完了。

二十六

谢天保就站在卷帘门下，阳光斜斜地铺在他脸上，仿佛快要把他脸上的表情晒化。就在刚刚，他帮助一位客人清理好了摩托车火花塞上的灰尘，他让客人用钥匙拧开油门再试试，在客人把钥匙递给他的时候，他看到钥匙上有一个琥珀形的挂坠，里面封了一张照片。谢天保一看那张照片眼睛都直了，因为这张照片上不是别人，正是他一直在找的"那个人"。

这些天，他根据郭颜英从蔡荃那里弄来的线索一直在寻觅"那个人"的踪迹，他却没想到，原来这么多年，"那个人"一直就躲在南风。

终于，谢天保转回了身，走进后面换了一身不太引人注意的衣服，又走到卷帘门下，一抬手，卷帘门呼啦一声就被拉下来了。

下午两点钟正是阳光最毒辣的时候，饵丝摊的顶棚被晒得好像升起了一股无形的焰火。可这并不妨碍饵丝摊下的热闹，几个男人把汗衫撩到胸口一边扇着风，一边大口地吸溜着饵丝。饵丝这样东西好像是四百年前由云南腾冲洞山乡胡家湾村人发明的,这东西又能炒,又能做汤,特别是白弹弹的饵丝,浸在油亮亮的鸡汤里,上面撒上些鸡丝、木耳、香葱,再加上应季的绿叶菜,要是能吃辣的,再加上一勺红彤彤的特制辣椒酱,一看就想让人吃上一大碗。

此刻,小糖和罗生门也坐在摊子下,因为风扇被那几个男人给占了,汗水像下雨,沿着小糖的眉心和两颊往下淌。她看了一眼在她旁边的罗生门,罗生门也同样汗流不止,可他没什么反应,只沉默地吃着他面前的那碗饵丝。

早上,他们在李不空家的木楼梯上开了一个小型的会议,会议内容是为了尽快把其他隐藏在南风镇的贩婴团成员挖出来,他们需要对贩婴团的成员进行盯梢,李不空负责盯谢天保和蔡荃他们,罗生门和小糖负责盯着红姐。所以在来饵丝摊之前,他们去过一趟红姐家,可是红姐好像一早就出门去了。小糖提议四处找找,可是一路上罗生门都紧锁着眉头,他一直在想前几天从父亲账本上看到的内容。

那天当他的手指翻上那些泛黄的纸页的时候,他觉得自己体内的血液停止了流动,那上面一笔笔都记录着父亲对他未来四年大学开支的计划。而且他还从那个箱子的夹层里又翻出了一个布袋子,罗生门把那个布袋子打开,一大沓钱就从里面露出来，罗生门看见父亲把那些钱都分成好几摞，每一摞都按照账本里那样做了标记，有的写着"罗生门的生活费"，有的写着"罗生门的学费"，有的写着"罗生门的路费"……分门别类，把任何一处他想到的罗生门要花钱的地方，都列了出来。

那一刻他也终于明白这么多年，父亲为什么一直拖着腿疾不去治，就是为了攒钱让他去上大学。那时他狠狠地扇了自己两个巴掌，他觉得自己真不是个人。他想当晚就跟父亲捅破这件事，而父亲最后却拿出了一张假 X 光片，还有那张检查报告，罗生门清楚地记得父亲拿着的时候手指一直捏着名字那里。

所以后来在回房间的路上，他觉得心里那簇摇摆的烛火，稳定了下来，他趁着半夜，悄悄给网站上那个人回复了一个"成交"。

那个消息发出以后，郭颜英听见自己的手机叮咚了一声。蔡荃也听见了，他翻了一个身，迷糊着问怎么了，郭颜英说没什么，有垃圾短信。实际上上次和谢天保见过面以后，她实在觉得干这件事很冒险，还是需要给自己留一个后手。

当然，这些罗生门是后来知道的。现在他听到小糖突然神秘兮兮地对他说:"罗生门,你还记不记得这是什么地方?"

罗生门上下扫了一眼,有点疑惑地说:"这是什么地方?"

小糖一听脸上的神情顿时就失落下去,罗生门却在这时突然笑了起来。他怎么可能不记得这是什么地方,当年就是在这里,小糖骗了他两碗饵丝汤。看到罗生门的笑容,小糖自然知道罗生门是在骗她,可她假装生起气来,罗生门把她的碗挪到自己的面前,一点一点地把自己碗里的鸡丝捞给她,小糖忽然就浅浅地抿起了嘴唇。

"为什么笑?"罗生门问。

"因为你开心所以我开心呀。"

罗生门好像蒙蒙地想了一会儿,点了点头。这时他却突然问了小糖一个问题:"你觉得红姨应该被抓起来吗?"

小糖扭过头来看着罗生门,她明白罗生门是什么意思,这时刘岩权却骑着他的雅马哈出现了。

刘岩权进来以后并不吃饵丝,只从摊前的冰柜里拿了一瓶可口可乐,走到他们桌前,一脚踢开他们桌旁的凳子,一屁股坐在上面喝了起来。罗生门能看见他滚动的喉结,有着少年特有的气息。

刘岩权不说话，小糖就故意当作没看见他，也让罗生门装着看不见。即便如此，他们的情绪还是在空气中拉扯，最后小糖憋不住了，她没好气地说："你坐到这里来干什么？"

"坐这里能干什么，当然是吃饵丝啊，再说我坐这应该不违法吧。"听见小糖说话了，刘岩权一下就活了过来。

"你……"小糖被他堵得说不出话来，就开始后悔自己真不该嘴欠，而刘岩权却明显很开心，他也不怕罗生门嫌弃，直接拿起一双筷子从罗生门的碗里捞了一筷子嚯进嘴里，他的嘴边立马留下一圈油亮的汤汁。

小糖立马嫌弃起来："脏死了。"

罗生门看着刘岩权，知道刘岩权是故意要引小糖跟他说话，刘岩权一抬头却正好撞在他的眼神上，但刘岩权立马就撇开头，去接小糖其他的话。在刘岩权和小糖交锋得火热的时候，棚子底下又走进来一个三十岁上下的男人，往下看穿着一条大裤衩，脚上趿着一双拖鞋，上面还沾着一层毛茸茸的棉絮，往上看一张脸好像从来就没睡醒过，边走还边打着哈欠。他一进来什么话都不用说，老板就直接问他："两碗饵丝，料还是跟之前一样是吧？"

这一看就是熟客。

男人点了点头，就走到罗生门他们隔壁桌坐下来，顺手就把摩托车的钥匙放在了桌子上。就钥匙在空中打个旋儿的工夫，罗生门的眼睛就看到男人钥匙圈上挂着一张封着女人照片的琥珀坠饰。因为那张照片上的女人不是别人，正是罗生门的母亲阿阮，而且那张照片还是母亲和父亲结婚的时候拍的。

这是怎么回事？

小糖和刘岩权发现了罗生门眼里的不对劲，他们看了一眼邋遢的男人，又看了一眼罗生门后，小糖才悄声问罗生门怎么了。罗生门也小声地告诉小糖："他钥匙上有我妈的照片。"

小糖只见过一回罗生门的母亲阿阮，还是她小时候来找罗生门玩，只匆匆瞥了一眼。见过那次后，罗生门后来就告诉她，他妈失踪了，再后来罗生门又告诉她，他妈已经去世了。她还记得那个下午，罗生门哭得泣不成声，无论她用多少冰棍都哄不好他。之后的日子里她跟罗生门聊天，就会尽量避开跟"母亲"有关的任何话题。如今这个消失或者死亡了十年的"母亲"又再一次出现了，让小糖止不住去想，阿阮跟这个男人到底是什么关系，会让他一直保留着阿阮结婚时的照片？还是说这张照片就是他捡的？

在他们还在这么想的时候，摊主已经把男人的饵丝打包好了，男人又拿了钥匙打了一个哈欠才从凳子上懒洋洋地站起来，小糖这次也看清了，那上面就是阿阮的照片。

男人付过钱，从摊主的手里接过饵丝走出了摊子，随即一声摩托车的轰鸣声响起，男人已经消失在饵丝摊外。罗生门急得追了出去，小糖也跟着罗生门一起。刘岩权的摩托车这时在他们面前刹住，刘岩权弓着背在摩托车上努了一下头，说："上来啊！"

罗生门他们走在回廊上，一点细小的动作，就惊动了空气中的浮尘。这里是一处环境堪忧的轧棉厂，整个墙壁上大片的墙皮脱落，楼道里都堆满了棉花籽、蛇皮袋、旧机器，罗生门他们只往里探了一眼，就有一个沾着一头棉絮的女人把门拉开一条缝，只露出一个头来，大着嗓子问："你们找谁？"

他们能听见女人关在车间里面的轧棉机器正在轰隆隆地运作，让罗生门不得不一边用手指着停在下面空地上的那辆摩托车，一边也大着嗓子说："我们找他。"

女人眼睛在他们身上扫了一眼，看着三个人一脸青涩的模样，继续问："你们干什么的，找他做什么？"不怪女人会如此谨慎，这一带有很多没有生产资质的黑工厂，他们对于来客都是很谨慎的。

小糖在这个时候开口了："上次他去我们那里收棉花，让我们采好了，来这里通知他去收。"女人看着三个人学生模样，应该不存在什么威胁，手往对面那栋楼一指："去那边找吧。"头就又缩回车间里去了。

罗生门他们来到对面的楼层，这边与那边不同，这边楼层的走廊顶上都晾晒着衣物，看来是职工宿舍。他们一边躲避着衣物，一边在宿舍的回廊上穿行，突然罗生门看到了一间宿舍前，挂晒着一件棠梨花长裙，这件裙子因为常年的浆洗布料已经发黄，上面的花色也掉得快要看不出来了。从罗生门他们的角度，能看见门是虚掩着的，罗生门在宿舍的门口站了很久，他一直不敢去推门。他好像又突然回到那个下午，母亲正穿着这件棠梨花的裙子在收拾东西。当他终于推开门的时候，外面的光线一下就跃进屋子里，罗生门看见刚才他们在饵丝摊看到的男人正背对着他们在吃打包回来的饵丝。感受到光亮，男人回过头来，一脸疑惑地看着他们，正要开口问你们是谁，一个白色的物体就从他的眼前坠落，掉到地面发出一声喑哑的撞击声。罗生门看见男人顿时撤掉了手上的筷子，大叫了一声"阿阮"，推开他们就往楼下跑去。小糖和刘岩权不明所以，扒在回廊上往下望，才看了一眼，小糖就回过头来看着罗生门。而刘岩权往楼下看了一眼以后，他下意识地抬头往楼顶上望了一眼，有一个黑影在他眼前一闪而逝。

罗生门此时还僵着站在男人的门口，他的脑子里回想着男人喊出的那声"阿阮"，然后他才木木地转过身来，他问小糖，刚才他说什么。小糖有点想哭，但她没有，她只叫了一声"罗生门"，就拉住了他的手，用身体挡住他不让他往下看。可是罗生门却掰开了她的手，执意往下看去。

小糖记得，那天罗生门立在空荡高耸的职工宿舍楼上，只往下看了一眼，好像低低地叫了一声"妈"，就往楼下跑去了，根本不管他们。而这时楼下也传来男人撕心裂肺的哭喊声，整个工厂一时就像被翻开的蚁穴一样，开始哄闹起来。

罗生门跑得很快，一直跑到三楼的时候，他才听到身后追上来的脚步声。刘岩权冲过来扳住了他的肩膀，大声地冲他说："你不能去！"

罗生门觉得莫名其妙，他挣脱刘岩权的手依旧往下冲。在罗生门即将冲到一楼的时候，刘岩权及时赶上来一下捞住罗生门的胳膊，把他的手反剪按在墙上。罗生门的脸贴着墙皮，他的眼睛从镂空的水泥窗子里能望到楼下母亲的身体碎在了砖缝里，那些流淌开的血液，让母亲看起就像一朵刚刚盛开的红色杜鹃花，鲜艳而绝望。

他挣扎，他崩溃，他大喊："你是不是疯了，你放开，那是我妈，我要去找我妈……"

罗生门渐渐拖上了哭腔，可是刘岩权没理他，听着周遭越来越嘈杂的人声，他又习惯性地偏头，等他再转回来的时候，他一把捂住了罗生门的嘴，拖着罗生门就往旁边应急楼道里跑，并且对小糖说："快走！"

小糖被这突如其来的一切搞得有点蒙，她只能跟着刘岩权一块跑，而她看见罗生门被刘岩权拖着，嘴里不断发出含混不清的"妈"。

回到家，小糖把罗生门安顿在床上，用湿毛巾擦掉了罗生门脸上的汗还有泪，可罗生门却一直睁着眼望着屋顶，一动不动，任凭她摆布。小糖就想起在回来的路上，罗生门好像也随着阿阮一起从高楼上坠落下来了，她怀里抱着的只是一具破碎的尸体，好几次她不得不用手臂紧紧地箍住罗生门的身体，不然他就会在颠簸中从刘岩权的摩托车上滑下去。

她还记得她把头放在罗生门的耳边,对他说:"没事的,没事的,也许看错了呢,我们回去等结果。"

没有任何回应,罗生门已经在她怀里悄然死去了,现在剩下的这个罗生门只是一具空壳。小糖没办法,她只能俯下身来贴紧他苍白冰冷的脸颊,让他的悲伤把她也一起卷走。

二十七

第二天下午西晒打在一处照壁上,李不空站在照壁的背阴处,心里一直在感叹:小王不愧是公安大学毕业的高才生!小王之前在公安大学就读的时候,就曾关注过1983年这起特大贩婴杀人案,这次回南风实习,居然碰到当年案件中的受害者家属在南风溺毙,他决定好好了解一下这起案件的来龙去脉。没想到上次去调档案的时候,发现当时跟档案一起保存的照片不见了,然后又想起李不空被辞退的时候,其中的罪名之一,就是伪造华良的签名提调这份档案,还有那次他值班研究妇女的日记的时候,李不空进到值班室把他压住的照片，碰得落了一地。于是他开始调查李不空的背景，发现李不空的父亲竟然是当年负责带队抓捕这批贩婴团伙却殉职的警察李木为。小王从而知道了李不空其实在调查当年的那起案子，所以自从李不空离职后，小王一直在给李不空提供内部消息。

这次李不空从小王处得知昨天轧棉厂发生的坠楼事件，因为阿阮坠楼的地点，有人晾晒了床单，造成了一个视觉盲区，而且当时厂子里的人都在工厂内工作，所以根本没有人看见是谁把阿阮推下楼的。警方只在阿阮的脖子上发现了掐痕，除此之外就是阿阮在坠楼之前，她手上戴了一串手链，可是在阿阮的尸体上并没有发现，在现场也没有找到，根据警方的推断，手链上很可能留下了凶手的信息，被凶手带走了。

除了这些，小王还透露警方已经控制了阿阮的男友阿良，阿良就是那天阿阮坠楼时冲下去的男人，因为他是黑工厂的老板之一。但在阿良的供述里，他甚至都不知道阿阮的真名叫什么，从哪里来，只知道他是十年前一天半夜出去上厕所，在草丛里救下了全身伤痕累累的阿阮，那时阿阮拉住他的脚，让他救救她。之后阿阮养好伤，就主动请求留在轧棉厂上班，只不过这十年，阿阮从来就没离开过这工厂半步，她对外面的世界有着很深的畏惧，每次他怂恿她出去吃饵丝的时候，她都会拒绝，告诉他只要她一出去，她就会死的。

想到这里，照壁的后面又多了一个人，是刘岩权。

刘岩权开口说："你叫我来干什么？"

这时李不空却不说话，只是从口袋里掏出一只全新的Zippo打火机。李不空其实早在上次刘岩权在医院厕所想把那只Zippo打火机冲到下水道去的时候，就知道他不对劲，而且那天他问他有没有看到袭击罗生门的凶徒是什么样子，他太过镇定的样子反倒是泄露出他心底有秘密。

刘岩权假装镇定，再次说："你找我干什么？"可是西晒的热度让他像是一匹刚从远处跑过来的马，不仅额发湿漉漉的，说话的时候也从鼻孔里喷出热气。

李不空依旧没有回答他，只是不紧不慢地把兜里一包红塔山也掏了出来，他把它递到刘岩权面前，刘岩权没接，李不空就从里面抽出一根，自己点燃抽了起来，然后他才一边吐着烟雾一边说："阿阮昨天是不是被谢天保推下去的？"

刘岩权看着李不空那张被烟雾虚化了的脸，他说："你要找我没事，我就先回去了。"刘岩权转身就要走。

"阿阮就是谢天保推下去的对不对？"李不空站在那里

动都没动。

刘岩权回过头:"你有什么证据?"

"那昨天阿阮坠楼的时候,你怎么就会立马想到阻止罗生门?"李不空想起昨天去看望罗生门的时候,小糖跟他说的这些细节。

"因为你看到了要伤害阿阮的凶手,你怕他发现你们也在那里。"这句话李不空含在嘴里没有吐出来。

刘岩权没有说话,他只是看了一眼李不空那张笑盈盈的脸,转身就走了。李不空却在刘岩权消失后,弯着腰猛烈地咳嗽起来,突然他抬起头看着来人,无辜地笑了笑:"烟真不是个好东西。"

天天修车行半拉的卷帘门下露出一截灯光,像是把黑暗割出了一道口子。在卷帘门内,刘岩权正拿着一把扳手拧一粒螺丝,可是他的手抖得厉害,不论他怎么拧那粒螺丝就是拧不上去,因为他的心里装的全是今天下午李不空跟他见面的场景。坐在一旁轮胎摞起来制成的桌椅上吃晚饭的谢天保已经注意到刘岩权的异样,他搁下碗筷走过来接过刘岩权手中的扳手,把那粒螺丝拧了下来,放到刘岩权的眼前,刘岩权这才意识到自己把这粒螺丝拧错了。

谢天保拿起正确的螺丝，边拧边对刘岩权说："教过你多少遍了，修车的时候一颗螺丝都不能拧错，不然后面会出大问题。"说完谢天保就把螺丝拧上了，刘岩权的眼睛却在看谢天保塞在屁股口袋里的帽子，听到谢天保说话，刘岩权把眼神撤回来看了一眼，严丝合缝。

谢天保把扳手递到刘岩权手里，回去继续吃饭，刘岩权看着正要把一粒花生米往嘴里送的谢天保，他想问："师傅，你的螺丝有没有拧错？"他知道昨天下午在轧棉厂他没有看错，那个出现在天台顶上的黑影就是师傅。可是嗫嚅很久后最终他只开口叫了一声："师傅。"

谢天保歪过头来看着他，他却在谢天保的目光里摇了摇头说没什么，然后就埋下头继续修车。

刘岩权是在第二天快要黄昏的时刻，才走上李不空家的木楼梯的，想了一夜他终于选择要把这些日子他藏在心里让他变得沉甸甸的那个秘密告诉李不空。

在刘岩权说完最后一句的时候，楼梯上的空气仿佛被人抽走了，只剩下刘岩权脸色苍白地喘息着，李不空也深吸了一口气问："你确保你说的都是真话？"

刘岩权这时候把他那张苍白的脸转过来，看着李不空，

"你觉得我说的会是假话？"

刘岩权刚才走上木楼梯跟李不空说的第一句话就是："我知道昨天你是在诈我，但我现在愿意告诉你，罗生门他妈是我师傅推下去的。"

"你现在为什么又愿意告诉我了？"

"我不能让他继续错下去。"

刘岩权的个子本来就比李不空要高，就算站在低李不空一层的台阶上，他依然有身高优势，现在却突然昂起头来，让李不空一下觉得刘岩权的目光好像是从他的头顶罩下来的，他的目光灼热，甚至眼眶已经泛红。李不空不知道该说什么，刘岩权却接着说："我知道你们其实是在调查1983年的特大贩婴杀人案，我师傅就是其中一个凶犯对不对？"

这句话才真正让李不空吃惊，他盯着刘岩权低垂下去的脸和睫毛："你怎么知道的？谢天保告诉你的？"

刘岩权摇了摇头，说："我师傅不知道。"然后他就告诉了李不空他知道的所有一切。

自从那次雨夜过后，刘岩权就一直想弄清楚师傅为什么会袭击罗生门，可是他一直苦于无法找到突破口，直到那天罗生门再次来修车行，罗生门和师傅的异常反应引起了他的注意，他开始暗中关注着罗生门和师傅的动态。小糖从外地回来的那天，刘岩权因为受到小糖的嫌恶，本来已经离开了小卖部，可是他一想到罗生门拉着小糖的手，还有他们两个筑起的秘密围墙，他心里就十分难过，情绪慢慢发酵却变成了不甘心，他骑到半路一下就掉转了车头。他再次来到雨棚下，想偷听一下他们俩到底有什么秘密是不能被他知道的，可是这个秘密就像是突然在他的脑子里放入一颗深水炸弹，把他这么多年对于师傅的认知一下就炸碎了。他听到了罗生门对于身世的自叙，他也更加听见了师傅可能是杀害罗生门亲生父亲的凶手，他全部都听到了，他也是在那时明白过来师傅那天袭击罗生门是想要杀人灭口。

知道这一切真相让刘岩权感到害怕，可是一想到平日里师傅对他的好，他又选择了帮助师傅隐瞒，并且一直在暗中关注罗生门的调查动向，因为他想只要他提前知道罗生门调查的动向，他就能阻止师傅对罗生门造成伤害。所以对于罗生门他们那天故意在水坝那里对他隐瞒及其后续调查到红姐头上，这一切他都知道，在饵丝摊吃饵丝那天之前他其实一直都在跟踪他们。只是他没想到一个突然出现在饵丝摊的陌生男人把他们引向了轧棉厂，他也更加没想到会在轧棉厂的楼顶上看到师傅,那时候师傅已经转身,并没有看见他。但是他不会看错师傅戴的那顶黑色的登山帽,帽顶上有一个洞,那是他十五岁刚进修车行抽烟烫出来的,后来师傅就把这顶帽子给收了起来。昨天晚上他回修车行,师傅帮他拧螺丝的时候他分明看到那顶被师傅收起来的帽子,出现在师傅的裤子后面的口袋里,他更加确定那个出现在轧棉厂的顶上的人就是师傅。所以那一刻他立即反应过来,要带罗生门他们离开这里,他害怕万一师傅知道罗生门和小糖在这里,他们也会同样遭遇不测。

听完这些,李不空并不是在怀疑刘岩权说的是假话,他只是在震惊阿阮居然真的是谢天保推下去的。他昨天去见刘岩权心里也并没有底,他只是隐约觉得阿阮的死可能与贩婴团有关,因为阿阮在轧棉厂待了十年,都一直平安无事,为什么偏偏罗生门他们去找阿阮,她立马就坠楼了。

刘岩权觉得那天好像结束得比以往更快,他走出李不空的家门的时候,他一偏头,就看见天边拥挤滚动着黑里透红的云朵,今天的黄昏已经结束了,夜已经来临了。

二十八

这几天，红姐依旧睡得不是很安稳。

而这天下午，红姐正在往染池里掺染料，对过炒货店的女老板脚还没迈进来，就问："你看最近那个坠楼的新闻了吗？"

最近闹得沸沸扬扬，来往红坊的客人多少都会提一嘴。但红姐不感兴趣，而且他们向来躲着这些刑事案件走，更不打听。于是在她拿着一根木棒，渐渐把染料搅散的时候，她才说："没看。"

女老板也没被扫兴，她反而滔滔不绝地讲起案件的经过来，好像她去过案发现场一样，最后她讲完的时候还不无可惜地补一句："听说那个女人是被她老公打毁了容，才跑出来躲在那个厂子里，谁知道最近她老公又找到了她，又打她，还把她从楼上推下来，人心真狠！"

"毁了容？"

"是呀，听讲那个脸被划得跟蜘蛛网一样，掉在……"女老板还在自顾自地说着，红姐脑子里只记住了"毁容""蜘蛛网"，突然，她抓住女老板的手，她说："哪里还可以看到这个新闻？"

女老板往外边的茶棚一指："喏，现在不还在播么？"

月已上中天，红姐站在小卖部的门口，手几次触碰到了门环，就又无力地垂了下来。她的脑子里还在想着电视机里那具打码的女性尸体，当时茶摊上两拨人争得面红耳赤，一拨人说她可能是上去晒被单失足掉下来摔死的；还有一拨就是跟女老板一样，觉得是她老公报复，被推下去摔死的。

在他们争得唾沫横飞的时候，女老板突然问："你觉得她是怎么死的？"这话让她打了个寒战，她站在那里，头上朗朗晴空，日光笔直地照射在她的身上，她却觉得有点冷。最后她尴尬地笑了笑说："我要知道，警察早找我去破案了。"

她一说完，茶摊上笑声一片。

她后来恍恍惚惚地走回染坊，一直在回廊下坐到了晚上。她第一次见阿阮，是在十七年前，那时候他们刚逃到南风不久，她晚上去给罗宽心送新酿的紫米酒，罗宽心来开门，阿阮就躲在他的背后探出一个头，眼睛一眨一眨，就像一头活泼的小鹿。那时候她跟着罗宽心叫她"红姐"，还把他们结婚的请柬亲手交到她的手上，她哈着气，缩着脖子说："我和宽心要结婚了，没有亲戚，就请你一个人。"

那一刻她的心里充满了嫉妒，她嫉妒阿阮比她年轻，比她美，而且还轻而易举就嫁给了罗宽心。后来这个女人又在某一天突然消失了，还带走了对他们至关重要的账本。她逃走的那天，其实她在心里暗暗松了一口气，她希望她永远都不要再回来。但她没想到，再知道她的消息，她已经毫无征兆地变为了一具冰凉的尸体。

所以她抖索一下身体，就站了起来，她想来问问罗宽心阿阮到底是怎么死的。但是看着眼前这两扇薄薄的门板，她却怎么也抬不起手来敲门。站了一会儿，她就打算回去，可她一转身，就看到站在她身后像个影子一样的罗宽心，红姐被吓得腿一软，后退一步靠在了门板上。罗宽心看着红姐一脸惊恐的表情，他说："我有那么可怕吗？"

红姐撑着门板又站直了身体，她摇了摇头："不可怕。"罗宽心就那样站着打量了她一会儿，他说："你有话想和我说。"

红姐沉默了，她在犹豫，最终她还是把在心里发酵了一下午的那句话说了出来，她说："是不是你杀了她？"

罗宽心突然露出了一点笑意，然后才笑得很深，他说：

"你就是来问这个？"

"我想知道答案。"

"人已经死了，答案有那么重要吗？"

"对我来说重要。"

"好，那我告诉你，人是谢天保杀死的。"

红姐听到这句话，她觉得好像有一根钢针从她的太阳穴里扎了进去，疼痛就像浪花一样，层层迭起，让她有点失魂落魄地点了点头，然后抬起脚就往回走。在走了一段路以后，红姐突然听到旁边的屋缝里传来一声狗的呜咽声，她停下了脚步，往屋缝里看了一眼，只看到渔具店老板养的两只狗正依偎在一起睡觉。

她突然捧起了头，狠狠地敲打了几下，她刚刚明明看见那里好像有个人影，她想她必须做点什么来治治自己的偏头痛了。

罗宽心走进天井里，看到罗生门的房内还亮着灯，知道罗生门还没睡。他轻手轻脚坐下来抽了一支烟，想起今天晚上在吃晚饭的时候，他把碗里的荷包蛋夹给罗生门，罗生门下意识地躲了一下，虽然很短暂，还是被他捕捉到，他意识到目前的情况已经不太妙。所以在晚饭后，他悄悄出了一趟门。

谢天保站在黑暗里等他，看到他走过来，顺势站直了身体，把手中的香烟扔在地上踩灭叫了一声"大哥"。他拿眼睛在谢天保的身上扫了一圈以后，就快速出手把谢天保一拳掀翻在地，并且快速摸到了谢天保藏在腰间的刀，抵在他的脖子上，眼神凶狠地看着他。

在来之前，郭颜英把这把刀递给了谢天保，并且替谢天保理了理衣领，在他的耳边轻声说："罗宽心主动约你，肯定猜到我们的计划了。这次他肯定不会放过我们，但他左腿已经瘸了，如果你现在杀了他，我们就还有一线生机。"谢天保眼睛快速往罗宽心跪在自己胸前的左腿上看了一眼，那条腿像一块巨石一样压在他的身上。此时他也注意到罗宽心的眼神，那像刀锋一样的光芒让他心头一跳，他马上开口："大哥，我去找阿阮，是想帮我们拿回账本。"

罗宽心没有立马开口说话，这一套动作用了他十成的力气，他现在动都动不了。所以这晚谢天保等了很久，才听到罗宽心痛心疾首地说："这几天我一直在想，如果当年我拼命救下的兄弟想要我的命，我该不该杀了他？"

谢天保感受到自己颈部的皮肉已经被割开了，只要罗宽心再使几分力道，他的脖子就会被割断，谢天保的心里有了惧意，他说："大哥，我真的……是想为我们拿回账本，你相信我！"一紧张谢天保就又结巴起来，罗宽心却收回了刀，一把将他从地上拉了起来。罗宽心说："你也太小瞧我了，我刚才那只是一句玩笑话，我是会不相信兄弟的人吗？"说完罗宽心就笑了，谢天保再次往罗宽心的腿上看了一眼，也跟着干巴巴地笑起来，他不禁摸了一把自己的脖子，鲜血全烂乎乎地糊在他的脖子上，他觉得这是个不祥的夜晚。于是他哆嗦着从口袋里掏出了一盒香烟，又拿出一根哆嗦着伸到罗宽心的嘴边，在燃起黄豆大小的扭动的火苗中，罗宽心瞄了一眼谢天保的脸，对他说："手稳一点。"

他们默默抽起了烟，在一根烟抽到一半的时候，罗宽心抬起头朝着灰暗的天幕呼出了一口烟气，好像不经意地问起谢天保他是怎么会知道阿阮躲在轧棉厂的。

谢天保舔了一下被尼古丁熏得发苦的嘴唇，开始回忆起那天的全部经过。

那天，他正想拉下卷帘门午休，那个叫阿良的男人就骑着他的摩托车像只跳蚤一样一跳一跳地进入修车行，那时他并没有想到他会从这个男人身上知道阿阮的下落。他只是围着男人的摩托车上下看了一圈，就知道应该是火花塞积尘的问题，在清理好灰尘以后，他在男人递过来的车钥匙上看到了阿阮的照片，那一刻他假意问："兄弟，这是你女朋友啊？"

三言两语就套出了阿阮的下落，在送走阿良以后，谢天保静静地想了一会儿，决定独自前往轧棉厂。在他敲响职工宿舍的门以后，阿阮看见他就想逃跑，他一把拉住她，并用刀逼着她上了天台，他告诉阿阮只要她告诉他账本的下落，他不会为难她。

阿阮问："真的？"

谢天保说："真的。"

阿阮就对谢天保招了招手，示意他俯身过去，他刚要俯身，却快速出手掐住了阿阮的脖子，然后伸出另一只手把阿阮藏在身后的手掰到前面，阿阮的手里紧紧地攥着一把墙皮灰。阿阮的这个举动让谢天保的心里有了连绵的恨意，他把她推到了天台边上，阿阮不断挣扎，并且对他拳打脚踢，他手指向上提了点力，逼迫阿阮只能仰视着他，看着这个满脸遍布像蛛网一样伤疤的女人，他能想到她当初是经历了多大的艰辛才从罗宽心的囚禁中逃出来。他发挥了他最后的耐心，他说："你说不说？"并且开始收拢他的手指。

阿阮却在这时，像索命的厉鬼一样伸出手想要挠他的脸。她已经耗尽了他的耐心，他一蹙眉，阿阮就在他的面前像一只白色的鸢尾蝶一样翻了下去。

　　说完这些，谢天保犹豫地问了一句："大哥，怎么了？"

　　这时罗宽心从口袋里掏出了一颗玉石珠子，这是密支那上好的翠玉加工制成的，在黑暗里也能散发出莹润的光泽。谢天保看到这颗珠子喉间一苦，这是阿阮要挠他的时候，他为了阻止阿阮，拽断的，由于丝线的特殊性，他在拽的时候割伤了手指，有血液沾在珠子上，所以他把珠子捡起来带走了，没想到还是遗漏了一颗。

　　他听见罗宽心不咸不淡地说："要是这颗珠子被警察找到了，你说会有什么样的后果？"罗宽心说着，抬起手抓住空中的一只飞蛾，他摊开手掌沾了一手的荧粉。

　　不知不觉谢天保的背上流出了一层细密的汗，这时他才真正害怕起来，刚才罗宽心把刀架在他脖子上的时候就已经看破了他拙劣的演技。罗宽心也在这时掐灭了手中的香烟，走到谢天保的跟前，又举起了那把刀，他说："你是不是来之前就已经想好用它杀了我？"

　　这回谢天保真的抖起来了，他扑通跪在罗宽心的脚边泪水涟涟地说："大哥，是我错了，是我该死，罗生门已经发现我了，我真的不想坐牢。"罗宽心居高临下看着他，他知道这样说服不了罗宽心，他的喉结滚动了一下，又说："这都是郭颜英的主意，我也没有办法……"他开始语无伦次，甚至拿手抽起自己的耳光来，"你要我怎么做才肯饶了我，大哥！"

看着在眼前声泪俱下的谢天保，罗宽心觉得自己的目的已经达到了，但他还是想让自己的压迫力在谢天保的心里渗一渗，所以过了一会儿他才把谢天保扶了起来，像一个体贴的大哥一样，说："我早劝过你，这个女人迟早会要你的命的，只有我会救你。"说完，罗宽心就把那颗玉石珠子朝着前方的水塘扔去，谢天保听到扑通一声，他突然搂住罗宽心再次痛哭起来，罗宽心拍了拍他的背，像是安抚一个哭泣的小孩子一样。

嘴里的烟快燃到尽头。罗宽心微微低抬头，天井里已经有朦胧的天光，他又往罗生门的房间看了一眼，想起晚上谢天保离开的时候对他说的那句话"大哥，罗生门已经不能留了"，他撅灭了手中的香烟，往自己的房间走去。

他不知道他刚回房，一个人影就溜进罗生门的房间，关上了灯。

三天后,太阳半挂在天幕之上时,罗生门走向了平安殡仪服务中心。在很远处,罗生门就看到了那根高高竖起的烟囱,从里面冒出黑乎乎的烟,像是给蔚蓝色的天幕缀上一块补丁。罗生门就像踩在那些烟雾上,脚步虚浮地走向殡仪馆的大门,门内家属的哭泣声此起彼伏,罗生门一眼就看到了穿着一身丧服,把头圈在手臂里埋头痛哭的阿良。

经过法医的鉴定,再走过一切司法程序,公安局把阿阮的遗体交还给了阿良。阿良在为阿阮守了三天灵以后,决定选在这样一个阳光热烈的下午火化阿阮的遗体。那天罗生门就选择坐在了阿良的身边,看着殡仪馆的工作人员不断从一个小门洞叫着死者的名字,死者的家属就上前从门洞里领出一个黑色的骨灰盒。这时阿良感受到身边坐了一个人,他从臂弯里抬起了头,一把泪还蓄在眼眶里,他说:"你也有亲人去世了吗?"

罗生门看着阿良怀里抱着的遗像,他想伸手去摸一把,最后他一动没动,他说:"我妈去世了,我来送她最后一程。"

阿良哦哦了两声,小门洞那边就有工作人员在喊"阿阮"的名字,阿良站了起来,跌跌撞撞地跑向门洞。他拿到阿阮的骨灰盒，把头紧紧地靠在上面，默默地不知道跟阿阮说了一句什么话，然后他把脸朝向太阳，他笑了一下，说："阿阮，我们走。"走到门口的时候，他往门房这边望了一眼，似乎是在向罗生门告别，罗生门也点头示意了一下。突然他听见一场雨的声音，还有混杂在雨里念书的声音，它们追赶着阿良而去。罗生门望着阿良的背影，他轻轻喊了一声："妈……"泪水也在那一刻夺眶而出，然后他用手捂住自己颤抖的嘴唇，把头埋在臂弯里，肩膀一耸一耸的。

等到李不空找到他的时候，他已经恢复了平静，李不空也没说别的，上前去拍了拍他的肩膀，罗生门说："我很好，你不用安慰我。"

李不空就顺势在他旁边的石椅上坐了下来，他说："刘岩权承认是谢天保杀了你妈。"

罗生门像是没有听见李不空的话，他偏过头望着天尽头的方向，那里有大片的残阳，他的思绪却飘到几天前下午的那个照壁后面，李不空正在弯腰咳嗽，看到他走过来，突然直起腰朝他笑了笑，说"烟真不是个好东西"的时候，他就意识到了这一切。从那天起，他就开始有意关注父亲的动向，果然在三天前的晚上，他正打算睡下的时候，听到天井里传来几乎轻不可闻的脚步声，他知道是父亲出门了。于是他也起身跟了上去，在谢天保和父亲说话的时候，他就躲在旁边的围墙后面。他清楚地听见谢天保说把母亲推了下去，最后他还听见谢天保说想要他的命，可是被父亲严词拒绝了，父亲说："你们谁要是敢要罗生门的命，我就要他的命。"

看着罗生门没动静，李不空也偏头顺着罗生门的目光，往天尽头望去，他又说："你是不是早就知道那张照片里的背影是你爸？"

李不空这句话的语气不咸不淡，罗生门却扭回头看着他。上次李不空把照片递给罗生门的时候，他就已经发现了罗生门的异样，于是这几天，李不空费了好大劲才找到躲藏在外县的龙大飞，他从龙大飞那知道当初来办名单上这批假证的是一个叫罗茂生的人，后来改名叫了罗宽心，而且这批名单当中还有一个他们从来都没发现的人，叫刘世荣，可是龙大飞记不清这个人后来改成了什么名字。

罗生门突然就明白了。他想起那天刘岩权把那个兔儿爷面人碰成了两半，晚上他试图修复的时候，他发现面人底下的竹扦子上写着"面人张"的招牌，他突然想到这个招牌他好像在哪里见过。他开始在脑子里检索，最终他定格到李不空一直粘贴在阁楼上那张他与亲生父母的合照上。

这么久了他一直不敢踏上李不空家的阁楼，就是因为这张照片。他每次看着照片上那对年轻夫妻的笑容时，他都觉得这是一场审判，让他感到害怕，他想要退缩。但是那天罗生门把那张照片像是用了放大镜一样在脑海里放大，突然他就看到了照片右上角，那对夫妻的身后，有一个卖面人的小摊贩，而在这个摊贩摊子上卖的兔儿爷面人不仅与自己手中的长得一模一样，而且每个扦子上都刻有"面人张"的招牌。

这说明，在案发当天，父亲其实就在现场。后来王桂芝的信恰恰证明了罗生门的这一想法，在母亲坠楼后不久，他收到了一封来自王桂芝的信，在信里王桂芝告诉他，那天她其实撒谎了，这么多年她早已经不记得当年抱走罗生门的男人长什么样，但是为了心安她点头了。但后来她一直睡不着，还是决定写信告诉罗生门，当年抱走他的那个男人小拇指断了一截。但是父亲的两只手都完好无损。

从那一刻起，他就已经确定父亲就是贩婴团的一员。

罗生门就在这时又看了一眼天边，残阳已经燃尽，只剩下将尽未尽的天光了，他说："是不是到了你说的该算账的时候了？"

李不空说:"是!"

"能不能算上我一个?"罗生门把在来殡仪馆之前就已经做好的决定告诉李不空。

李不空在暗下去的天光里久久地看着罗生门,等到他快要看不清罗生门脸的时候,他说:"你刚才说什么?"

罗生门说:"我愿意和你一起去算这笔账,但是你需要答应我一个条件。"

"什么条件?"

"我需要先把我爸的腿治好。"

李不空愣了一下,他说:"我答应你。"

在那天的暮色彻底铺下来之前,罗生门又朝殡仪馆里看了一眼,殡仪馆里还有工作人员在喊着死者的名字,突然喊到一个陌生的名字的时候,外面却没有一个家属应答,工作人员念叨了一句奇怪,一滴泪却从罗生门的眼角落了下来,李不空注意到了,他说:"要不要进去祭奠一下?"

罗生门吸了一下鼻子,摇了摇头,他说:"我还不配做她的儿子。"

二十九

呜——空气里响起养鸽人清脆的鸽铃声,成群的白鸽从李不空家阁楼顶上飞过,一只白鸽离了群,停落在李不空家外墙上一处被火烧黑的洞里,在这个洞里正有一台录音机在悄悄地运作着。小糖在阁楼上听到外面发出咕咕的声音,从窗子里伸出头望了一下,看到那只鸽子振翅飞走了,就又关上了窗。

在窗内,罗生门、刘岩杈、李不空,他们几个人就像散落在棋盘上的棋子一样四散在李不空家的阁楼上。在刚刚过去的一段时间里,小糖一部分时间是通过头顶上的那片亮瓦看天上的流云,另一部分时间则用来看罗生门,她看到罗生门正用马克笔在李不空的那块板子上写画着。

而她的记忆却一路退回到昨天吃过午饭后被烈日照耀的天井里,罗生门正坐在天井的门廊下用竹刀一点点劈着竹子,他要在院墙下搭一个杜鹃花架。看着阳光从门廊缝隙里漏在罗生门的脸上,把罗生门的脸照得发出瓷器一样细腻的光泽,小糖突然觉得自己好像被人暗中打了一拳,有细碎的疼痛感传来。这么多天,她经常想起那天下午罗生门从轧棉厂回来时的表情,像一只失了焦的镜头,每当这样的时候,她就觉得有人用拳头在她的心上狠狠地捶打,疼得让她痉挛。

于是她走向了罗生门,叫了他一声,罗生门抬起头来看着她,眼神笔直而柔软。小糖站在他面前,与他四目相对,忽然就有些想落泪,她还是鼓足了勇气说:"罗生门,我们走吧,离开这里。"

罗生门深深地凝望了小糖一眼,他微微一笑,放下手中的花架,站起来朝她张开双臂。小糖走进了罗生门的怀抱里,小糖把头靠在罗生门的胸膛里,能听到罗生门强有力的心跳,能闻到少年身上的汗液和洗衣粉混合的气味。可这样的感觉莫名让她感到有点不安。

果然。

小糖听了半天,大致听出他们讨论的内容有两点:

一、罗生门通过跟踪罗宽心已经知道贩婴团在找一本什么账本。

二、在李不空知道是谢天保把阿阮推下去后,他第一时间就去找了阿阮的男友阿良,因为他猜测阿阮一定是知道些什么,贩婴团才会找上她,并杀人灭口。但是阿良不信任他，在他多次坦明来意的情况下，阿良最终告诉他——阿阮在生前曾交代过阿良，如果有一天她死了，就让阿良去找一个叫"司机"的人。阿良还透露给李不空一个十分重要的信息，那就是阿阮当年好像是从什么地方逃出来的，而帮助她逃出来的这个人就是司机，阿阮说他是他们内部人，李不空猜测"司机"就是当初那批名单上的刘世荣。

经过讨论，他们猜测那本账本上一定藏着贩婴团犯罪的证据，不然贩婴团不会那么费尽心机找。按照目前的情况来看，那本账本很有可能就在"司机"手里，所以他们的目的很明了，就是需要找到"司机"，并且拿到账本，指证贩婴团。

小糖听了听又觉得烦了，所以她又把窗推开了，趴在老旧的木窗上，把头探出去一点，再探出一点，她已经等不及要离开这里了。

已经是第四天的下午，他们什么都没找到。罗生门趴在柜台上，脑子里想着的是刚才他站在邮局门口一个绿漆皮油桶那里，他的眼神往四周扫了一圈，发现没人，他快速从怀里掏出一个文件袋丢了进去，然后沿着马路边快速走开，等他在街上兜转一大圈以后，他才回到家。

这时店铺走进来一个买香烟的顾客，打断罗生门的思绪，他敲了敲玻璃柜："给我来一包庐山。"罗生门刚想说"不卖"，话还没出口，他猛然想起，父亲曾经售卖了一条从不出售的庐山香烟给郭颜英，而后来听刘岩权说他是因为谢天保抽庐山他才想到店里来买。罗生门突然意识到什么，罗宽心却在这时走了过来，他从玻璃柜里拿出一包庐山香烟递给了客人，在找过零以后，他说："庐山的烟，以后客人要，就卖给他。"

罗生门问："那以前为什么不卖？"

听见这个问题，一枚零钱从罗宽心的手中滚了下来，罗生门看着它一直从柜台上滚到自己的脚边，罗宽心并没有去看，他只是笑着解释："云南人抽不来这种江西卷烟，觉得辣口，就懒得卖给他们。"

罗生门看了一眼父亲，就蹲下身把那枚零钱捡起来放在父亲手里，"哦"了一声。

在罗宽心做晚饭的时候，罗生门找机会溜上了李不空家的阁楼，告诉李不空他们一条重要线索——贩婴团隐匿在南风镇，他们的联系方式很可能是靠在他家小卖部买卖庐山香烟作为接头暗号，他们通过这条线索没准能够找到"司机"。等到罗宽心做好饭从厨房出来的时候，罗生门还趴在柜台上，黄昏洒进来的光辉，让少年的脸看起来柔和而富有生命力。

罗生门离开没一会儿，刘岩权的脚步开始在李不空家的木楼梯上不停地交换，不等小糖问出："你去哪？"噔噔噔的声就已经到了楼下，等到小糖探出头去望的时候，刘岩权的摩托车轰鸣声已经远在天边了。

此时南风镇西北角货运工厂的家属区完全浸在一片灿烂的霞光中，低矮的二十世纪七八十年代的住房密密麻麻地挤在一起，中间夹着一栋"一颗印"式的废弃图书馆，在底下丛生出小吃店、小卖铺、锅碗瓢盆专卖店等等一大堆的营生。这个点，整个住宅区都是一片乒乒乓乓的炒菜声，刘大茂也一手拿着满是污渍和血迹的工作服，一边想他今天下午出货时发生的那个意外。车子走到叠水湖大坝，一头水牛突然冲到桥上，刘大茂猛打方向盘，踩刹车，谁知刹车突然失灵，车门也被锁死，要不是他在座椅下放了应急工具，及时砸开车窗跳了出来，现在他已经连人带车在叠水湖底下躺着了。回厂里的时候，工友告诉他，昨天这辆车刹车出了点问题，是叫天天修车行的谢师傅来修好的，没想到还是出了大问题，还好他命大。

刘大茂这样想着，已经走到了门口，正要掏钥匙的时候，他看到锁孔里被拧直的锁芯，他突然停住了动作，平时出门，他一般不会把锁芯拧直，他会把钥匙插在里面再微微回拨一点，钥匙也照样能拔出来，而现在锁芯却被拧得笔直。他开始慢慢往后退，准备随时逃跑，门却在这时从里面拉开，从背后传来一个声音："到家了为什么不进来？"

刘大茂心里的骤雨一下就过去了，他转过身，看到刘岩权系了个围裙站在门洞里，这幅画面看起来不可思议。刘大茂急忙解释，语气依旧卑微："今天是你妈的忌日，我忘了买菜，去买菜。"

刘岩权却只把目光罩着他，刘大茂赶紧用工作服把手臂上的伤痕挡住，一脸讪讪地说："今天出车出现了点小意外，都是皮外伤，没什么大事。"

刘岩权还是没说话，两人一个在门外一个在门内相对站了一会儿，刘岩权憋着气说："菜我已经买了。"这才让开身把刘大茂让进来。看到刘大茂的后背，刘岩权的心脏才真正一缩。刘大茂的整个左肩部位的衣服全部被撕裂，里面露出的血肉已经干涸，与衣服粘在一起结成黑色的硬块。

"怎么弄的？"

"啊？"刘大茂却在这时转过头来一脸迟钝地应了一声，仿佛没听清刘岩权的话。

刘岩权也不打算再问了，他了解刘大茂是个什么样的人。一转身就走进刘大茂的房间，拉开五斗橱的抽屉找一些能处理伤口的东西，翻找的过程中眼睛却不自觉地看到抽屉里的某样东西。

他怔了怔，又继续翻找起来。

刘岩权终于拿着剪子和纱布出来了，刘大茂却像根桩一样站在原地一动不动。刘岩权沉着声，像是压着火："过来啊！"刘大茂还站着不动，嗫嚅着嘴一脸难为情的样子说："不用，不用，都是小伤，我自己晚上随便弄弄就行了。"

刘岩权却真的恼了，他拖了一把椅子，迈动着长腿就往刘大茂走去，手上没有轻重地一下就把刘大茂拉得坐倒在椅子上，很粗暴地拿着剪子把那些粘在伤口上面的破布剪下来。刘大茂一动不动。可刘岩权还是感受到了，在他拉扯那些已经粘在肉上的碎布的时候，刘大茂的身体疼得颤抖了一下。刘岩权看见了刘大茂脊背上突出来的骨节，一粒一粒的，整个人在从外面打进来的霞光里好像只剩下一副佝偻的骨架，皮肤也像晒皱的橘子皮一样披挂在他身上。刘岩权记得以前，刘大茂一直是个微胖的男人，这些年，他真的消瘦了很多，也老了很多。

刘岩权放轻手上的动作，把刘大茂身上有伤的地方都裹上纱布以后，才面无表情地走进厨房做饭去了。刘岩权并不是十指不沾阳春水的男生，跟着谢天保修车这几年，每天的晚饭都是他做的，他却从来没有给刘大茂做过晚饭，一顿都没有。刘大茂坐在椅子上看着厨房里的刘岩权。刘岩权紧抿着嘴唇有条不紊地翻动着锅铲，整个人看起来灰蒙蒙的。刘大茂浑浊的眼睛里却突然蓄起了一捧光，这捧光好像是从刘岩权的身上投射过来的。

刘大茂不自觉地向上弯了弯嘴角。

晚饭吃过以后，刘岩权沉默地趴在窗台前的阳台上抽烟，吐出的烟雾与从夜色中升起的白雾混合在一起，让整个夜色都朦胧起来。刘大茂突然站到刘岩权的身边，也抽起烟来，刘岩权偏头看了他一眼，又看了一眼他手里的烟盒，没说话，就把头转了回去。

整个家属区的灯光已经灭得差不多了，他们这一盏就像天上的孤星。刘岩权把指尖燃尽的烟蒂，向黑暗中甩去，落地无声。

"你怎么不抽庐山香烟了？"

刘岩权的声音雾气一样飘来，刘大茂嘴里的香烟猛亮又猛熄下来，他说："上次那包是雇主送的，已经抽完了。"

"哦。"刘岩权像是赞同似的点了点头，随即他从口袋里掏出了一样东西，这是刚才他找纱布的时候，在刘大茂的抽屉里发现的。

刘大茂看了一眼，神情融入了夜色里，像雾一样朦胧了。

第二天，太阳如往常一样透过刘大茂家窗扉上的毛玻璃，在地上投射出三个毛茸茸的影子，在影子前面的刘大茂像个受审的犯人一样规矩地坐在椅子上。他有些局促，转头看了一眼正低头坐在门口鞋柜上的刘岩权。刘岩权的头发长长了，把他的眼睛挡得严严实实，刘大茂完全看不到刘岩权脸上的表情，他又看到那个被放在桌面上，一个遍体白色，在顶部用红色勾了"庐山"两个字的香烟盒，这是昨天晚上刘岩权从口袋里掏出来的。昨晚他静静地看了一眼，就把眼神扔向黑暗的夜空，"你知道多少了？"

"我什么都知道。"

想完这些刘大茂把眼神从桌子上拉回来，他把头转了过来，用浑浊略显得没有焦距的眼睛盯着脚前的三条黑影，他说："没错，我就是你们要找的司机。"

最左边的影子动了一下，他说："你为什么愿意主动把真相告诉我们？"

刘大茂听见以后没有回答，反而说："我以前好像在哪里见过你。"

左边的影子知道他不想说原因，于是换了个问法："你也是贩婴团的一员，我们怎样才能相信你是司机？"

"因为我知道账本在哪儿。"

这时旁边的两个黑影也有了反应，而最左边的黑影依然问："在哪儿？"

刘大茂抬起头看了左边影子的主人一眼，这才开口说话："我真的见过你，十八年前，在昆明，有一个警察跟你长得一模一样。"左边的影子就是李不空，听到这句话他一言未发，他把眼里的阴影罩在刘大茂的脸上。

刘大茂这才又接着说："但我不是完全知道。"

"什么意思？"

那天刘大茂就展开了他漫长的回忆，在此期间，罗生门他们就一直沉默地听着，在刘大茂吐出他最后一个字的时候，李不空下意识地转头看向了旁边的罗生门。罗生门一直垂着眼睑，仿佛没在听一样，过了很久他才缓缓地抬起头，盯着刘大茂，刘大茂被这双眼睛一看，内心颤抖了一下，他觉得这双眼睛跟罗宽心很像，让他不自觉地把头低了下去。

他听见罗生门问："当年是谁杀了我爸？"

刘大茂愣了一下，反应过来："杀人的是宝宝，这与我无关，我当年就只是一个司机。"

"宝宝？"

"嗯，宝宝是谢天宝的绰号。"

刘大茂还在等罗生门的下一个问题，罗生门问完却没有再问。刘大茂知道他没有时间了，于是又把目光对住了李不空，他说："你是那个警察的儿子对吗？"

他们走出刘大茂的家门时，正是下午最热的时候，热气就像一块热毛巾一样，一下罩上来。他们看着眼前把地面晒得发白的阳光，又想起刚才刘大茂对他们说的话："你们最好小心一点，没准你们现在所做的一切都已经在大哥的掌控之中。"他们又觉得从脚底升起一股寒意。

在短暂的目光交汇以后，罗生门和李不空达成共识，他们决定先去五月宾馆找寻阿阮当年是不是把账本藏到了什么隐秘的地方，因为根据刘大茂的讲述，阿阮当年带着账本从家里逃出来以后就住在五月宾馆。但李不空说他还有点急事需要先去处理一下,就只有罗生门和小糖前往五月宾馆。

三十

葡萄藤架下都已经结出了紫莹莹的葡萄,被射进天井的夕阳一染,仿佛有了一种后印象派油画的质感。郭颜英并不懂什么油画,她只是站在葡萄藤架下,那些夕阳透过葡萄藤叶洒下的斑斑点点都沉在她身上,让她变得热气腾腾,好像是一缕水雾,随时都会从这里蒸发掉。她捏了捏包里她刚从邮局拿到的东西,突然一道阴影把她罩住,让她仿佛一下有了实体。

隔了好几天,谢天保站在她的面前,她觉得他好像消瘦了很多。她想伸手去摸他的脸,谢天保却一下把头偏开了,声音有点沉,他说:"你来干什么?"

郭颜英听出了这句话里的不耐烦,她的心瞬间沉了一下,于是她拿眼睛往谢天保的侧面瞟了一眼,看到谢天保的腰间有一块鼓起来的地方,往上看他还戴了一顶能遮住半张脸的登山帽，郭颜英于是似笑非笑起来："怎么，我不能来了吗？"

谢天保看着她："你上次说罗宽心的腿坏了，我告诉你根本没有坏，你知不知道你差点要了我的命？"

郭颜英却依然笑着："是吗？那他怎么会放过你？"谢天保不自觉地摸了摸脖子上的刀口，郭颜英自然注意到了，她说："你向他求饶了？"

谢天保看着郭颜英那张笑眯眯的脸，他有时候觉得这个女人真的太聪明了，太聪明的女人有时候会让人觉得很讨厌，于是他把拳头攥得咯咯响，声音是从牙缝里出来的，他说："等拿到账本，谁向谁求饶还不一定！"

郭颜英的眼睛又往谢天保的腰间瞟了一眼，好像明白了什么，她说："你要去干什么？"

谢天保没有回答，天井里似有倦意的夕阳全铺在他的眼底。让他想起五天前，也是这个时候，罗宽心举着一个录音机放在他的面前，磁带缓缓转动，里面有段声音"当年是司机把阿阮救出来的，我猜账本现在很可能就在司机手上"直接挑动了他的神经，他睁大眼睛看着罗宽心。之后他按照罗宽心的吩咐，借着修车的名义，去到货运公司给刘大茂所开的那辆货车的刹车和车门都动了手脚。按照他们本来的设想，刘大茂会在第二天下午被他们逼问出账本的下落，等到刘大茂交代出一切，他们就会放他走，等刘大茂失魂落魄地去送货的时候，车子会在路上突然出现意外。可是谁知道，那天刘大茂的车子才驶出货运公司没多久，经过叠水大坝时一头水牛突然冲出来，让他们还没来得及逼问刘大茂，就被刘大茂发现了这个问题，引起了他的警惕。

郭颜英见他不说话，于是也慢慢抬起头，天井上有大片鱼鳞似的红彤彤的云朵，然后她又把手放在包上捏了捏，那里面有两份办签证的材料，她看着谢天保从帽檐下露出的一缕头发，她说："你的头发脏了，我等你回来替你洗头吧。"

谢天保就把目光从天井上收回，他又想起昨天下午，罗宽心突然联系他，告诉他司机已经暴露，需要马上动手，于是他说："天快要黑了，我劝你还是早点回去吧，接下来的路，可没有那么容易走。"说完，谢天保就头也不回地走出了院门。

郭颜英还在葡萄藤架下站着，她本想叫住谢天保，但她想了想，最终还是没有出声，她拢了一把自己的头发，朝四周看了一眼，也快速离去了。

连日来的晴天，把南风镇像是投入了火炉之中，即便天已经黑透了，吹过来的风，依旧像是放在火里炙烤过一样，热辣辣的。小糖转头看了一眼走在旁边的罗生门，罗生门低着头，安静地走着。

小糖知道罗生门在想什么，下午他们把五月宾馆能找的地方都找了一个遍，差点把他们的天花板都撬了，却一点发现都没有。可是刘大茂告诉他们，阿阮曾经告诉过他想要找到账本的话，那就抬头看。

小糖不自觉地抬头往头顶看了一眼，满天繁星。忽然，小糖停下来，她叫了一声："罗生门。"

罗生门也停下来，瞅着她看，脸上带着疑问。紧接着他就听到小糖说："你抬头看！"

罗生门抬起头，他看得有些呆住了，小糖却突然冲过来拉住他的手，他们在黑夜与星光下奔跑。他们跑过饵丝摊，跑过松花糕铺，跑过叠水桥，跑过年少时的一切惶惑和不安，最后他们爬上了水库边上的水塔，肩并肩坐在水塔的边沿上，他们仰着头，漫天的星光也为他们凝固。

只怕这世间再好的美景也比不过今夜的星空吧。那么美，美得小糖都有一种隐隐的预感，风雨马上就要来了，他们将再也没有躲避的地方。小糖于是在这时候再次开口，很迫切似的，她说："罗生门我们走吧。"

罗生门看着小糖的眼睛，觉得她的眼睛比天上的明星还要亮，但他还是轻轻地摇了摇头，说："抱歉，小糖，这次我还是不能走。"

"你想好了吗？"小糖看着罗生门垂下来的睫毛，他看起来那么难过。

"嗯。"罗生门轻点了一下头。

从水塔上下来，罗生门先把小糖送回了住处。其实，刚刚在水塔上，罗生门看着小糖的眼睛的时候，有那么一瞬间他差点想答应小糖，可他还是克制住了，他觉得这笔账不算清楚，他永远都走不了。到家的时候，家里灯火通明，罗宽心却不在店里，罗生门以为罗宽心是被人叫去下夜棋去了，于是他走进了堂屋，给母亲的灵牌上了一炷香。之后他就跪在灵牌下，脑子里开始浮现母亲的身影，母亲像平时一样，在堂前屋后穿梭着，有时候她会突然停下来，对拽着她裙角的小时候的他说"罗生门别闹，妈要干活"。有时候她又会抱着他坐在天井的门廊下念诗，曾经很多次，他都在母亲念诗的声音里昏昏欲睡，那声音就像是雨水一滴一滴滴落在廊下的青石板上，所以他经常会在半梦半醒里睁开眼叫一声"妈"，母亲会摸一摸他的头告诉他"罗生门别怕，妈在这"。

可是接着他又想起下午刘大茂对他说的话：母亲是十三岁时跟随她父亲偷渡到中国的缅甸少女，在情窦初开的年纪遇到了温文儒雅的中国男人罗宽心。可她不知道罗宽心把她当作了狩猎目标，所以在叠水河的芦苇飘荡起来，罗宽心告诉她他喜欢上她了，想娶她为妻时，她的心在那一刻像是春天河面上的冰一样全都融化了。后来她甚至不惜违背父命都要嫁给罗宽心，在她父亲因病去世的那天她都倔强地在父亲的坟前发誓，她要证明她的选择是正确的。

事实上，她父亲说的是对的。她在婚后发现罗宽心好像渐渐变了，整个人不像他们刚认识时那样温暖、体贴，他变得很冷淡，让她觉得罗宽心的脸上好像盖了一层面具，而面具底下的罗宽心是一个她完全不认识的人。直到有一天她在家收拾东西的时候，找出了一本账本，当她翻开的时候她才真正把罗宽心的面具揭下来。因为那本账本里记录了婴儿的来源和去处，还有价格和分成，那是拐卖团伙的作案记录。

阿阮在那一刻如同五雷轰顶，她却一直装作什么都不知道。直到一个下午，她遇到了刘大茂来店里买香烟，罗宽心叫他"刘司机"，通过他们之间的对话阿阮发现罗宽心跟刘大茂之间好像有什么隐秘的关系。后来刘大茂也会偶尔过来买烟,但看罗宽心不在,他就不买了。这让阿阮确定他们之间一定有关系。

而阿阮这时并没有时间管那么多,她在筹划逃跑,她选了一个罗宽心吃完饭要去农贸市场进货的中午,她一边为罗宽心戴上遮阳的帽子,一边跟罗宽心说她下午要为天井里的杜鹃花搭一个花架,让罗宽心丝毫都察觉不到她要逃。而且在罗宽心走后,她真的搭好了花架,甚至还给那些杜鹃花浇了水,把罗生门抱回房睡觉,她才开始收东西,发了疯一样地逃出家门。

罗生门也记起来母亲离开家门的那个下午,母亲说话的语气明明带着害怕和急迫,他却根本就没有听出来。

可是阿阮一出家门就碰到了刘大茂,她躲闪的眼神让刘大茂发现了异常,于是她拔腿就跑,刘大茂上来追她,他拽住她的胳膊,把她抱住就要往回拖,而她却突然泪流满面地跪在地上,她说:"我求求你,你们放过我吧。"

刘大茂那一刻满头大汗,他在思考片刻以后,把她拖到自己的货车里,开车把阿阮藏到了五月宾馆。他打算借着晚上去外省出货的机会,再带着阿阮逃出去。可等刘大茂再回宾馆的时候，罗宽心已经先他一步找到了阿阮。罗宽心把阿阮抓回去绑了起来，他打她，折磨她，想让她交代出账本的下落，可是账本已经被她给藏起来了，他找不到就一直囚禁着她。直到有一天，罗宽心突然走进来，看着人不人鬼不鬼的阿阮，他一点点擦掉她脸上的脏污，帮她换上干净的衣服，他说："阿阮，你是一个那么爱干净的人，如果你愿意告诉我把账本藏在哪里了，我马上就放你出去。"

罗宽心说得那样真挚，但她知道这一切都是谎言，一旦她说出口，她就必死无疑。所以阿阮开口问了罗宽心另一个问题："你是真的喜欢我，还是想骗一个女人回来帮你照顾孩子，替你掩藏身份？"

罗宽心没有说话，阿阮心里的最后一点希望也终于被磨灭，她狠狠地啐了罗宽心一口，说："我真后悔没有听我爸的话，嫁给你这头豺狼，你这辈子也别想从我这里得到账本，我就是死，也要你陪我一起下地狱，哈哈哈……"

阿阮狞笑起来，罗宽心却伸手一巴掌就把她的头打偏过去，看到还在狂笑的阿阮他愤然离去。而这时候一直躲在屋外的刘大茂往黑暗里缩了缩，这几天他躺在床上一直翻来覆去想着阿阮被罗宽心拽出房间时，从门缝里看他的那一眼，他知道她在说："救我！"可是刘大茂躲在杂物间里，他的腿抖得厉害，一直到阿阮被罗宽心完全拖出五月宾馆他的腿都没有挪动一步。可是阿阮的那个眼神又折磨得他睡不着，于是他从床上坐了起来，窸窸窣窣地穿衣服，妻子蒋红梅还问了一句："去哪儿？"

等到罗宽心彻底走远，他才跑进来想看看阿阮的情况，谁知道阿阮又一把抓住了他的手，她缓缓把头抬起来，那一刻，他呆住了，他看着阿阮脸上那些蛛网一样的血痕，他觉得眼前看到的不是人，而是一只从地狱爬出来的恶鬼。刘大茂的心突突地跳，他想跑，阿阮却紧紧地拽住他，她说："求求你，再帮帮我。"

所以那晚，刘大茂开着车把阿阮放在一片荒草地上，他说："接下来你要自己跑，我不能帮你。"

罗生门都能想象到母亲后来是如何拖着一副残躯在路上慌不择路地奔逃，跌倒，爬起，逃命……

夜，正在一寸一寸地深起来，洒进屋的清冷月光慢慢移动到了灵牌上方的佛像上，罗生门抬起头来，看着佛像庄严肃穆的脸。无数次，他看见父亲双手合十虔诚地跪在这尊佛像前，那时他不懂父亲为什么会信佛，现在他才知道，他应该是为自己做的那些恶事而感到恐惧，不得不追求精神上的慰藉。可是他欠下的那些账，仅仅靠忏悔是无论如何都还不清的。

　　罗生门不想再去想，他打算从蒲垫上站起来，才抽动了一条腿，他顿了一下，猛然抬头，清冷的月光依然落在佛像上。

　　刘岩权拿了一瓶啤酒顺势靠在窗台前的水泥护栏上，他仰起头，有点微醺的醉意，时间开始在他脑子里回流，它停在今天下午刘大茂似笑非笑的嘴角上。

　　这不是他印象里的刘大茂，他印象里的刘大茂不会这样笑，他只会畏畏缩缩像一个懦夫一样。

　　"你是不是有问题想问我？"

　　刘大茂看着刚把罗生门他们送出门，又返回的刘岩权。刘岩权站在门口，不说话，下垂的眼睫像一轮弯月倒映在眼波之中。其实刘岩权是在想昨晚刘大茂问他是怎么知道这一切的，他看着夜幕里越来越浓的雾气，仿佛要把他吞噬掉一样，他说："这个世界没有不透风的墙。"

　　刘大茂点了点头，说："这一天迟早都会来。"然后他把那根还没抽完的香烟在水泥护栏上揿灭，脸上换上了坚毅的表情："告诉我，你是怎么知道这一切的。"

刘岩权吃了一惊，他盯着刘大茂，想要探究眼前这个人是否还是刘大茂。刘大茂却盯着他，眼睛里充满了急迫，刘岩权把头转了回去，开始缓缓开口。

雾气在夜空中聚了又散，一团雾气刚要聚集就被震散，"你们已经在找账本了？"刘大茂似乎不敢相信刘岩权的话，早前他们贩婴团碰面的时候，虽然他已经知道罗生门和那个叫李不空的辅警在调查他们，可那个时候也只有郭颜英和谢天保暴露了，没想到短短一个月不到的时间里，他们这艘船已经完全搁浅了。

刘岩权缓缓地"嗯"了一声，而后他又补了一句："我们现在在找司机，他是阿阮在逃跑前唯一有过接触的人。"刘岩权说这句话的时候，他的眼神完全铺在刘大茂的脸上。

刘大茂当然感受到了刘岩权的目光："你是从什么时候发现我就是司机的？"

"刚刚。"刘岩权没有撒谎，在他在抽屉里发现那包庐山牌香烟的时候，他心里就已经有了答案。可他并不敢确定刘大茂就是他们要找的司机，刚才他掏出香烟盒也只是在试探，但他没想到真的会是他。

眼前的雾在翻滚，在聚集，在扩散，变得越来越诡秘，就像今夜发生的一切一样，都已经超出了刘岩权的想象。他和刘大茂像两棵生长的桑树，在天幕下静静地伸展着枝叶，两人仿佛在试探，抑或是僵持，突然刘大茂的枝叶抖动了一下，他提出要见罗生门他们一面，刘岩权也抖动了一下，他答应了。

想到这里刘岩权眼中的光突然一动，平静被打破，那轮弯月就慢慢碎裂。刘岩权微微抬起了头，在张了好几次嘴以后，他终于问出："当年你明明看见妈被金三那个流氓欺负，你为什么不救她？"

这句话里包含的怨恨和痛苦很明显把刘大茂烫了一下，刘大茂张着嘴，很久都不知道该说什么，到最后他才说出："我不能救红梅。"

"为什么？"刘岩权脸部的线条绷紧，情绪在心内剧烈地颠簸。

"救红梅我就会暴露，就没有办法做今天下午所做的事。"刘大茂的话仿佛说得很淡定。

"那妈呢？她就活该去死？"刘岩权为了控制自己的身体发抖，紧紧握拳，脖子上的青筋却暴出了，眼睛红得像一只兔子，这是压在他心里十年的情绪。

"我也没想到红梅她……她会做这种傻事。"刘大茂看着刘岩权的眼睛,他嘴唇抖了一下,才说出这句话。刘岩权却根本就不买账,他说:"你根本就是一个贪生怕死的懦夫!"

日光渐渐散去,房间沉在如水般的黑暗里,只有挂在客厅墙壁上一只老式的自鸣钟在有一下没一下地摆动,然后狠狠地敲了九下,显示现在是晚上九点,隔着房门,刘岩权还是能听见厨房里间歇性传来锅碗瓢盆碰撞的声音。即使下午发生了那么激烈的争吵,刘大茂依然在厨房为他操持晚饭。

他一拉房门,就想告诉刘大茂别做了,可是刘大茂却从帘布后伸出头来,又挂上了卑微的笑容,他说:"饿了吧,饭马上就好了。"

那彼此站立的两棵桑树,再怎么想割裂,它们的根始终盘结在一起。

这一晚,刘大茂的话仿佛格外地多,不管刘岩权是否在听,他都说得很有兴致,仿佛这次不说,下次就再也没有机会了一样。他甚至搬出了半箱啤酒,他边喝边开始回忆他的老家——安徽一个叫凤阳的小县城,那里的凤阳花鼓队到了节日就咚咚地敲起来,在那里还有他娘和他曾经的未婚妻。这么多年,他都已经忘记了自己未婚妻的样子,只记得她是一个笑起来像是母鸡打鸣一样的女人。也是那样的笑声促使他答应罗宽心去帮他们开面包车，赚到钱他就回凤阳去娶她。可是这么多年，他早已认不得故乡的路，更不敢认故乡的人。到最后他说："是我对不起你妈，是我该死，我就是个懦夫！"

说完这句话刘大茂趴在桌子上伤心地哭了起来，他哭得声泪俱下，这也是刘大茂第一次在刘岩权的面前表示出忏悔，刘岩权本想劝慰劝慰他，可话到嘴边，只变成了一句："别哭了。"刘大茂果真没有再哭了，他抹了一把脸上的眼泪和鼻涕，他说："好，喝酒！"所有流失掉的泪水都用酒精弥补回来了，渐渐地，酒精让他们失去了理智、矜持和隔阂，他们在歪歪扭扭里碰杯，说笑。

刘大茂也许是不想让这样的感觉消失，在半箱啤酒喝完的时候，他打了一个酒嗝摇摇晃晃地站起来，说："我一会儿就回来。"然后就走出家门买酒去了。

刘岩权拿着剩下的半瓶啤酒，踱步到阳台上，室外流通的空气，让刘岩权发涨的头脑逐渐变得清醒，他开始仰望头顶上的这片星空，回想这一天发生的事情。

客厅里的自鸣钟又在敲，他一下惊醒过来，刘大茂出去多久了？

三十一

一条回字形的晾檐，回字的中间就是一个染池，染池的边上用竹竿搭成一层一层的晾架。红姐把最后一批货的客人送走，就关了上门，在门上靠了一会儿，她就快速往房间走去。

等她再出来的时候，她已经换上了一件宝蓝色的缎面裙，还化了点淡妆，模样就像她第一次在医院遇到罗宽心时一样。等走到门边的时候，她再次回望了一眼，从晾架、染池、回廊一路看到被锁在房门前的月光上，她怕她再不看，以后就再也没有机会了。

这几晚，她几乎没有一晚合过眼，那些往事一直像电影一样一幕一幕地在她眼前播放。最后，她做出了一个决定，她觉得这一切是时候该结束了。

最终她扭回了头，推开了红坊的门，朝着南风派出所的方向走去。

今夜叠水湖静得像一面镜子。湖边，刘大茂的头重重地向下垂着，发出像牲口一样的喘气声。他的腿被一段生锈的铁链捆着，脚底下还坠了一块沉甸甸的石头。谢天保看着始终一声不吭的刘大茂，把手中的香烟掐灭走到湖边一个人影的身边，轻声说："大哥，他还是什么都不愿意说。"

罗宽心没答话，湖边的湿气让他那条跛腿又产生锥心的疼。他这条腿已经很久没有再疼过了，有时候他会用手指敲一敲他这条腿，会传出像敲枯木一样的梆梆声，他觉得他这条腿是他身体上早于他死去的部分，今夜它为何又会疼？

罗宽心觉得可能是这湖边湿气的原因，他转身走到刘大茂的面前，伸出手把刘大茂的头抬了起来，刘大茂的脸已经被谢天保打得花花绿绿的，左边眼睛的眼泡也肿得像发面馒头一样。罗宽心又想起，十八年前，刘大茂垂着头站在他面前，抖着身子跟他说"我可以帮你们开车"，谁能想这样的人会有勇气做出卧薪尝胆这样的事呢？

"账本在哪？你还是说了吧，何必受这样的罪呢。"罗宽心帮助刘大茂把耷拉下来的头发拂了上去，并且仔细地擦着刘大茂嘴角的血迹。

可是擦完一缕，刘大茂的嘴角又流出一缕，刘大茂用那只完好的眼睛看着罗宽心，他突然咧了一下嘴角："你不如杀了我。"

在月光下，这笑多少有点恐怖，罗宽心捻了捻指间的血液,腥腻的气息让他皱了一下眉,随即他的脸上也挂上了笑容,说:"我敢保证,只要你说出账本的下落,我就放了你。"

这话好像起了作用,刘大茂没再出声,罗宽心也像一尊弥勒佛一样很有耐心地等着刘大茂开口。突然刘大茂冷哼了一声:"如果你们真想放了我,前天我的车就不会冲进叠水湖里。"刘大茂那只肿眼睛好像也一起睁开了,里面射出清亮的光,就如同一把剑,直接捅进了罗宽心的心窝。他的跛腿又在痛了,他往后趔趄了一步,谢天保就冲了上来,他揪住了刘大茂的衣领,拳打脚踢的声音就传来。

摩托车的声响好像把静谧的货运公司家属区划开了一道巨大的口子。

刘岩权刚才问过巷子口杂货铺的老板,店老板回答刚才他爸的确来过,可是巷子外好像有人把他叫走了。刘岩权望向那条通向黑暗的巷口,那里只有一群流浪猫嗖的一下从棚屋上跑过,发出各种混杂的钝响。

刘岩权的摩托车在路上疾驰,他已经把刘大茂平时经常去的地方都找了一个遍,根本就没有刘大茂半个人影。一个跟刘大茂交好的工友,把刘大茂前天出车遇到危险的事都一五一十地告诉了刘岩权。

那一刻恐惧漫上心头,时间在一分一秒地流逝,刘岩权正在赶往谢天保家的路上,脑子里回想起他八岁前的一个雨天。那天他在学校被冤枉偷了同学新买的文具盒,他生气地与那个冤枉他的同学打了一架,老师把双方的家长都叫过来,刘大茂把他护在身后,告诉对方的家长:"文具盒我们可以赔,但我们家岩权不会偷东西。"他失落的情绪在那一刻像是被一只大手给托了起来。回去的路上,刘大茂因为来时匆忙没有带雨伞,把他自己的工作服脱下来盖在他的身上,在那个小小的空间里,风吹不进来,雨淋不进来,那是刘大茂为他构造的一个安全的来自父亲的世界。

不知不觉,泪水已经在刘岩权的脸上肆虐。

在刘岩权骑着摩托车在路上狂奔的时候,罗生门抬起头看着上方巨大的佛像,他的额头开始沁出细密的汗珠,他想起母亲逃出来时对刘大茂说的那句话:"要想找到账本的话,那就抬头看。"

罗生门猛然惊醒,母亲阿阮正是知道了父亲罗宽心对佛像敬畏的心理,才把账本藏在里面。罗生门站起来,爬到了供台上,最终他真的在佛头里找到了一本扉页已经发黄的本子,一翻开,就让罗生门的瞳孔发生了地震。

罗生门走出堂屋的时候，他看似平静，脚步却是虚浮的，他的脑子里萦绕的全部都是账本上的内容：

1980年，1月30日，湖北襄阳小北门，男孩，罗茂生，襄阳到武汉，卖开早餐店夫妇，6000元。

1980年，2月15日，安徽安庆小学门口，女孩，谢天宝，罗茂生，安庆到黄山，卖景区乞讨，6500元，分3000元。

……

1982年，12月14日，四川医院附近，女孩，周岳红，未卖。

……

1983年，6月18日，四川影山公园，男孩，发生意外，罗茂生，周岳红，谢天宝，郭佳美，刘世荣，未卖，四川到南风……

罗生门一步一步往自己的房间走，他突然腿一软就跌倒在旁边的门上，撞进了罗宽心的房里，他久久地趴在地上不愿意起身。他的泪水开始不由自主地往下淌落，在地板上积起了两小洼水,这时他却发现其中一小洼渗到地板下去了,他再仔细看,发现那块地板是松动的。他用手轻轻一掀那块地板就被掀起来了,而自己消失了好几天的录音机正躺在里面。

他轻轻按下了播放键,里面立即就传出一片嘈杂的声音,有他的,小糖的,李不空的,还有刘岩权的。这时他的脑子里猛然想起下午刘大茂提醒的那句话,罗生门像是被一道闪电击中一般,原来这么多天,父亲一直在监听他们,他立即从地上爬起来,跌撞着就往外跑。

最后他终于跑到了棋摊,在棋友说出他爸已经有大半个月没有来下过棋以后,他重重地咽下一口气,就向棋友借了一个手机拨通了李不空的电话。李不空在那头语气好像有些气急败坏,在他听到罗生门说我找不到我爸了的时候,李不空在那头一下平静了下来,他告诉罗生门就在原地不要动,他马上过来。可是李不空的声音被一阵摩托车响盖过去了,罗生门回头就看见刘岩权骑着摩托车从自己的身边疾驰而过,于是他赶紧挂了电话,追了上去。

摩托车停在四合五天井的院外,很多坐在葡萄藤架前纳凉逗趣的租客看着刘岩权跑上去,立马又跑了下来,咚咚的声音调动着大家好奇的神经，刘岩权突然大步走到人群前，问："住在上面的房客呢？"

人群被他问得一阵莫名其妙，几双眼睛在他身上巡睃了几圈，才有人开口："你谁呀，找……"

"我问你话！"刘岩权猛然一吼。

人群被吓了一大跳，刚才那个说话的人，愣了一下又说："下午我还看到他跟一个女人……"

刘岩权冲出了院门，院内的人感受到摩托车呼啸而来，又呼啸而去，一个个都瞪大了眼睛，问一句："是不是发生大事了？"

刘岩权像一只无头的苍蝇，又往郭颜英家的方向骑去，在摩托车上一直反复地拨打刘大茂的电话，他在心里像是赌气似的说："刘大茂，接电话，接电话啊。"可是电话那头的显示从"您拨打的电话无人接听"变成了"您拨打的电话不在服务区"，他的心像是一下被铁链绞紧了，疼得他发出一声呜咽。他拧紧车把，车子即将驰过叠水湖大坝，坝堤上有一个巨大的缺口，这是前天刘大茂的车撞出来的。那个缺口即将从刘岩权的眼前掠过，刘岩权却猛地捏住了手刹，紧急制动让摩托车产生了漂移。刘岩权被甩出去，倒地的瞬间他立马就爬起来,朝着那个缺口跑去,在那里有一串钥匙,那是刘大茂一直挂在腰间的钥匙。

刘岩权捡起钥匙,猛然站起了身,往宽阔的叠水湖望去,湖的四周,都是郁郁青青的树木。

三十二

风已经把天上的星吹散了很多,月亮就很孤独地挂在天幕里,又倒映在叠水湖里。

刘大茂躺在湖边的湿泥里,让他有一种错觉他现在正置身在叠水湖的湖底,他觉得眼皮开始加重,身子却在发轻。他知道自己的肋骨应该是断了,不然他的腹腔不会这样的疼痛,但是他没有一点力气去摸一摸,他想他快要死了。

可是周围为什么会这么嘈杂,让刘大茂在"死"之前都忍不住想看一眼到底发生了什么。这一看让他彻底睁开了眼睛,因为他看到,离他一尺的地方,谢天保正反拧着刘岩权的手,用膝盖使刘岩权跪趴在地上,而罗宽心正用脚尖把盖住刘岩权脸颊的头发拨开，打量了一下刘岩权。

刘岩权脸贴在地上，眼睛却盯着刘大茂，不断在怒吼："爸，你们把我爸怎么了？"

谢天保却看着罗宽心："大哥？"罗宽心知道谢天保是在问他现在该怎么办。罗宽心仰头看了一眼天幕，星光虽稀了，却依旧在闪耀。

真美啊！明天应该又是一个晴天，可是有人应该看不到了，真是可惜！

这让罗宽心眼里不禁现出一丝怜悯的表情，可是他却吩咐谢天保："手脚干净一点！"说完他就又抬起头认真看起星空来。

谢天保把刘岩权押到湖边，刘岩权在拼命地挣扎，可就是挣脱不了谢天保的挟制，所以他不再挣了，他大声喊："爸。"

地上的刘大茂却没有任何动静。谢天保在这时开口说话了，他说："你不用喊他了，你们父子很快就会团聚的。"

刘岩权双眼充血，他回过头来瞪着谢天保，谢天保看了一眼，却突然大笑起来，他说："好歹师徒一场，死之前，你还有什么话想说吗？"

刘岩权只说了一句："你不配做我师傅。"

谢天保听完笑了一下，眼里就露出狠意，手也抬了起来，刘大茂却不知道什么时候从地上爬了起来，他像一支老虎钳一样一下钳住了谢天保抬起的那只手，而且又顺势把谢天保扑倒在地。等到刘岩权反应过来的时候，刘大茂梗着脖子对他吼："跑，快跑！"

刘岩权一时愣在那里，带着哭腔喊了一声："爸！"

刘大茂额头上的青筋暴出来了，像是一条条蚯蚓，可他还是尽量保持着微笑说："爸没事，你快跑。"说完刘大茂的眼睛瞪了一下，他往下看了一眼，谢天保已经从腰间摸出那把尖刀，捅进了他的肚子里。刘大茂没有放手，反而箍得更紧，他仍然在喊："快跑！"

泪水模糊了刘岩权的眼睛，他从地上爬起来正要逃跑，脖子却被人从后面用手肘死死地勒住。罗宽心勒住他，一边把他往湖边拖，一边对谢天保喊："快！"而刘大茂像是长在谢天保身上了一样，不论谢天保往他身体里送了多少刀，他都不放手，嘴里一直在喊："快跑，岩权，快……"

在刘岩权快要窒息的时候，他看到罗生门冲进了他的视线里，有些哀伤地看着眼前发生的一切。而罗宽心的腿就是在这个时候产生了更加尖锐的疼痛,疼得他直接栽倒在地,手上的力道也松懈下来,罗生门没有犹豫,立马冲上来就把刘岩权从他的手中解救了出去,并且开始深一步浅一步地奔逃。

而就在刚刚,他们有过短暂的四目相对,罗生门看着他,目光空荡,说不清是害怕是震惊还是不可相信,这让他感到痛心。谢天保终于从刘大茂的禁锢中挣脱出来了,他一脚就把刘大茂踹入了叠水湖里,看了一眼地上的罗宽心后,就打算去追逃跑的罗生门和刘岩权,被罗宽心喝止了。谢天保有些不甘心,眼前却猛然出现一片光亮,四周已经警笛四起。

谢天宝、罗茂生、郭佳美三人被通缉。

罗生门站在南风派出所门口的告示栏前,看着贴在上面的通缉令,三张没有颜色的脸,在明晃晃的阳光下被照得越发苍白。

这几天罗生门已经从李不空那里知道了那晚的情况,那天下午李不空对罗生门说他还有点急事,其实是因为听到刘大茂交代了蔡荃、康伯并不是贩婴团一伙,而他担心龙大飞又逃了,难以揭发蔡荃的罪证,于是把龙大飞带到派出所投案。笔录正录到一半的时候,红姐踩着仲夏的晚风走进了派出所的大门,在红姐跟警察交代完没错,这一切都是我干的,其他人是被我胁迫的时候，李不空突然拔脚，从审讯室外冲了进来，红姐正在签字，等着警察把她带走。李不空冲进去，按住了纸张圆珠笔，他有点发怒地对红姐说："你在说谎！"

红姐的眼神浅浅地扫过李不空的脸，她说："我不知道你在说什么！"这时其他警察也冲进来把李不空拖了出去，按在走廊的墙壁上，等李不空彻底安静下来，他们才放手。还没等他们走开，李不空接了一个电话就匆匆往外跑，跑到警务大厅门口的时候，他突然意识到红姐为什么会突然要来自首，而罗宽心又为什么突然不见了，出事了。

他又跑回去拉住那两个刚刚把他按住的警察，让他们赶紧出警。其中一个警察却突然嗤笑起来："李不空，你不会是把自己当成所长了吧……"这个警察还没说完，李不空就真的如一阵风一样，一下就撞进了华良的办公室，不一会儿，华良就从办公室出来："立即集合！"

那天李不空之所以说动了华良，是因为他掏出了那天下午刘大茂提议用录音笔录下的口供，原来刘大茂早就知道他可能会遭遇不测。可是等到警方赶到叠水湖的时候，还是迟了一步，他们只看到罗生门搀着刘岩权向他们奔过来，哪怕华良命令警方连夜布控，对整个叠水湖及其周边进行了地毯式的搜索，谢天保和罗宽心依旧像叠水湖上的水雾一样，被初升朝阳蒸发了。

"罗生门。"李不空这时站在警务室门口喊了一声，罗生门的背突然颤了一下才转过背来看着他。李不空走过去，发现罗生门一直在看停在门口的那辆装修公司的货车，他并没有太在意，只是轻轻拍了拍罗生门的肩膀，安慰他："别怕，只是普通的问讯。"

罗生门就跟着李不空一起走进了大厅，刚好看到红姐戴着手铐从审讯室出来。红姐看到罗生门似乎有些激动，可是被警察拽着，她只能嘴唇哆嗦着问了一句："你爸怎么样？"李不空却突然隔了过来，红姐就被警察带着消失在走廊的尽头。

再往里走，罗生门就看见刘岩权刚刚接受完问讯坐在走廊的长椅上，罗生门陡然想起来，在不是很久的以前，他和刘岩权一起坐在这条长椅上，那时候刘岩权把他长长的腿伸在走廊里，他脸上的表情也还充满了无所谓，现在他看见刘岩权，垂着头，两只手相握放在膝盖上，是那么安静。看见他走过来，刘岩权连头都没有抬一下。

罗生门就觉得好像又回到那天的叠水湖边。搜救队在水下浸泡了一夜，终于在湖的下游打捞起刘大茂的尸体。尸体打捞上来的时候，刘大茂肚子上十几处伤口，经过水的浸泡全部翻卷过来，每一道都像一张咧开的嘴巴。

罗生门看见刘岩权跪在已经死去的刘大茂身边，周围有人在小声嘀咕，只有刘岩权是静止的。他的眼睛就像两个干涸的泉眼，所有的眼泪都在昨夜流干了。罗生门走上前想要安慰他，可是他的手还没有伸出去，刘岩权却突然回头，红着眼睛对他吼："你爸杀了我爸！你爸是杀人凶手！"

罗生门的手还悬在半空，苦涩极了。他记得那天后来，刘岩权把缠在刘大茂身上的水草一一捡去，又把刘大茂脸上的淤泥一点一点擦掉。最后他才抬起头，一颗红彤彤的太阳已经升到树梢上，而后他又低下头，轻轻对刘大茂说："爸，你看，太阳升起来了，我带你回家，你昨晚答应过我的，一会儿就回去的。"

突然审讯室里有人拉开了门，李不空用眼神鼓励他："进去吧，华所长在等你。"然后罗生门走进了审讯室，阖上了门。

等到罗生门走出审讯室的时候，只有李不空坐在长椅上等他，刘岩权早就没了踪影。李不空打算送他回去，却被罗生门拒绝了。走出警务大厅的时候，罗生门放眼看了一下四周，风在吹，蝉在叫，而他的目光突然又落在了派出所门口那辆装修公司的货车上面，然后他飞速收回了眼神，把手伸进口袋里摸了摸，东西还在，他就朝着小卖部的方向往回走。才走到门口，罗生门就看到一个人。

天黑了。

南风派出所接到了报警电话，等到警车赶到的时候，小糖正蹲在小卖部的一片狼藉里，眼睛都被泪水包围了，她一看见李不空，就颤着声说："罗生门不见了。"

三十三

罗生门醒来的时候，看到的是漆黑的房顶和木窗里漏进来的一些月光，一转头就看到了坐在不远处的罗宽心。这时候他才发现自己好像是躺在一个废仓库的地板上，罗宽心正在吃一碗没有任何滋味的阳春面，可他吃得那么认真，就算发现罗生门醒过来，也没动一下。等他彻底吃完的时候，他才缓缓地把筷子搁在碗沿上，然后周正地转过身来看着地上被捆住手脚的罗生门。

罗生门没有说话，只是尽量让自己坐了起来，在他像一只虾一样蜷着身体的时候,他瞥到了桌子上的账本。他在罗宽心他们被通缉的时候,并没有选择把账本交出去。

"你在哪里找到的?"罗宽心把那本账本拿了起来,就着月光,在翻阅着。

"在佛像里。"罗生门据实相告。

罗宽心翻账本的动作停住了,随后他就露出一副无奈又好像恍然大悟的表情。罗生门还在看着他,最后他的目光落在罗宽心左边的裤脚上,那里有大片发黑的血迹。

那晚从叠水湖逃脱以后,谢天保就把罗宽心摔在地上,脚踩在罗宽心的那条坏腿上,脚尖轻轻地踹动着。罗宽心忍着痛,没有发出一丝呻吟,反而有些平静地说:"你如果还想逃命的话,最好还是不要杀我!"

树影被月光拉长映在灰扑扑的墙上,罗生门像是思虑了很久,才开口叫了一声:"爸。"罗宽心的身体在黑暗里颤了一下,然后他听见罗生门说:"你去自首吧!"

"自首?"罗宽心从烟盒里抽出了一支阿诗玛的香烟,扳动打火机点燃,往后靠在椅背上抽起来,"是你想让我去自首,还是那些警察叫你让我去自首?"

罗生门盯着那颗在黑暗中突然亮起的火点,他说:"你们做了那么多坏事,这些账迟早都是要算清的,你们逃不掉的。"

罗宽心仍在抽着烟,他不响,一直到把那根香烟抽完,罗宽心才有些发怒地说:"有些账的确是要算的。好,那我们今天就一次性算清。"罗宽心把罗生门从地上拉了起来,摔在了一张椅子上,他做完这些自己也满头大汗地坐了下来。他说:"告诉我,那些警察的计划是什么?你告诉我,就算是把十八年我养你的账还了,以后我不是你爸,你也不是我儿子。"

下午在审讯室,华良告诉他,罗宽心他们现在还没有逃离南风镇,他觉得罗宽心很有可能会回来找罗生门。他给了罗生门一只手机,他希望罗生门在碰到罗宽心的时候能够积极报警,并且想办法拖住罗宽心,他们会马上赶到。罗生门此刻正盯着自己的口袋,他庆幸那只手机没被罗宽心发现,罗生门悄悄挪动自己的手,想到只要按到通话键他就能立马报警。

罗宽心的眼睛早就注意到罗生门的这些小动作,他在罗生门的手指像一只蜗牛一样慢慢爬到口袋上时,一把就攥住了罗生门的手。罗生门还没来得及惊恐,那只手机已经到了罗宽心手中，屏幕上显示数字"11"。

"110？"罗宽心缓缓地念出，罗生门眼皮一直跳，他看着罗宽心向他走了过来，他大喊了一声："爸。"罗宽心的身体就在他的眼前停顿下来了，他弯下腰，把两只手撑在扶手上，近距离地对罗生门说话，他说："这是不是就是那帮警察的计划？"

罗生门把背紧紧地贴在椅靠上，吓得不敢说话，他觉得眼前的根本不是他父亲，而是一个完全陌生的人。

"告诉我！"罗宽心突然吼了一声，把罗生门吓得抖了一下，眼泪也没有预兆地流了下来，他点头，说："是。"

听到答案，罗宽心垂下头，狠狠地静了一下，屋子里只有罗生门抽泣的声音。很久，久到罗生门都以为罗宽心睡着了，于是他颤着声，再叫了一声"爸"。罗宽心又抬起头来看着他，眼里充满了疲倦，好像一个人独自走了很遥远的路赶到这里来似的。他听到罗生门哑哑的声音，说："爸，要不你逃吧。今天我在警察局看到了一辆从施甸县开过来的装修车，我在派出所里听到有人说所里最近在搞装修，专门从施甸县请过来的装修队。后来我回家的时候专门注意了，他们返程的时候会经停我们家附近的加油站，过关卡的时候，警察也查得松。爸,你逃吧!"罗生门一边哭,一边又强调了一遍。

罗宽心此刻看到罗生门眼角挂着晶莹的泪水,汗让他的头发与脸颊粘在一起,罗宽心突然就偏过头去看仓库外的月光,他觉得十分明亮,明亮得让他觉得有点刺眼。于是他又把头转了回来,这时他看到地板上有一张纸,是他刚才抢罗生门的手机的时候,从罗生门口袋里掉出来的。

罗生门也发现了那张纸,他明显变得有点紧张。罗宽心发觉不对,他立马捡起那张纸,摊开一看,那是一张医院的手术预约单,头上姓名那一栏写着"罗宽心",再往下看收费那一栏,定金赫然写着"12000 元"。

"哪来的?"

罗生门不吭声。

"哪来的?"罗宽心的声音严厉起来。

实际上,在那天他把后半部分的签证资料扔进邮筒的前一个小时,他去了一趟银行,他把那张为了上大学而办理的农业银行卡插进了 ATM 机,确认屏幕上显示余额四万元,他又小心翼翼地把卡拔了出来,放进了口袋里。

"爸,你能不能别管了。"

罗宽心看着罗生门的样子，有点痛心疾首，他突然站起身来就要把罗生门往外拖，眼里的凶狠让罗生门感到胆寒。他一边哭喊一边把事情的原委告诉了罗宽心，罗宽心依旧不为所动，直到罗生门喊着："爸，爸，我也不想这么做，我只想治好你的腿，我只想你能和正常人一样走路……"

听到这一句，罗宽心突然停下了脚，他感觉像是被人当胸打了一拳一样，眼睛有点发直，往后退了好几步，最后腿一软，栽在地上，他的喉咙里莫名发出奇怪的呜咽，他在哭。他觉得这一切已经迟了，他早就没有回头路可以走了。

这时，谢天保在外面听到仓库内的动静，推门走了进来，他狐疑地看着眼前发生的一切，罗宽心抹了一把眼泪，就站了起来，跟着谢天保走了出去。等他们再走回来的时候，谢天保用一块破布塞住了罗生门的嘴，顺便把他拎起来推出了仓库。

罗生门一路都被谢天保推着，他们又回到了小卖部，罗生门知道他们肯定打算乘坐装修公司的车离开。

罗生门被谢天保绑在自己的房间里，动都不能动。他只能从紧闭的窗缝里，看到外面的光线逐渐从黑暗，变成明亮，又由明亮变成了橘黄。

而他不知道的是此刻在隔壁渔具店的院墙里，正有一双眼睛，一直在盯着这边空旷的天井。

在听见前屋频繁传来轮胎轧过路面上的煤渣发出的咯吱声时，坐在房间角落一直闭着眼睛的罗宽心突然就像一头从冬眠中苏醒的熊，他向谢天保传递了一个眼神，谢天保就拎着罗生门偷偷溜进了加油站的后门。罗生门看见谢天保随手从门边抄起了一把椅子，砸在了加油站老板的头上。加油站老板还没来得及回头就直挺挺地倒在了谢天保的身上，谢天保熟练地把加油站老板绑起来，拖到了柜台后面。

等他们处理好一切的时候，那辆写着"天胜装修公司"的货车引擎熄火的声音就传了进来。司机从车上下来了，他打算讨碗水喝。罗生门能听见司机说话的声音就在自己的头顶上，于是他挪动自己的身体，把旁边凳子上的一个水杯踢了下来。司机闻声想要转身，就在他快要把头伸进柜台时，眼前一黑，他倒在了罗生门面前。解决了司机，谢天保还想对罗生门不利，身后却传来罗宽心的声音"没时间了"。谢天保这才不甘心地放过他，麻利地扒下了司机的衣服，穿在了自己的身上，然后率先走出去，坐进了驾驶室。

罗宽心最后看了他一眼，是告别，就头也不回地走了出去。

小糖正在赶来加油站的路上，她骑着罗生门家那辆修好的破凤凰牌自行车，脚蹬得飞快，让她差点与迎面而来的一辆桑塔纳相撞，没等那个司机伸出头来骂，小糖的裙角已经从那个人的眼前飘走了。

自从罗生门昨天下午失踪以后，小糖就一直守在南风派出所等罗生门的消息。等到李不空拿着一瓶水蹲在她面前，让她喝口水的时候，她突然抓住李不空的手，脸色苍白："他答应录完口供就回来陪我一起栽杜鹃花的，我花苗都买好了，他为什么还没回来？"

李不空笑了笑："相信我，你把这瓶水喝完，罗生门就差不多回来了。"

小糖有点目瞪口呆地看着李不空，又看着派出所里一副严阵以待的阵势，甚至还从省内调配了警力。小糖突然像是明白了，她依旧拉住李不空的手："告诉我，罗生门到底在哪儿？"

李不空的嘴一直很紧，直到他听到其他警员说："大鱼要进网了。"他才匆匆告诉小糖，小糖奔出派出所的那一刻，她才明白，昨天下午在华良的办公室，罗生门主动提出他想以自己为诱饵欺骗罗宽心乘坐那辆从施甸县开过来的装修公司的货车，这样的话，他们就可以在关卡一举逮捕罗宽心。

现在小糖已经奔到加油站，她看到此刻罗生门正用下巴用力，一点一点往加油站外爬，下颌骨上已经磨掉了一层皮。等到小糖解开他身上的绳子，拔出他嘴里的破布的时候，她都快要哭出来。罗生门反而笑了笑："你怎么知道我在这？"

小糖把缠在罗生门身上的绳子全都往下拨，她说："李不空他们已经在围捕你爸了。"

罗生门抖绳索的动作顿了一下，立马又继续，他说："这一切都是他该还的账。"然后他和小糖一起走出了加油站，在走到加油机的时候，罗生门突然看到加油机的机身上粘了一块泡泡糖，罗生门猛地想起那次刘岩权因为生小糖的气，把一块司必林的泡泡糖粘在了他家的柜台上，后来罗生门清理了好久都没清理干净。罗生门于是问："你今天见过刘岩权吗？"

小糖摆了摆头，罗生门突然明白了，他快速跟小糖交代了一些事，就冲了出去。刚好看到一对正要来给摩托车加油的小情侣，罗生门二话没说，就抢了他们的摩托车疾驰而去。

夕阳西下，一辆装修公司的货车摇摇摆摆地驶进关卡，查卡的警察一边让谢天保下车检查，一边笑着跟他打招呼，说:"还有几天就装修完啦?"

谢天保也顺着警察的话头说:"明天还有一天。"他看到警察对他点了点头,他放松了警惕,正要上车,手却突然被反绞到背后,等他要反抗的时候,他感受到无数手脚压在他的后背上,谢天保不能动弹,只能看到视线里出现无数的警察制服。

昨夜罗宽心告诉谢天保,他已经从罗生门那里探听到今天下午会有一辆装修公司的车从南风派出所开出,途中经停加油站的时候,他们把车截下,借此逃出南风。等到警察把货车的后门打开的时候,里面空无一人,谢天保才知道他被罗宽心给利用了。李不空在这时看到小糖气喘吁吁地跑过来,李不空在听完小糖的话以后,脸色大变,然后赶紧冲着华良喊:"快,快,赶紧封锁所有道路,罗宽心要逃!"

当李不空说出这句话的时候,罗宽心正骑着摩托车,沿着一条小路快速地奔驰。昨晚罗宽心听到罗生门叫他逃的时候,他真的相信了罗生门,但他心里却一直有一股不祥的预感,他觉得这一切都太顺利了。直到他看到那个从装修车上下来讨水喝的司机腰间突起一块时,他瞬间明白这一切都是罗生门的计谋,但他并没有捅破,而是在谢天保上车时,选择躲进了屋缝里，然后在谢天保开车离开后，选了一条小路准备逃命，因为他知道此刻警方所有的注意力肯定都在谢天保驾驶的那辆货车上。可是罗宽心现在却有一点心烦，因为他从后视镜里看到一直有一条小尾巴在跟着他。

这条小尾巴就是刘岩权。

自从刘大茂死的那天晚上，刘岩权就在心里起誓，他一定要抓到谢天保和罗宽心，完成父亲的遗愿。所以这几天，刘岩权一直通过那些摩托客在寻找罗宽心的踪迹，直到昨天晚上，他发现有几条黑影闪进了罗生门家的小卖部，于是他就一直躲在隔壁渔具店里监视他们，直到半个小时之前，他看到罗宽心骑着一辆摩托车从小卖部侧面的屋缝里冲出来，于是他也立即发动他的雅马哈追了上来。

南来路是一条新修的，穿越整座凿月山，通往南风镇出口的路。路的两边，藤蔓葡匐，山花摇摆。罗生门立在南来路与风自路的交叉口，看到夕阳把路标拉得斜斜的，而在南来路的路面上还有斑驳的血迹。

罗生门在心里快速默想了一下这条路的地形，于是冲出公路闯进了旁边的树林，驰骋不过几里，罗生门望到坡下一辆红色摩托车后面拖行着一个人。罗生门没有犹豫，等到摩托车经过下方的时候,他直接转动油门冲了下去,只听到一声剧烈的撞击声,两辆摩托车倒在地上,车轮在不断旋转着,就像罗生门眼中此刻的世界。罗生门躺在路边,他一转头,看到罗宽心正试图从地上爬起来。罗生门挣扎着站了起来,揪住罗宽心的衣领,一拳打在了罗宽心的脸上,吼道:"你知不知道你在干什么?"

罗宽心满嘴是血,却突然笑了起来,罗生门依旧死死地揪住他的衣领,他问:"你笑什么?"

罗宽心其实也不知道自己在笑什么,但他就是想笑一笑,头上的天空一片蔚蓝,他不知道他死了以后是否还能看到这么蓝的天,所以他觉得他应该多笑几声,多看两眼,顺便再看看罗生门。这时他的手往怀里摸了摸,罗生门有点紧张,死死地盯着他。

等他摸到那张手术预约单还在怀里的时候,警笛声已经近了,来不及了。他突然一下就发了狠,翻了一个身把罗生门按倒在地,他说:"你不会想知道答案的。"

"告诉我!"罗生门在怒吼。

于是罗宽心低下头,在嘴唇的开合中就告诉了罗生门一个秘密,罗生门瞪大眼睛,发出一声哀鸣:"是你把她推到水里去的？！"

罗生门揪着他，不断与他厮打。罗宽心看着眼前已经崩溃的少年，他的嘴角向上弯了一下。随即，却恢复了凶狠，他把罗生门的两只手都按住："我本来是想放过你的，现在看来是不行了。"说完罗宽心就从口袋里掏出了一把弹簧刀，他抵在罗生门的脖子上，他又说："不要怪我！"

就在他要下手的时候，警笛声划破天空，警察潮水一样涌上来。看着罗生门在罗宽心的身下不断顽强抵抗，他们在周围喊："不要动，再动开枪了！""你已经被包围了！""手举起来！"

罗宽心一扭头就看到一排齐刷刷的枪口，他的眼睛瞬间露出凶光，几近狰狞，他狠狠向罗生门颈间的动脉割去，突然砰的一声，一抔鲜血溅在罗生门的眼睛上，然后他看到罗宽心重重地栽在自己身上。

那一刻罗生门的世界除了耳鸣，就再也没有了任何声音。他看到警察如同黑蚁一样冲上来，看到他们把罗宽心从他的身上拉走，看到李不空跑上来护着他要把他带离，看到刘岩权被担架抬走，看到小糖在人群外愣愣地看着他……

他还是忍不住回头，黄昏在此时像一床厚实的被子一样盖下来，盖在所有人的身体上，包括躺在血泊里的罗宽心。罗生门这时发现罗宽心的嘴角好像挂着笑，而在他的手边，那把弹簧刀根本就没有打开。他也清楚地记得，在他以为罗宽心要切开他的动脉的时候，罗宽心的喉头微微动着，说出了最后一句话，他说：

"罗生门，好好活下去，做一个光明正大的人。"

罗生门转回了头，他的世界最终被眼前的那抔鲜血淹没。

2011 年夏

四川

青城山

加油站

今天的生意格外繁忙,小糖拿着加油枪给排成长队的汽车加油,汗水就沿着小糖额角那缕头发往下滴,正当小糖打算拿手肘去擦的时候,一个小男孩跑过来抱住了小糖的腿,不断叫着:"妈妈!"

小糖的唇角浅浅弯起,对他说:"妈妈在忙,一会儿再陪你玩好不好?"话还没说完,手中的加油枪就被人接了过去,刘岩权冲她笑了笑,说:"让我来吧。"

旁边的车里,有两个男人望着窗外的景象出神,男人甲的手腕上系了一条手帕,另一只手的手指不断摩挲着那上面已经被洗得发白的纹理,可他好像依然能从那上面触摸到女孩的眼睛、鼻子、嘴唇……这时坐在前面的司机不耐烦地按了按喇叭,被男人甲及时喝止了。

刘岩权也是在这时敲开了车窗,说一声不好意思以后,就问要加几号汽油。这时坐在旁边的男人乙说:"真的不下车见见他们吗?"

男人甲平静地说:"他们是谁?"

男人乙说:"我明白了。"

加满油,车子就驶离了加油站,刘岩权却站在那里望了很久,直到背后传来嬉闹声,他笑着把加油枪放起来,就朝着背后走去。他看到儿子的手中握着一盘磁带不愿意放手，还在问小糖："妈妈，这是不是你的宝贝，要不然你怎么会藏得那么高？"

小糖看着磁带上周传雄那张面色已经泛黄的照片，她说："这怎么会是妈妈的宝贝呢，只有你才是妈妈的宝贝呀！"说完就从小男孩的手中把磁带接了过来，扔进了垃圾桶里。

她刚把磁带丢进垃圾桶，就有一只手伸进垃圾桶里把磁带捡了起来，然后她听到刘岩权的声音说："这当然是妈妈的宝贝，它还能放出歌呢，你想不想听？"刘岩权把磁带在手上晃了晃，眼神却是笔直而温柔地看着小糖。

"想听！"小男孩雀跃的声音传来，周传雄的歌声就从加油站里一只破收录机里歪歪扭扭地飘出来：

> 过完整个夏天
> 忧伤并没有好一些
> 开车行驶在公路无际无边
> 有离开自己的感觉
> 唱不完一首歌
> 疲倦还剩下黑眼圈

>感情的世界伤害在所难免
>
>黄昏再美终要黑夜
>
>……

在歌声里，小糖转头，看到正带着孩子的男人，她的嘴角泛起了笑。刘岩权也转回头，看到小糖上扬的嘴角，他突然想起刚刚开走的那辆车里坐的是罗生门，在司机摇下车窗的时候，他眼角一斜就知道了。其实这些年他一直有个秘密瞒着小糖，那就是罗生门离开南风的那天，其实来医院见过他一面。那天没有拉紧的窗帘缝中露出白乎乎的光，他的身上裹满了纱布，就像一只即将蜕壳的蚕蛹。自从被罗宽心打倒拖行受伤以后，他就一直昏昏沉沉的，那天罗生门就坐在他的床边，像是发了很久的呆。看到他醒过来，罗生门也跟着有了动静。

他记得那天罗生门跟他说了很多话，说到最后罗生门停了，转过脸来向他告别，罗生门说："我要走了。外面的世界很大的。"

他就说："哦。"

罗生门又说："我希望你能够照顾好小糖。"

他有点吃惊:"你不跟她一起走?"

过了一会儿,罗生门才点了点头。刘岩权立马愤怒了,他说:"你知道小糖一直希望跟你一起离开南风,你为什么要这么做?你还有没有良心?"

罗生门说:"我有良心的,但我不能跟她一起走。你能照顾好她的对吗?"

"你凭什么觉得我能照顾好她?"

"就凭你也喜欢她。"罗生门说得斩钉截铁。刘岩权在一瞬间被罗生门拆穿了内心,他还嘴硬:"你说我喜欢她,你有什么证据?"

"我从来都没有打过电话给小糖,那个电话是你打的不是吗?"

原来罗生门早就知道了这一切,刘岩权沉默了一会儿,问:"你要去哪里?"

罗生门没有正面回答他,只说:"如果你照顾不好她,我不会放过你。"

刘岩权说:"你放心,我一定照顾好她,并且比你照顾得还要好。"

这时候罗生门已经走到了门口,他说:"再见!"

刘岩权也说:"再见!"

有那么一小段的光阴,刘岩权一直沉浸在漫长的回忆里。小糖看到他在发呆,走到了他的身边,说:"你在想什么?"他笑了一下,把手伸到小糖的后脑勺,轻轻地托着,然后把自己的额头贴在她的额头上,他说:"我在想这是不是一场梦,我怕梦一醒,你就不见了。"

小糖笑了,她突然想起,在不久前,她在家里翻到了刘岩权珍藏的那只爱立信手机。她没想到十年了,充满电,居然还能开机。出于好奇,她随便点开翻了翻,先是翻到通讯录"糖"的电话号码,后又点开短信,那一条条曾经点亮她生命的光的短信,现在赫然都在里面滚动着。

小糖把头紧紧靠在刘岩权的额头上,她说:"如果这是一场梦,就让我跟你一起做下去。"

那天车子卷着尘土一路开,最后驶入了一条巷子,巷子里隐藏着古旧的民居。李不空每次下车的时候,总有一种错觉,他又回到了南风。从前屋走进去,就是一个天井,天井里一棵西番莲树枝丫肆意地向天空伸展着,而在天井的院墙下,种着一排杜鹃花,风一吹,花瓣就在阳光中抖动,像是起了一场火。

李不空看着罗生门走进了堂屋，堂屋的当中摆了四块灵牌，罗生门给每块灵牌各上一炷香以后，才走出来跟李不空说："上楼。"木楼梯被踩得嘎吱嘎吱响，上去以后屋子里却有一块巨大的落地窗，罗生门一伸手，窗帘哗啦一声被拉开，跳起的灰尘在黄昏的光影里荡漾。

这让李不空想起当年在罗生门的房间里，他呼啦一声把那紧闭的窗帘打开的时候，阳光也是这样跃进来，照在罗生门的脸上，把少年的脸打得瘦削而苍白。李不空从怀里掏出一个文件袋，这个文件袋跟当初罗生门扔进邮筒里的长得一模一样。

李不空说："郭颜英在机场被抓了，她交代了一切。"

罗生门没有很大的反应，他好像早就知道这一天要到来一样。所以，当年所有的人都以为罗生门是离开南风了，只有李不空知道，罗生门是去自首了。

罗生门从冰箱里拿出了两瓶啤酒，一瓶递给李不空，就直接走到落地窗边，顺着玻璃坐到地上去了。然后他抬起头，一手搭在屈起的左膝盖上，李不空看着眼前从少年已经长成青年的罗生门，他说："你真的打算一辈子都不见他们？"

罗生门把酒瓶凑到嘴边，想了一下，喝了一口，说："没有必要了。"

李不空也喝了一口啤酒,从怀里掏出一个账本。这是当年罗宽心被击毙以后,警方从罗宽心身上搜到的账本的复印本。现在这个本子上已经布满了一条一条的画线,李不空翻了翻,伸出手把这个账本递给了罗生门:"你该开始新生活了。"

罗生门接过去不语,脑子里却想起在他出狱的那天,李不空去接他。李不空问:"接下来还念书吗?"他摇了摇头,说:"我想找到他们。"

"嗯?"李不空不懂他的意思。

在牢里的那段日子,他听到警方找到了当年那个相亲女孩的尸体,并且在谢天保的床头柜底下找到了一粒玉石珠子,经过检测,那上面有阿阮的血迹,在铁证面前,谢天保承认了全部罪行,被判了死刑。而红姐和郭颜英因为贩卖儿童也分别被判处有期徒刑十年和十五年,可是这些都抵消不了他们当年给那些被拐卖家庭造成的伤害,所以他又说:"我想找到账本上所有被拐卖的孩子。"

李不空懂了。

今天他们在去加油站之前,其实是在南充市顺庆区公安分局大礼堂里,罗生门看着台上那一对夫妇望着他们失散了二十八年的儿子,泣不成声地喊:"儿啊,我和你妈找你找得好辛苦!"此时罗生门默默走出礼堂,他站在一棵从容而且有着巨大树冠的树下抽烟。李不空看到他出去,跟了上来。李不空说:"这已经是最后一个了,上面的账你已经还完了。"

可他知道,上面的账还完了,有些账却是永远也无法还了。

罗生门记得当年他去自首的时候,公安局因他抓捕父亲有功,只拘役了他一个月。

罗生门靠坐在落地窗前,很长的时间里,他一直沉默不语。所有的时光匆匆而过,像一场电影里的闪回镜头一样,在他眼前一一闪光。他把眼睛眯起来,望着窗外辽阔的黄昏。黄昏光线在这个时候达到最盛,它们汹涌而嚣张,在屋里翻转跳跃,最后落到罗生门手里的账本上,那上面有一条唯一没画线的:

1960年,8月3日,四川青城山影山桥,男孩,陈莲香,四川至江西上饶,卖5元。

2021年6月22日一稿

2021年8月12日二稿

2021年9月15日三稿

图书在版编目（CIP）数据

算账／陈东枪枪著．--北京：作家出版社，2024.9

ISBN 978－7－5212－2866－3

Ⅰ.①算…　Ⅱ.①陈…　Ⅲ.①长篇小说-中国－当代
Ⅳ.①I247.5

中国国家版本馆CIP数据核字（2024）第095222号

算账

作　　者：陈东枪枪
故事监制：海飞
责任编辑：田小爽
装帧设计：李一
出版发行：作家出版社有限公司
社　　址：北京农展馆南里10号　　　邮　　编：100125
电话传真：86－10－65067186（发行中心）
86－10－65004079（总编室）
E－mail: zuojia@zuojia.net.cn
http://www.zuojiachubanshe.com
印　　刷：三河市紫恒印装有限公司
成品尺寸：130×185
字　　数：178千
印　　张：11.5
版　　次：2024年9月第1版
印　　次：2024年9月第1次印刷
ISBN：978-7-5212-2866-3
定　　价：58.00元

作家版图书，版权所有，侵权必究。

作家版图书，印装错误可随时退换。